Derrière
la fumée

Françoise Le Gloahec

Derrière la fumée

roman

Ramsay

Derrière la fumée
Première édition

« Bien qu'inspiré de faits véridiques et se déroulant dans des lieux réels, ce livre est une œuvre de fiction. Les noms, les personnages et les événements sont le fruit de l'imagination de l'auteure ou utilisés fictivement. Toute ressemblance avec des personnes vivantes ou décédées serait pure coïncidence ».

À Jean-Michel qui espérait cet ouvrage,

À tous ceux qui se plairont en certains lieux…

FAMILLE GIORDANO

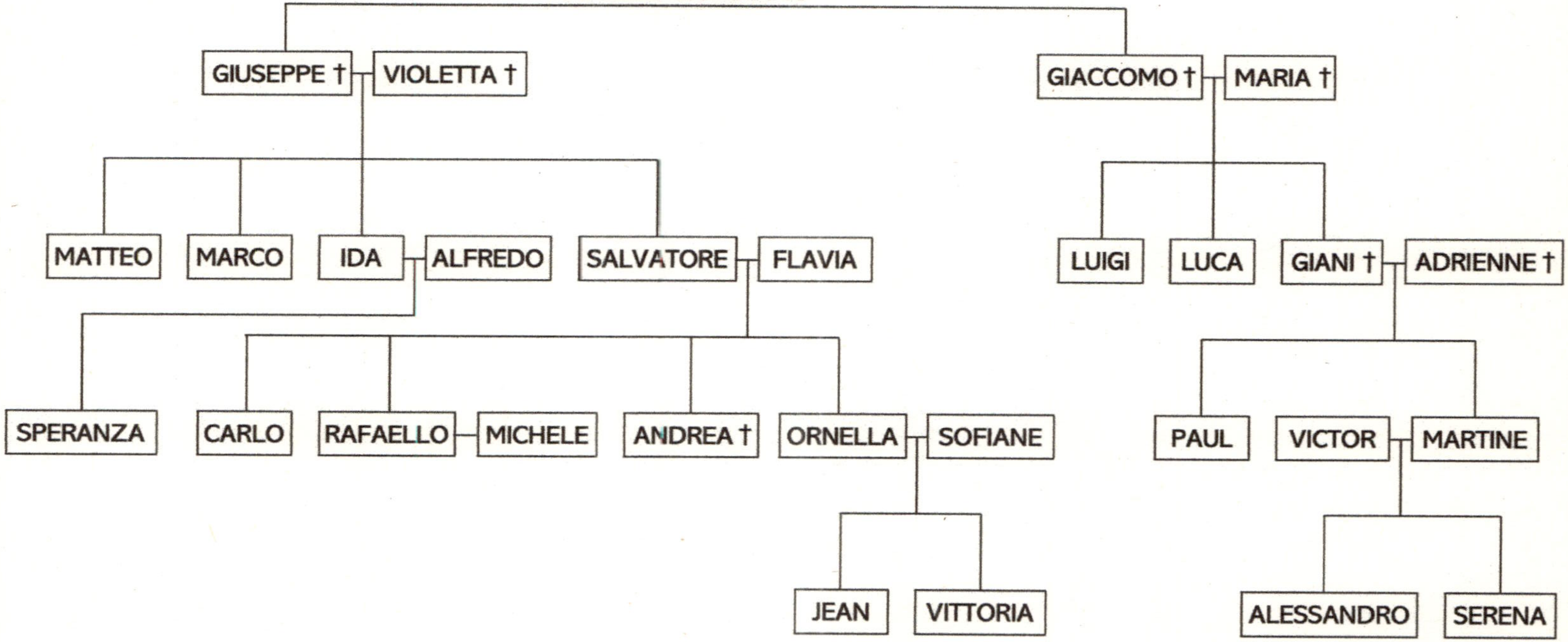

« Ce n'est pas parce que les choses sont difficiles que nous n'osons pas. C'est parce que nous n'osons pas qu'elles sont difficiles. »

Sénèque
Lettres à Lucilius

— 1 —

1973 -

Un peu à l'écart du bourg de Clairac, la maison lot-et-garonnaise aux volets rouges de Salvatore et Flavia Giordano témoignait d'aspirations réalisées au prix d'une détermination sans faille. Les terres alentour contaient à qui voulait l'entendre les efforts et les sacrifices qui les avaient rendues prospères.

Protégée par l'avant-toit d'un soleil parfois trop généreux, Flavia ne quittait pas l'enfant des yeux, savourant ce bonheur tranquille qui lui avait si longtemps fait défaut. Un soupir de contentement s'échappa de sa poitrine. Jamais elle n'aurait imaginé trouver une telle sérénité, encore inaccessible il y avait seulement quelques mois, au terme d'un chemin de vérité si difficile et pourtant si apaisant. Elle vivait. Vraiment. Enfin.

À bientôt trois ans, vive et curieuse de son environnement, la petite Vittoria surprenait son entourage par ses questions pertinentes. Depuis ses premiers pas, elle n'avait de cesse de vouloir s'éloigner de la maison d'habitation pour gagner le séchoir à tabac qu'elle contournait avant de se faufiler entre les rangs verts et drus. Amusée, sa grand-mère sourit à ce manège souvent répété : *tu ressembles tant à ta maman, ma chérie ! Toute jeune, Ornella s'est, elle aussi, passionnée pour ces plantes. Et mon indifférence à son égard ne l'en a pas détournée. Bien au contraire. Te racontera-t-elle un jour combien je l'ai privée d'affection ?*

— Je le regretterai jusqu'à la fin de ma vie, murmura-t-elle dans une sorte d'acte de contrition adressé à un destinataire inconnu.

— De quels regrets parles-tu ? demanda Salvatore survenant derrière son épouse pour l'enlacer de ses bras musculeux. Le passé est ce qu'il est, nous n'y pouvons plus rien. Consacrons-nous plutôt au présent et regarde comme il court sur ses petites jambes, ajouta-t-il en riant. Viens ! s'écria-t-il, entraînant son épouse, comme au temps de leur jeunesse, rejoignons cette petite sauvageonne avant qu'elle nous échappe.

La chevelure brune aux boucles denses de l'enfant et son teint mat témoignaient de ses origines méditerranéennes, à la fois italiennes et algériennes. Vive comme la palombe et leste comme le chevreuil, Vittoria ouvrait sur la vie d'étonnants yeux clairs éclairant un minois qui trahissait déjà une volonté surprenante pour une si petite fille.

— Comme elle ressemble à Ornella lorsqu'elle avait son âge ! ne put retenir Salvatore.

— Oui, et elle sera aussi jolie et obstinée que notre fille, répondit Flavia serrant plus fort la main de celui qui était son mari depuis bientôt trente ans, en dépit des épreuves, des malheurs et des révélations.

Son regard attendri se posa sur cet homme au visage tanné par les éléments et les années de labeur, au corps sec et vigoureux, qui attisaient toujours son cœur d'un amour inchangé.

— Nous réservera-t-elle autant de surprises ? murmura Giordano se remémorant l'entêtement de sa fille à travailler le tabac, son entrée à la S.E.I.T.A, sa carrière à l'usine de Tonneins et son mariage avec Sofiane, jeune émigré fuyant cette Algérie à feu et à sang et désormais indépendante.

— Je lui souhaite de devenir aussi combative, de savoir aussi bien imposer ses choix. Sans peur de l'indifférence et de l'opposition de son entourage en général. Et des miennes en particulier. Si je pouvais modifier, remédier ! ajouta-t-elle dans un sanglot coupable.

— Allons, amore mio[1] ! Tu étais si malheureuse, si perdue à cette époque. Je porte une grande part de nos erreurs communes. Et le départ de notre Andréa pour un monde meilleur réservé aux innocents n'a fait qu'accentuer ta peine, notre peine. Mon cher fils que j'ai si mal aimé. Nous devons accepter ce qui est et nous accommoder de ce qui ne peut se réparer, hélas, pour profiter de ce que nous propose aujourd'hui.

Les larges feuilles de tabac offraient une cachette à la petite exploratrice et ses grands-parents se lancèrent dans une recherche teintée d'angoisse à l'idée de perdre le second trésor de Salvatore après sa fille. Heureusement, le babil incessant les conduisit auprès de Vittoria. Au moment où le grand-père s'apprêtait à la saisir, la rebelle s'échappa vers l'extrémité du rang en criant :

— Papa ! J'ai attendu longtemps ! Veux aller avec toi !

1 - Mon amour.

Le sourire de Sofiane fendit le masque de poussière poudrant son visage lorsqu'il prit la fillette dans ses bras pour l'entraîner dans une danse où elle se sentait voler.

Un sourire différent, calculateur, éclaira la face du guetteur les observant depuis la plantation de pruniers voisine. Dissimulé derrière un tronc, pensif, ce dernier rangea ses jumelles avant de se retirer discrètement.

— Sofiane est un bon papa ! Pour Vittoria comme pour Jean, murmura Flavia admirative et émue.

— Et c'est un excellent travailleur, courageux et plein d'idées nouvelles. Je pourrai bientôt lui confier les rênes de l'exploitation sans la moindre crainte.

— Et à quoi occuperez-vous votre temps, monsieur Giordano ?

— Eh bien… Je me consacrerai d'abord à mon épouse que j'ai beaucoup délaissée par le passé ! Et… Je l'emmènerai… En voyage.

— Ah bon ? Je ne sais pas… Mon seul voyage fut celui qui nous a conduits de l'Italie à ici. Chez nous. En France.

— Oui.

— À quoi penses-tu ? Quitte cet air mystérieux et dis-moi, s'amusa Flavia, convaincue d'un projet secret et imminent.

— À l'Italie, justement ! Pour revoir Ida et son mari Alfredo. *Trop tard pour mes parents que je n'ai pu faire venir avant que la mort les happe. Comme je le regrette !* pensa-t-il. Ce voyage, j'y pense depuis bien longtemps, mais nous n'avions pas le temps, pas les moyens. Heureusement, le téléphone nous a permis de ne pas nous perdre et de donner des nouvelles. Quand nous le pouvions et lorsque nous le voulions, je dois l'avouer. Maintenant, j'ai besoin de voir ma sœur, de parler de l'Italie d'aujourd'hui où ils ont bâti leur vie. Car au fond de notre cœur, nous resterons Italiens jusqu'à la fin de nos jours. *Peut-être auront-ils des informations sur Matteo et Marco, nos frères. Que sont-ils devenus depuis ce jour où ils ont fui le travail à la ferme et l'autorité de notre père ? Paul les idéalisait au point de les rejoindre : prennent-ils soin de lui ? Mieux que j'ai su le faire.* À ces mots, Flavia fronça les sourcils et pâlit. Son cœur marqua sa désapprobation par des battements irréguliers, sa respiration devint hachée, les rangs de tabac se mirent à tourner. Dans un effort, elle se ressaisit :

— Non ! Je ne veux pas. C'est au-dessus de mes forces. S'il te plaît, renonçons ! Je n'y ai que de mauvais souvenirs. Trouvons une autre destination, je t'en prie.

Surgi des abîmes de l'oubli, le passé italien venait de se réveiller, ce temps maudit où Flavia n'était pas encore l'épouse de Salvatore, cette époque où la violence de son père l'avait jetée dans un enfer mutique et honteux dont personne n'avait voulu ouvrir les portes pour la délivrer, la protéger. Pas même sa propre mère. Et pourtant, au terme d'une soumission dont elle était enfin parvenue à dénicher la clé, Flavia avait trouvé son chemin de liberté. L'avenir avait fini par lui sourire, mais à quel prix ! Son cœur gelé avait osé accueillir ce bonheur inespéré auprès de son mari, dans cette France idéalisée par le jeune couple, un bonheur où les épreuves ne les avaient pas épargnés pour autant.

Mais, grâce à Chiara-Francesca, cette mère repentante, aimante et obstinée, se remémorer sa misérable et traumatisante enfance lui était enfin devenu supportable. La Francesca d'hier avait payé très cher son inaction face à son monstre de mari et s'était battue pour franchir les obstacles menant à sa fille. La Chiara d'aujourd'hui savourait cette paix si longtemps rêvée avec son unique enfant et se délectait de la présence d'Ornella et de Raffaëllo, ses petits-enfants. Elle s'était aussi résignée à l'absence de Carlo, leur frère, qu'elle avait convaincu de renouer avec ses parents avant qu'il refuse d'accepter le mariage d'Ornella avec Sofiane. La famille avait fait bloc contre cette attitude raciste et indigne.

— Jean n'est pas là, Papa ! s'écria Vittoria dont le regard soudain assombri témoignait de sa contrariété.

— Ton frère est au collège, ma chérie. Tu le verras ce soir.

— Non, maintenant !

— Impossible, jeune entêtée, s'amusa Salvatore les rejoignant. Bientôt tu iras à l'école, toi aussi.

— Non, moi reste ici. Avec les belles fleurs ! répondit-elle ouvrant ses petits bras comme pour y recevoir les plants de tabac qui, bientôt, la dépasseraient.

— Est-ce que Jean se plaît au collège ? questionna Flavia.

— Oui. Il se montre passionné et se débrouille très bien, répondit Sofiane. Un véritable petit Lot-et-Garonnais. Après ce qu'a vécu mon garçon, c'est inespéré.

— Parle-t-il parfois des violences vécues en Algérie, de l'extermination de sa famille biologique ?

— Oui, à Ornella. Pas à moi. Pourtant, je suis plus à même de le comprendre.

— Ne te formalise pas, Sofiane. Inconsciemment, votre fils doit craindre de réveiller en toi ces souvenirs que lui-même s'efforce d'oublier.

Sofiane hocha la tête et garda le silence. Aucun mot ne lui semblait adapté pour une réponse. À quoi bon évoquer ses cauchemars ? Rien ne les effacera, si ce n'est l'amour d'Ornella et le temps, peut-être ... *Un jour, nous nous parlerons, Jean et moi. Nous sommes nés sur la même terre, nous avons subi les mêmes atrocités. Je l'aiderai à regarder vers l'avenir.*

— 2 —

Depuis sa prise de fonctions à la tête de l'usine de Tonneins, Ornella ne comptait ni ses heures ni ses efforts. Travailler s'avérait pour elle comme une respiration, une sensation de vivre intensément cette route choisie, obtenue par son acharnement et sa motivation sans faille. Sa passion pour le tabac restait intacte alors que grandissait une inquiétude liée aux récents accords votés en 1970, à Bruxelles : il était question de la fin du monopole de la S.E.I.T.A pour la culture du tabac. *Dans le contexte inflationniste actuel et face au coût galopant de l'énergie lié au choc pétrolier, nous devrons nous adapter et faire face à la concurrence,* songea-t-elle. *Les années à venir seront sûrement délicates, déterminantes pour notre activité, mais nous saurons franchir cet obstacle. Le mildiou qui a décimé les récoltes en 1960 n'a pas réussi à nous abattre, nous avons su trouver la parade en cultivant uniquement le Paraguay PB D6 pour le tabac brun et le BB16 pour le Burley. Il en sera de même pour ces changements décidés par ces messieurs des bureaux qui connaissent si peu le tabac. Ces nouveaux règlements qui fixent un prix d'achat de la prochaine récolte vont nous compliquer le travail. Comment les producteurs réagiront-ils ?* Elle repensa à l'époque où Denis Lambert dirigeait la structure de Tonneins :

— Qu'aurait-il fait à ma place ? Quelle est la bonne manière de négocier cette phase de transition ?

Ornella songea à lui téléphoner puis se ravisa, se refusant à demander conseil à celui qui l'avait mise sur un piédestal, approuvant ses ambitions et favorisant son ascension jusqu'aux fonctions de dirigeante avant de se comporter comme un vulgaire agresseur cédant à ses pulsions. Sa seule excuse restait cet amour sincère et longtemps contenu à son égard qu'elle avait si mal su décourager. Ornella ne put s'empêcher de sourire en se remémorant combien les compliments du jeune directeur l'avaient flattée à l'époque, combien elle avait profité de sa bienveillance pour asseoir ses projets de promotion sociale et professionnelle, la menant des ateliers jusqu'aux bureaux puis de la machine à écrire au plus haut poste qu'elle occupait à présent. Malgré son coup de folie, Lambert restait à son sens un honnête homme, marié depuis ces événements et dont le repentir avait ému la jeune femme. *M'a-t-il soutenue par désir ou pour mes capacités professionnelles* ? se demanda-t-elle avant de rejeter une pareille alternative. L'immédiat exigeait d'elle une totale concentration allant avec ce qu'elle appelait sa « feuille de route » dont les premières lignes s'étaient écrites le jour où Salvatore, son père, l'avait emmenée visiter les locaux de l'usine. Elle n'était encore qu'une enfant.

Ornella s'efforça de revenir à ce présent nécessitant toute son énergie. Les changements annonciateurs allaient inévitablement impacter la santé de l'entreprise et risquaient de modifier ses relations avec les planteurs, les producteurs et les travailleurs de la S.E.I.T.A dont la jeune femme prenait grand soin.

— Auparavant, la Régie assurait l'exclusivité de l'achat du tabac, à présent nous devrons passer des contrats avec les planteurs si nous voulons les fidéliser et nous assurer une fourniture régulière, confia-t-elle à sa secrétaire. Ce sera notre objectif numéro un. Souhaitons que cette démarche se passe bien.

— Je ne suis pas inquiète, madame Slimani. Vous avez su imposer votre statut de directrice dans ce monde masculin. Et vous avez remporté bien d'autres luttes : nous réussirons à nous adapter, l'encouragea Sylvie.

Cette confiance presque instinctive fit sourire Ornella qui se souvint du jour de son mariage où elle avait décidé d'ajouter le nom de son époux au sien pour devenir Giordano-Slimani. Et sans s'en apercevoir, par commodité dans ses contacts professionnels, par défi aussi, le patronyme des Giordano s'était effacé au profit de celui de Slimani. Ainsi, comme Jean et Vittoria, elle portait le nom de la famille qu'elle s'était créée et était devenue officiellement la femme « d'un de ces types venus d'on ne savait où et dont il fallait se méfier ».

— Vous avez raison Sylvie, nous y parviendrons. Au travail ! Découvrons ces nouveaux règlements imposés par la Communauté européenne, dont celui du prix d'achat de la récolte de cette année. Et… s'il vous plaît, prenez-moi rendez-vous avec chaque producteur que j'irai visiter en personne.

Une nouvelle fois, Ornella était entrée au cœur de la bataille où beaucoup attendaient de la voir faire face, état stimulant ses facultés créatives et attisant sa soif de défis. Ce soir, lorsque les enfants seraient couchés, elle en parlerait avec Sofiane. Sans oublier de demander conseil à son père devenu si complice avec son époux. Pour Salvatore, son « Trésor » s'était mué en une jeune femme heureuse et active, situation réjouissante pour ses parents. Elle leur avait donné deux petits-enfants dont ils étaient fous.

À trente-cinq ans, Raffaëllo, son frère, tardait à trouver celle qui deviendrait son épouse. Ainsi, la famille Giordano vivait-elle un bonheur tranquille et mérité après des périodes difficiles où chacun avait dû dépasser ses douleurs, assumer ses erreurs et surtout les reconnaître.

Pour autant, le bonheur reste fragile. Giordano et Slimani l'auraient-ils oublié ? Comme ils s'étaient efforcés d'oublier Carlo, ce fils désavoué qui avait claqué la porte pour regagner l'Italie.

Lui n'oubliait pas…

— 3 —

Parfois, à l'évocation de sa famille, Carlo Giordano sentait monter en lui une colère froide, sans regret véritable ni remords assumés. Néanmoins, et à son corps défendant, seul dans cette France et ce petit coin de Lot-et-Garonne, le souvenir d'une enfance paisible en compagnie de ses frères et de sa sœur lui laissait une sorte de vague à l'âme. Brève et fugitive, presque douloureuse. Insupportable constat pour lui et chaînes qu'il cherchait en vain à rompre définitivement et par tous les moyens. Ornella, la préférée de leur père, était la cause de son départ. *Quelle idée de s'amouracher d'un étranger, un Arabe qui finira par l'égorger et d'adopter ce petit sauvage ! Il n'y avait pas assez de bons gars autour de nous ? J'aurais pu lui en présenter quelques-uns si elle me l'avait demandé,* pensa-t-il. *Les parents et Raffaëllo ont pris sa défense contre moi alors qu'ils auraient dû chasser ce Sofiane dont je ne connais même pas le nom de famille. En a-t-il seulement une ?*

À trente-sept ans, Carlo s'identifiait encore à cette parentèle dont il s'était à nouveau arraché pour regagner une Italie en mauvaise posture économique. Depuis, et malgré la politique d'austérité issue de la crise énergétique touchant le monde entier, il s'était juré réussite et richesse : qu'importait les moyens d'y parvenir. Les plus rapides s'avéreraient les meilleurs. Il estimait capital l'idée de prouver aux membres de cette ignorante smala Giordano combien il devenait puissant et respectable alors qu'ils s'épuisaient tous dans des travaux peu lucratifs qui les précipiteraient de manière prématurée au tombeau. Il se remémora le jour où il avait confié à son jeune frère :

— Je me tire ! Rien à espérer ici si ce n'est travailler cette terre que notre père espère me voir exploiter, s'était exclamé Carlo. Le tabac c'est son choix, pas le mien ! J'ai mieux à faire que d'enrichir cette fichue S.E.I.T.A qu'Ornella admire tant ! Je rentre au pays ! avait-il déclaré. Tu m'accompagnes, frérot ?

— De quel pays parles-tu, Carlo ? Je suis né ici, en Lot-et-Garonne. Je suis français. Comme Ornella, comme notre regretté Andréa et comme toi, même si tu sembles l'avoir oublié. Travail, respect, intégration, je suis les conseils de papa qu'il avait reçus de son père. Nos parents ont quitté les leurs pour nous bâtir un futur meilleur. Ils ont beaucoup sacrifié à ce projet. Je leur en suis reconnaissant et ne les décevrai pas.

— En devenant maçon ? Un métier pénible qui ne t'apportera jamais l'aisance financière. Regarde-toi ! Dans cinq ans tu seras un homme usé, un vieillard. Un vieillard de quarante ans. Réfléchis ! Tu sais où me trouver, le jour où tu le décideras. Arrivederci, fratello mio([2]).

---

2 - Mon frère.

En guise de réponse, le frère cadet avait hoché la tête avant de regagner la maison d'Ornella, laissant son aîné poursuivre un chemin délibérément choisi.

Une fois de plus, Carlo avait tourné le dos à cette famille qui l'attirait autant qu'elle le faisait fuir. Celle qui le reniait, celle qui ne l'admirait pas, celle qui n'approuvait pas ses gestes. Celle qui ne cautionnait pas ses idées. Il repartait pour l'Italie. Peut-être même sans retour, cette fois. Son business l'attendait pour le hisser au niveau de ses oncles. Comme pour son cousin Paul avant lui, Matteo et Marco l'avaient pris sous leur aile et initié à toutes les ficelles du monde de la nuit, plus ou moins difficiles, plus ou moins honnêtes, plus ou moins dangereuses. Comme Paul, il leur prouverait ses capacités à franchir, sans état d'âme, les limites légales pour un profit rapide. En leur présence, Carlo se sentait invincible, puissant, il ne craignait rien tant qu'il bénéficiait, de Turin à Milan, de relations opportunes et haut placées. *Je réussirai, à l'inverse d'Alfredo, le mari de ma tante Ida, si fier de son poste de contremaître à l'usine Fiat où il travaille depuis plus de trente ans pour un salaire de misère,* se rassura Carlo.

Dans un dernier haussement d'épaules pour ces parents dépourvus de toute ambition et qu'il ne chercherait plus à fréquenter, Carlo lissa les manches de son costume impeccable, ajusta sa cravate, s'assura dans le miroir du pare-soleil de l'ordonnancement de sa chevelure, lissa sa moustache brune et drue, puis se dédia un sourire satisfait avant de lancer son Alfa-Roméo sur le chemin de terre menant à la route de ses rêves aventureux.

— 4 —

Comme chaque matin, Raffaëllo quittait sa petite maison de Tonneins après avoir chargé dans son camion, les matériaux indispensables à son nouveau chantier. Fatigué du gros travail de la veille, ses muscles endoloris le ralentissaient et son pas lourd trahissait une lassitude dont il connaissait l'origine. Bien souvent lui revenaient les paroles de son frère aîné, lorsqu'il avait quitté la maison en claquant la porte et qu'il avait tenté de le convaincre de rester, il y avait déjà plus de trois ans. C'était ce jour où Ornella avait annoncé ses projets de mariage avec Sofiane et d'adoption du petit Jean, sans parler de l'enfant qu'elle portait en elle :

— Pourquoi t'éreinter de la sorte Raf' ? avait répété Carlo lors de sa dernière visite plus ou moins secrète. Laisse-les croupir dans leur médiocrité. Viens avec moi.

Une nouvelle fois, les propos de son frère aîné avaient heurté le jeune maçon.

— Non, Carlo ! Je te le répète : c'est ici que je veux mener à bien mes projets, faire prospérer mon entreprise.

— Ta minable entreprise ? Parlons-en ! Toute la journée face à un mur, les mains dans le ciment, qu'il pleuve, qu'il vente ou que le soleil te cuise un peu plus chaque jour. Tu t'es vu le soir, lorsque tu rentres chez toi ?

— Peut-être, mais c'est mon projet et je veux réussir, seul. Je suis fier du travail accompli de mes mains. Et Chiara m'y aidera.

— Chiara… Une étrange femme qui veut faire le bien autour d'elle en faisant beaucoup de dégâts ! De quoi est-elle donc coupable pour se dévouer ainsi ? Elle cache quelque chose.

À cette évocation, le cadet sourit, ému. Sans le savoir, Carlo avait vu juste puisque trois ans auparavant et à peine avait-il tourné les talons, Chiara se confessait face à cette famille qui s'avérait être la sienne, se reconnaissant Francesca la mère de Flavia et grand-mère d'Ornella, de Raffaëllo et de ce Carlo l'appréciant si peu.

— Raffaëllo ! lança du haut des marches cette petite voix chantante qui faisait fondre son cœur depuis quelques semaines.

Le bonheur avait frappé à sa porte, sans s'annoncer, un peu comme un hasard heureux.

Reniant son souci de ponctualité, le jeune maçon abandonna son inventaire pour grimper quatre à quatre les escaliers menant à l'étage afin d'enlacer Michèle, sa jeune et récente compagne. Sur le palier, il s'arrêta subjugué par la chevelure de feu éclairant le teint opalin de poupée. Les yeux bleus de porcelaine cachaient une volonté que devinait déjà le jeune homme. Il s'avança pour l'étreindre, juste quelques secondes, juste pour un dernier et tendre baiser qui s'accompagna de douces caresses devenues précises puis exigeantes et s'éternisa pour précipiter le jeune couple au creux de son lit dans un voyage imprévu sur les routes de l'extase. Raffaëllo était amoureux pour la première fois de son existence. Ce qui modifiait considérablement sa perception de vie pour la transformer en projets d'avenir ne demandant qu'à éclore. Sa rencontre avec Michèle avait gommé toutes ses précédentes et fugaces aventures volontairement écartées tant elles lui laissaient le cœur froid et indifférent. Dans les bras de la jeune rousse, Raffaëllo se sentait un homme à part entière. Surtout lorsque le regard d'azur se noyait dans le sien comme pour y chercher refuge. Pourtant, une petite et fugace étincelle l'alertait parfois, pour vite s'éteindre : *pourquoi ne me parle-t-elle pas de sa vie d'avant ? J'aimerais mieux la connaître. Je la sais seulement italienne, ce qui n'est pas pour me déplaire. Comment est-elle arrivée en France et dans notre région ? Aurait-elle une raison de se taire, quelque chose à cacher ? Patience, elle me parlera lorsqu'elle s'estimera prête. À moi de lui donner confiance* » décida le jeune homme avant de quitter, dans un dernier baiser, l'océan de leurs draps.

Le cœur de Michèle battait à l'unisson de celui de son amant et ses pensées le rejoignaient à son insu. *Jamais je ne pourrai lui avouer la véritable raison de ma fuite et pourquoi j'ai choisi cette ville de Tonneins, si calme. La proximité de l'usine de tabac me protège : on me croira une ouvrière parmi tant d'autres. Quelle chance j'ai eu d'y trouver de l'embauche !*

En fin de journée, le jeune Giordano n'y tint plus et céda à l'impératif besoin de confier sa bonne étoile à une personne discrète et compréhensive. Pour l'officialiser, juste un peu, pour s'entendre narrer ce bonheur tout neuf. Sans s'engager encore. Et cette oreille avait un nom, ou plutôt deux prénoms : Chiara, cette amie rencontrée à Rome et l'accompagnant dans son entreprise, le conseillant sur ses choix et Francesca, cette grand-mère révélée tardivement. Pour autant, l'effet de surprise assimilé, elle n'avait en aucun cas perdu l'affection du jeune homme.

— De toute façon, je dois lui parler de l'achat de matériel, murmura-t-il comme pour se convaincre. Est-ce que je peux me permettre cet investissement ? Elle tient la comptabilité et saura me dire.

Fort de cet argument en forme d'excuse, Raffaëllo changea de direction pour se diriger vers la maison de Chiara où, quelle que soit l'heure et comme Ornella, sa sœur, il se savait le bienvenu. Toute proche du centre-ville et de la manufacture de tabac, la villa nichait dans un écrin de verdure soigneusement entretenu par d'invisibles jardiniers. De grands arbres où nichaient des oiseaux piaillant du petit jour à la tombée de la nuit la cachaient des regards indiscrets. Depuis sa révélation de parenté avec la famille Giordano, la propriétaire des lieux avait espacé ses déplacements à Rome afin de privilégier sa vie lot-et-garonnaise prouvant ainsi à Flavia et Salvatore son souhait de combler ce temps perdu auprès d'eux et de leurs enfants.

— 5 —

Lorsqu'il pénétra dans cette maison aux accueillantes persiennes blanches ouvertes tels des bras amis, Raffaëllo sourit. Chiara lui avait si souvent répété « être chez lui » qu'il en oubliait parfois de frapper pour s'annoncer. Sourire aux lèvres, il poussa la porte. Du salon lui parvinrent les bribes d'une conversation. Une voix féminine répondait d'un ton enjoué aux paroles de l'hôtesse. *Ah ! Cecilia est auprès d'elle. Tant mieux, je n'aime pas savoir Chiara seule,* pensa-t-il. *De quoi parlent-elles de si plaisant ?*

— Bonjour, Chiara, c'est moi, Raffaëllo ! Bonjour Cecilia ! Désolé de vous déranger. Je repasserai dans la semaine, s'excusa Raffaëllo opérant un rapide demi-tour.

— Absolument pas, rejoins-nous vite, mon chéri !

Depuis ses aveux et son nouveau statut dans la famille Giordano, Chiara usait à son égard de ces petits mots tendres surprenant toujours son destinataire. Certes, elle lui prouvait son affection, mais dans le cœur de son petit-fils, la Chiara rencontrée à Rome gardait sa place entière.

Assise dans un fauteuil, face à Chiara-Francesca, une tasse à la main, Flavia souriait. Elle se tenait assise sans s'adosser, un peu comme en visite chez une amie récente dont elle ne connaissait pas vraiment les habitudes. Avec le temps, sur le visage de Flavia se dessinaient des traits semblables à ceux de Francesca, sa mère.

— C'est toi, Maman ? J'ai cru reconnaître la voix de Cécilia, lança Raffaëllo réalisant une sorte de malaise de la part de Flavia.

— Cécilia s'est absentée. Un voyage imprévu, murmura Chiara, signifiant ainsi son souhait d'éviter le sujet. Parlons plutôt de toi, mon garçon. Je suis heureuse de te voir. Ta maman aussi, je pense. Il paraît que tu viens peu à la ferme en ce moment. Comment vas-tu ?

— Bien, merci. Oui, désolé maman, mais j'ai beaucoup de travail, s'excusa le jeune Giordano évitant de croiser le regard de Flavia.

— Je comprends, mais pense à te reposer pour retrouver des forces.

— Un peu comme toi et Papa avant l'arrivée de Sofiane ? plaisanta-t-il, rougissant à l'idée qu'elle puisse deviner son secret.

Flavia laissa échapper un petit rire aussitôt générateur de joie chez son fils et sa mère. Des événements familiaux récents était né chez elle un intense soulagement lui offrant de multiples petits plaisirs qui, additionnés, commençaient à ressembler à une forme de bonheur. Enfin, ses émotions figées depuis la mort accidentelle d'Andréa s'étaient libérées pour profiter de cette nouvelle existence prometteuse. Elle en oubliait presque le projet de Salvatore : *je trouverai bien le moyen de le faire renoncer à ce voyage en Italie,* pensait-elle lorsque l'idée lui revenait en tête. Cette forme d'optimisme fascinait celle dont le poids du passé avait entravé plusieurs décennies.

Au terme d'une conversation où, famille et culture du tabac s'imposèrent, Flavia décida de prendre congé, ce qui permettrait un échange privé entre le petit-fils et cette grand-mère qu'elle acceptait volontiers, à présent.

— Je passerai bientôt, maman, promit Raffaëllo en l'embrassant. *Quand ma relation avec Michèle aura évolué, que j'en saurai plus et que je pourrai vous la présenter,* se retint-il d'ajouter.

— J'y compte bien. Viens un dimanche, de préférence. Nous aurons plus de temps et je demanderai à Ornella de passer avec Sofiane et les enfants.

La nouvelle Flavia réjouissait la famille entière, excepté Carlo dont on avait aucune nouvelle et dont on se passait fort bien. Comme à chacun de leurs au revoir, Chiara ouvrit des bras maternels où Flavia acceptait de se nicher. Enfin.

— Alors mon garçon ! Comment vas-tu ? répéta Chiara refermant la porte sur sa fille.

— Bien… Très bien… Je voulais avoir un conseil de ta part.

— Hum…

— Pour… Euh… L'achat de matériel. Une trémie de chargement de gravats et sa goulotte.

— Oui. Quoi d'autre ?

— Et… est-ce que ma situation financière le permet ? Tu tiens mes comptes, toi seule peux me le dire.

— Comme je te vois prudent ! Je suis fière de toi. Tu peux acquérir ces outils, bien sûr. Ils sont des investissements et te faciliteront la tâche.

Amusée, Chiara perçut la gêne de son petit-fils.

— Bon, on se connaît bien, nous deux. Voilà ce que je te propose : tu me racontes ce qui te préoccupe vraiment et je te confie mon problème. C'est un bon accord, n'est-ce pas ?

— Oui, qui commence ? répondit le jeune Giordano dans un souffle.

— ...

— Compris, je me lance.

Et Raffaëllo narra sa rencontre avec Michèle faisant du stop sur la route, à la nuit tombée. Il avait bien failli la renverser. Seuls ses cheveux roux illuminés par les phares de la voiture l'avaient alerté au dernier moment. À sa proposition de la conduire jusqu'à Tonneins, elle avait eu ce regard étrangement affolé.

— Montez ! vous n'avez rien à craindre mademoiselle. Je suis un homme sérieux qui veut juste vous rendre service. Il est tard. Vous pourriez faire de mauvaises rencontres.

Après s'être tournée à gauche et à droite, comme pour vérifier n'être pas suivie, elle avait consenti à se hisser sur la banquette de l'utilitaire encombré à l'avant de bons de commande et plans de toutes sortes.

Au fil des confidences, l'expression attendrie de Chiara encourageait son petit-fils à continuer son récit.

— Elle semblait désorientée et inquiète. Lorsque j'ai compris qu'elle venait d'arriver en Lot-et-Garonne, je l'ai hébergée pour quelques nuits, afin qu'elle puisse se reposer et chercher un logement. Et, non, Chiara, il ne s'est rien passé : elle au premier étage et moi dans le salon. Elle n'avait rien, tu comprends ?

— Bien sûr ! Et...

— Je l'ai aidée à trouver un emploi à l'usine. Ou plutôt c'est Ornella.

— Je suis fière de vous, lança Chiara observant une attitude d'attente.

— Et, finalement, elle n'a pas cherché à se loger ailleurs, sourit Raffaëllo embarrassé. Un soir, j'ai monté l'escalier.

Tout à ses émotions, le jeune homme en oublia de questionner Chiara et fila retrouver celle que son cœur, son corps et son esprit réclamaient.

— 6 —

La présence de Sofiane à la ferme, ses soins prodigués à la culture du tabac et son courage déployé sur l'exploitation de la prune d'ente et du maraîchage permettaient à Salvatore de bénéficier de longues pauses pendant lesquelles il apprenait à vivre et reposait son corps fatigué. Parfois, en compagnie d'un livre, il se réfugiait dans le séchoir à tabac dont l'odeur puissante et âcre lui contait mille aventures, de celles dont il avait souvent été le personnage principal. Salvatore éprouvait une forme de quiétude inespérée dont Sofiane était l'artisan. Grâce aux conseils d'Ornella, le jeune Slimani savait s'adapter aux exigences du marché bien souvent avant ses collègues producteurs du département. Cela en dépit de ce nouveau règlement imposant droits et devoirs aux planteurs et à la S.E.I.T.A. Par bonheur, l'annonce de la création de caisses mutuelles permettant la garantie des sinistres, tels que la grêle, la pluie ou la sécheresse avaient minimisé l'impact de ces tracasseries administratives.

— Le monde du tabac se fédère, se structure en coopératives nationales et même européennes, ce qui nous permettra de rester présents sur le marché communautaire, avait expliqué la jeune directrice de la manufacture, un soir autour de la table familiale. Ces orientations sont indispensables si nous voulons nous adapter aux changements. Et, bonne nouvelle… La production de tabac s'annonce excellente, cette année, alors négocions bien ce virage.

Sur ce, Vittoria dans ses bras, la jeune femme se leva afin de mettre l'enfant au lit, comme pour montrer, si besoin était, que les rôles de mère et dirigeante s'avéraient compatibles.

Admirative, Flavia l'avait écoutée sans l'interrompre alors que Salvatore posait un regard affectueux et fier sur celle qui resterait « son trésor » jusqu'au jour où il fermerait les yeux pour rejoindre son garçon, Andréa, au pays de l'innocence.

— Demain, je passerai voir Victor, se ressaisit-il. En rentrant de ma promenade matinale, j'ai rencontré l'un de ses ouvriers : il manquerait de bras. Si je peux lui être de quelque secours… Victor est si courageux.

— Je croyais que nous devions passer la journée à Bordeaux, protesta Flavia. C'est notre jour de repos, tu te souviens ?

— J'irai dès l'aube et serai revenu pour préparer ton petit-déjeuner, sourit celui qui l'aimait comme au premier jour.

Devinant ce qui lui était seulement suggéré, Flavia frissonna et sentit son cœur s'emballer. *Après ce que nous avons vécu, jamais je n'aurais pensé que nous nous retrouverions ainsi, Salvatore et moi,* réalisa-t-elle.

Le lendemain honora ses promesses lorsque Salvatore posa le plateau sur leur lit. La faim se réveilla doucement. Celle des sens d'abord. L'estomac saurait attendre pour être satisfait. Les caresses et les mots tendres prirent toute la place dans ce lit gardien des secrets du couple, même les plus osés. De ceux qui les faisaient rire comme de jeunes amoureux réveillant ce plaisir de la chair autant qu'ils les surprenaient par leur hardiesse. Oublié le temps qui passe puisqu'il s'était arrêté sur leur île drapée. Lorsque Salvatore réagit enfin :

— Le soleil est déjà haut dans le ciel, madame Giordano ! souffla-t-il dans les cheveux de Flavia qu'il embrassa tendrement. Il est temps de vous lever.

Flavia s'étira, sourit et enlaça son époux.

— Pas question ! Debout, séductrice !

Sous la terrasse couverte, cigarette aux lèvres, Salvatore repensait à sa conversation avec Victor. Derrière la fumée, une fois encore revenaient les souvenirs de cette époque de la fin de la guerre et de la mort de Giani, son cousin et ami : Victor et Paul étaient encore des enfants. Comme promis, il avait veillé sur eux, partageant ses journées de travail entre les deux exploitations, ses deux familles. Pour former les jeunes garçons. Adolescent, Paul avait fui devant la tâche pour emprunter la route sinueuse de la pègre le menant vers l'Italie. Victor avait persévéré. Aujourd'hui, la récolte s'annonçait bonne et le jeune homme tirait une certaine fierté de l'intérêt de ses deux jeunes fils pour le travail de la ferme.

— Ton père aurait été fier de toi, Victor. Comme je le suis. Et voir tes enfants commencer à te prêter main forte me réjouit, le complimenta-t-il. L'avenir de ta propriété est assuré.

Une fugace pensée accompagnée de regrets l'assaillit à cette évocation. Pourquoi Carlo, son fils aîné, ne s'était-il pas attaché à leur terre ? Était-ce de sa faute ? L'avait-il trop contraint lorsqu'il n'était encore qu'un gamin ? Qu'était-il devenu, à présent ?

— Toi aussi tu peux être fier d'Ornella et de Raffaëllo ! Et puis, maintenant il y a Sofiane.

— Tu as raison. Nous avons de la chance. Je t'avoue que j'étais un peu inquiet lorsqu'Ornella nous l'a présenté : ces violences en Algérie, l'extermination de sa famille, son enfermement au camp de Bias, il portait un tel poids sur les épaules. Mais ce garçon m'a agréablement surpris : grâce à lui, je peux lever le pied.

— Crois-tu que le cœur d'Ornella ait pu se tromper à son égard ? Ma cousine savait parfaitement ce qui se cachait sous cette tignasse, rit Victor.

Cette évocation amusa le père Giordano avant que s'insinue un étrange sentiment semblable à des remords d'avoir douté du jeune évadé de cette prison à ciel ouvert, cerclée de barbelés.

— 7 —

Tonneins dormait encore dans son lit de brouillard pendant qu'un véhicule de sport, rouge et inconnu, se dirigeait vers le cœur de la ville. Contrairement à son habitude, le chauffeur se garda de faire rugir son moteur et de défier les autorités par une vitesse excessive : il ne tenait pas à se faire remarquer. D'autant qu'il aurait peut-être besoin d'interroger discrètement quelques passants pour réaliser son objectif. L'œil aux aguets, il progressait, retrouvant ces lieux quittés précipitamment, quelques années auparavant. Aussitôt se réveillèrent rancœur et envie de contraindre les siens à accepter sa supériorité, sa réussite. Le voile de brume au silence cotonneux provoquait chez le conducteur une étrange et inattendue manière de considérer le problème et sa situation. *Comment vais-je procéder ? Comment réagira ce frère quitté comme s'il était mort ?* De ces interrogations naquit un sourire mi-inquiet mi-amusé éclairant son visage rond d'homme habitué aux plaisirs de la table. Il songea à la manière dont il s'était toujours informé sur la vie de cette famille qu'il aurait voulu oublier et qui l'habitait malgré lui. Pour ne pas perdre le fil de la vie de ceux qui restaient les siens, envers et contre tout. Les langues des gens modestes ne résistaient pas longtemps à un argent facilement gagné. Il suffisait de savoir choisir ceux qui ne pensaient pas à mal, ceux qui ne comprenaient pas les dangers de révéler la vie d'autrui. Il lui avait suffi de soudoyer quelques ouvriers de la manufacture et de récompenser la curiosité de quelques travailleurs agricoles, afin de retrouver la personne qui hantait ses pensées depuis son départ de Marseille. Il voulait savoir sans se montrer. *De toute manière, le père n'aimerait pas connaître mes activités, la mère me chasserait en regardant Raffaëllo, son fils chéri après Andréa.*

— Je dois retrouver cette fille ! Je la veux ! grommela-t-il.

Carlo se ressaisit aussitôt : cette sentimentalité était incompatible avec les affaires, il le savait. Lesquelles exigeaient une aptitude à l'autorité, à la fermeté et bien souvent plus. Le sale boulot, l'appelait-il. Ainsi, pour choisir sa vie et surtout pour gagner beaucoup d'argent, s'était-il appliqué à refouler le peu de conscience dont il avait été doté à sa naissance, pour l'enterrer en Lot-et-Garonne. Définitivement.

Ce matin, comme chaque jour de l'année, Carlo mettait un point d'honneur à « régler ses affaires » ainsi que l'exprimaient ses oncles Mattéo et Marco dont il avait été l'élève appliqué et docile. Jusqu'au jour où il s'était érigé contre leur autorité, leurs manières et leurs exigences. Sans les avertir, sans laisser la moindre adresse, il avait quitté Turin et l'Italie. Pour ne plus obéir, pour se faire obéir à son tour. Marseille l'avait accueilli, protégé, caché. À l'opposé de Marcel Pagnol immortalisant la garrigue et les mas provençaux nichés dans les collines, Carlo Giordano se passionna pour les rues obscures dans les quartiers les plus troubles de la cité phocéenne où il développa son commerce de la nuit. D'abord ce petit bar qui, acheté dès son arrivée, s'était vite fait un nom : les jeunes femmes s'y montraient avenantes envers une clientèle aussi fidèle que disposée à laisser leur argent contre le partage d'une coupe de champagne ou de quelques faveurs officieuses et tarifées. Au fil des mois, l'établissement avait colonisé tout le rez-de-chaussée de l'immeuble, devenant une référence pour les âmes en quête de réconfort et celles en recherche de distractions voluptueuses. Parfois, s'attendant à des reproches voire plus de la part des oncles, Carlo s'étonnait de leur silence : *bah, s'ils le voulaient ils trouveraient où je vis. Mais ils ont mieux à faire : le business n'attend pas. Et ça me va bien. Chacun pour soi maintenant.*

Parfois, lorsqu'il pensait à Salvatore, son père, un frisson involontaire courait le long de sa colonne vertébrale.

— Qu'il aille au diable, lui aussi ! Il m'a chassé pour préférer ce type débarqué d'on ne sait pas vraiment où. C'est son choix, au paternel, et il me convient tout à fait. Rien à faire avec ces paysans ! grommela-t-il comme pour mieux se convaincre.

À l'idée de la réaction de la famille Giordano, si elle venait à apprendre la teneur de ses activités, un rictus anima son visage. Il se surprit même à le souhaiter. Par défi, par envie de les faire souffrir, par besoin de leur prouver qu'il savait gagner de l'argent. Beaucoup d'argent. Plus qu'ils ne pourraient jamais en obtenir. Mais l'heure n'était pas aux règlements de comptes. Pour lui, l'urgence restait de retrouver cette jolie jeune femme si appréciée de sa clientèle et dont il se retenait de s'attacher à un autre titre que celui de patron. Les ombres géantes de la manufacture interrompirent les pensées un peu confuses de Carlo. Les premières lueurs du jour le firent sourire. *C'est l'heure des descentes de police, mais cette fois c'est moi qui me pointe.*

Matinale comme son propriétaire, la petite maison de Raffaëllo s'éveillait, ouvrant ses paupières de bois, claquant des portes comme des bravos sur le passage du jeune entrepreneur. Garé à quelques mètres, Carlo s'efforçait à une discrétion difficilement maîtrisée, teintée de regrets refoulés. Son frère était là, tout près : quelques pas et il pourrait le serrer dans ses bras. L'un et l'autre le voudraient-ils seulement ? Carlo soupira, hochant la tête. *Je ne suis pas là pour des embrassades, juste pour reprendre ce qui m'appartient et basta !*

À cet instant, Raffaëllo leva la tête vers la fenêtre du premier étage, hésita, sourit et s'engouffra à nouveau dans la maisonnette comme s'il avait oublié quelque détail d'importance, laissant le guetteur sur les charbons ardents.

— Tu n'as pas changé Raf', toujours aussi distrait, grommela son frère gagné par l'impatience. Allez, fiche le camp, va te démolir le dos et te ruiner la santé pour satisfaire des clients aussi désagréables qu'exigeants. Si seulement tu m'avais écouté. Mais tu es trop fier pour cela, trop conditionné par notre éducation de bons et courageux travailleurs venus d'Italie pour s'intégrer. Vaste blague !

Attente et fatigue du voyage pesaient sur la vigilance de l'aîné des Giordano, lorsque le cadet surgit sur le trottoir, vérifia son chargement et, dans un signe de la main, démarra la camionnette pour disparaître au coin de la rue, avalé par les façades grises.

Levant la tête, Carlo aperçut la chevelure de feu de la jeune femme accoudée à la balustrade d'une fenêtre du premier étage. Les battements de son cœur s'affolèrent assez pour le contrarier.

— Tu vas rentrer avec moi, grommela-t-il émergeant de sa voiture. Et laisser mon frère tranquille. Tu ne le mérites pas et il l'ignore.

Michèle l'aperçut alors qu'il gagnait le trottoir. Paniquée, elle referma précipitamment la fenêtre pour courir verrouiller la porte du rez-de-chaussée. Puis, chancelante, le souffle coupé par la peur, elle s'adossa au mur comme pour s'y engloutir, s'effacer aux yeux de celui qu'elle avait réussi à fuir. Jusqu'à présent.

— Ouvre-moi, Lola ! Je ne te ferai pas de mal. Nous allons juste parler, gentiment, pour décider de la suite.

— Va-t'en !

— Non ! Tu dois rentrer avec moi.

— Jamais ! souffla-t-elle dans un sanglot. Plutôt mourir !

— Mon cher frère sait-il qui tu es vraiment ?

— Quel frère ? Je ne connais personne ici. Juste des gens de la S.E.I.T.A, c'est tout.

— Nous y sommes ! Tu connais donc ma sœur, la boss. Le monde est petit, n'est-ce pas ? Allez ! Viens sans faire d'histoires et Raffaëllo ne saura rien de tes petits secrets.

— Qu'est-ce que je ne dois pas savoir, Carlo ? lança une voix menaçante derrière lui. Que fais-tu ici après tout ce temps sans nouvelles ?

— Dis à ta nana d'ouvrir la porte, de me laisser entrer et je t'expliquerai. Tout. Y compris certains détails que tu sembles ignorer.

— Tu peux déverrouiller, Michèle. Je suis là. Tu es en sécurité.

À ces mots, Carlo éclata d'un rire mauvais.

— Grand cœur et petit cerveau, voilà bien ce qui te caractérise, Raf' !

Dans un grincement timide, la porte d'entrée s'effaça et le couloir se dévoila aux yeux du visiteur. Un lieu vétuste et sans charme.

— Et ben ! Pour un gars du bâtiment, la déco est plutôt décevante ! Ah oui, je devine : tu as trop de travail pour t'occuper de ta propre maison.

— Viens-en au fait, Carlo ! Tu n'es pas venu pour faire un état des lieux. Comme je suppose que tu n'as pas vu la famille.

— Bien deviné, frangin ! Aucune envie.

L'aîné des Giordano se dirigeait vers la pièce principale, alors qu'à l'arrière Michèle gardait ses distances comme pour s'enfuir au premier danger. Raffaëllo s'en étonna, mais remit à plus tard ses interrogations. *Que cherche Carlo ?* se demandait-il sur ses gardes. Au point qu'il oublia de proposer un rafraichissement à celui qui avait partagé les jeux de son enfance et qui observait la jeune femme.

— Alors, Lola, par où commençons-nous ?

— Lola ?

— Eh oui, mon cher frère ! Je te présente Lola, une vieille connaissance.

Fuyant le regard surpris de Raffaëllo, muette, au bord de l'évanouissement, Michèle baissait les yeux. De pâle, son visage devint blême. Elle qui avait connu un bref bonheur souhaitait à présent la mort, immédiate, salvatrice.

Ainsi Raffaëllo apprit-il la réelle existence de Michèle, celle qu'elle n'avait pas encore osé lui confesser, celle qu'elle envisageait de lui révéler lorsqu'elle aurait trouvé les mots. Mais ceux-ci venaient d'être jetés au visage du jeune maçon. Sans précaution et sans le moindre respect pour elle, pour lui, pour eux, pour leur avenir qui s'écroulait.

En proie à une foule de pensées contradictoires, Raffaëllo gardait un silence semblable à une éternité pour Michèle et dont Carlo se délecta. Les larmes de la jeune femme noyaient ses yeux bleu océan et roulaient sur ses joues en un fleuve de chagrin d'un bonheur fugace auquel elle avait presque cru.

— Ta belle Michèle, n'est autre que Lola, go-go danseuse dans ma boîte de nuit, à Marseille.

— Prostituée ! s'exclama Raffaëllo, horrifié.

— Non, je dansais sur une plate-forme pour les clients. Pour faire monter la température et l'ambiance, pour les faire consommer. C'est tout.

— Lola a un corps superbe qui plaît beaucoup aux habitués de l'établissement, surtout lorsqu'il est presque nu. Mais tu dois le savoir, espèce de coquin ! Belle, souriante, un peu maigre à mon goût, elle les affole tous tant elle sait bouger. J'ai de grands projets pour nous. Bon, il est temps de rentrer, la route est longue jusque chez moi. Arrivederci fratello mio([3]), lança-t-il en saisissant la main de la jeune femme.

— Je ne veux pas venir avec toi, se débattit-elle sans oser demander l'aide de celui qu'elle avait trompé sur son passé.

— Laisse-la tranquille ! menaça Raffaëllo. Retourne à tes activités peu recommandables ou…

— Ou quoi ? Le petit frère modèle se fâchera ? Avance, Lola et gare à toi ! ordonna-t-il, la poussant brutalement devant lui. Et rappelle-toi la dernière fois où tu m'as tenu tête.

Se remémorant ce passage à tabac subi après avoir refusé les avances déplacées d'un client éméché prêt à payer

3 - Au revoir, mon frère.

pour une prestation validée par Carlo, la jeune femme frémit. Elle avait résisté au prix de nombreux hématomes. Pour s'enfuir dès qu'elle l'avait pu.

Une rage inconnue venait d'envahir le cœur, le corps du pacifique et raisonnable Raffaëllo qui devint agresseur. Il connaissait le caractère dominateur de son frère, savait qu'il ne réussirait pas à le convaincre, qu'il devait anticiper. À défaut de raison restait la force, rien que la force. Coutumier des altercations, l'aîné des Giordano campa sur ses jambes son corps massif et trapu pour recevoir une attaque qui le surprit par sa puissance. En une seconde, il réalisa la possibilité d'avoir le dessous face à celui qu'il avait toujours dévalorisé à son profit. Un coup de poing l'envoya à terre. D'instinct, il mit la main à sa poche en quête de son Beretta 70, ce compagnon des mauvais jours ne le quittant guère si ce n'était au petit matin lorsqu'il s'allongeait pour quelques heures de repos, son pistolet à portée de main.

— Attention Raffaëllo ! Il a une arme, il va te tuer ! hurla Michèle.

Tuer ? Ces mots résonnèrent comme une alarme dans la tête de Carlo. *Non, je ne peux pas, pas lui, pas mon frère,* réalisa-t-il sans comprendre réellement ce qui le retenait. Debout, face à lui, se révélait un homme inconnu, violent, déterminé, dangereux. Cet homme nouveau le fit sourire tant il lui ressemblait à cet instant. Ajoutée à ses souvenirs d'enfance, cette situation inattendue le décida :

— Pousse-toi Raf' ! rit-il en se relevant avec difficulté. Où as-tu appris à te battre ainsi ? Moi qui te croyais incapable de faire mal à une mouche, tu me vois très impressionné. Et je confirme, tu gâches ta vie ici.

Sur ses gardes, insensible aux flatteries, Raffaëllo se tenait prêt à affronter une nouvelle ruse qui le soumettrait et permettrait à Carlo d'enlever Michèle, à jamais. L'attitude de son cadet décida le fils banni à ranger son pistolet. L'espace d'un instant, leurs regards se croisèrent, s'attachèrent, se rejoignirent dans un coin du passé où, entre les rangs de tabac, deux petits garçons couraient se cacher dans le séchoir en riant, complices.

— File avant qu'on s'entretue ! souffla Raffaëllo. Nos parents ont assez souffert. Ils n'ont pas besoin de deux fils morts en plus. Laissons-les en dehors de tout ça.

— Là, je peux te rassurer : ce n'est pas moi qui leur en parlerai, tu t'en doutes. Et… À présent que je te sais homme à part entière, capable de tuer pour une cause, je vais t'offrir un cadeau de bienvenue dans le monde réel. J'abandonne mon idée de ramener « ma Lola » pour te laisser « ta Michèle ». Enfin si tu en veux toujours, maintenant que tu sais…

Muet, le jeune Giordano patienta, sachant qu'un marché viendrait. Avec Carlo, il n'y avait rien de gratuit. Ce dernier hésitait, pesant ses mots, sortant de son insolence coutumière, ce qui alerta son frère.

— Bon, Carlo, finissons-en ! Que veux-tu en échange, parce qu'il y a une contrepartie, n'est-ce pas ?

— Exact, frangin. Tout est négociations en ce bas monde. Tout d'abord, je ne veux pas de témoin à notre marché, précisa-t-il à l'intention Michèle quittant la pièce.

— Tu m'offres une bière ?

— Non !

Carlo éclata d'un rire sonore.

— Ah, j'adore le ton ferme du nouveau Raffaëllo !

— Et…

— Bon, voilà, c'est simple : je veux recevoir des nouvelles de la famiglia([4]). De temps à autre, sans que j'aie besoin de les demander. Lola sait où me trouver, tu n'as qu'à lui demander. Au moins, elle t'apportera quelque chose. Et je t'interdis de leur dire où je vis, compris ?

Interloqué par la résignation inédite de son frère, Raffaëllo ne sut que répondre. Soudain, derrière le voyou, il percevait un Carlo maladroit, rejeté, incompris, mais encore soucieux des siens. Derrière cet homme aux concepts individualistes se cachait le premier né des Giordano.

---

4 - La famille.

— 8 —

Lorsque Carlo poussa la porte du « Scorpio », son club marseillais, un étrange sentiment l'étreignit, une forme d'absence, de vide, d'incomplétude. *De qui ? De quoi ?* se demanda-t-il. *J'ai tout ce que j'espérais obtenir : l'argent, la reconnaissance, la puissance. Personne ne m'a jamais fait plier.* Et soudain, il réalisa : *Lola, nous aurions pu faire de grandes choses ensemble. Si tu t'étais montrée plus docile avec moi et plus complaisante envers nos fidèles clients.* Il haussa les épaules : non je ne l'aimais pas, je n'aime personne.

Un soir, alors qu'il étudiait quelques courriers dans son bureau, il perçut des éclats de voix avant que l'on frappe à sa porte.

— Je voudrais vous parler, patron !

— Et moi, je ne veux pas être dérangé ! Débrouille-toi, Aldo, tu es payé pour ça ! grommela-t-il.

Dans un soupir, le vigile s'éloigna au pas lourd de ses cent-vingt kilos. Dans un réflexe, Carlo leva la tête et tendit l'oreille.

— Qui braille ainsi ? Que fiche Aldo ? Il est videur ou non ? Pourquoi n'a-t-il pas déjà jeté ce râleur à la rue ? Ce type va faire fuir nos habitués et nous attirer les flics, marmonna-t-il en repoussant son fauteuil pour se diriger vers la porte qu'il ouvrit avec agacement.

Tel un serpent dans la jungle, Carlo savait se glisser au milieu de consommateurs noctambules de tous poils sans attirer l'attention. Ainsi parvint-il jusqu'au fauteur de trouble dont il aperçut bientôt le dos. Aldo semblait ne pas savoir comment gérer la situation.

— Ce gars veut vous parler personnellement, chuchota-t-il à l'oreille de son patron. Il dit que vous vous connaissez bien. Pas osé le virer, du coup.

Carlo soupira. *Encore un rigolo qui se targue d'être mon ami. Je le jetterais bien dehors pour sa peine. Mais le client est roi et les relations restent à ménager : on ne sait jamais à qui on a réellement à faire.* Affichant un sourire aussi forcé que commercial, il contourna le visiteur pour lui faire face.

— Bonjour. Je suis Carlo Giordano, le boss de cette maison. Que puis-je pour vous ?

Carlo observait l'inconnu à présent calmé. La quarantaine fatiguée, une taille moyenne, mince au seuil de la maigreur et traits tirés, teint mat et cheveux bruns, barbe taillée, rien ne le différenciait vraiment des hommes vivant dans le sud. Rien d'extraordinaire si ce n'étaient ce regard et cette infime attirance envers lui que Carlo tentait de comprendre derrière un sourire de composition. L'air pensif du patron sembla, l'espace de quelques secondes, interpeller le visiteur avant de le décevoir.

— Bienvenue chez nous, monsieur, reprit Carlo lui serrant la main. Acceptez le verre de la maison et nous pourrons parler, proposa-t-il, se donnant ainsi une chance de collecter des informations sur ce mystérieux client se recommandant de lui.

Pourquoi cet homme provoquait-il en lui cette étrange sensation proche du trouble ? Qui était-il ? Se connaissaient-ils ? Si c'était le cas, en qualité de meilleur physionomiste de l'établissement, il l'aurait identifié au premier regard. Ce constat éveilla chez Carlo une sorte de méfiante prudence : *ce type veut me parler, je vais vite savoir de quoi il retourne.* Mais l'homme prenait son temps, abordant des thèmes insignifiants et sans rapports évidents avec sa visite, tels la pluie et le beau temps, la cathédrale Notre-Dame-de-la-Garde cette « bonne mère » protectrice des marins, des pêcheurs et de tous les Marseillais ou encore l'affluence de voyageurs à la Gare Saint-Charles.

Ah, ce type a voyagé par le train ! Mais d'où vient-il et pourquoi vers moi ? Quel est son objectif, va-t-il finir par me le dire ? pensait Carlo irrité par cette voix faisant écho à une sensation toujours non identifiée et, par conséquent, désagréable.

— Bien, vous m'excuserez, mais le travail m'attend, lança-t-il en reposant sa chope vide. Vous souhaitiez me parler, m'a informé Aldo. De quoi s'agit-il ?

À ces mots, l'homme esquissa un sourire désabusé.

— J'ai donc tant changé que l'on ne puisse me reconnaître ?

— Votre voix... elle me rappelle quelque chose... Nous nous connaissons, n'est-ce pas ?

— Oui, Carlo. Et depuis longtemps, dans un passé aussi lointain que définitivement perdu. Comparée à ma vie actuelle, ce fut une époque heureuse, même sans père à mes côtés.

Soudain, Carlo se sentit propulsé dans le monde de l'insouciance. Comme si c'était hier, il revit l'école du bourg, la ferme, les rangs de tabac, les jeux avec Raffaëllo et avec ses cousins.

— Tu es Paul ! Le Paul qui partageait mes ratages et mes bêtises de gamin, le Paul qui détestait les conseils de mon père.

— C'était ton père, pas le mien.

— Si peu, il m'a remplacé par un gars sorti d'un camp de Harkis, tu te rends compte ?

— Et Raffaëllo alors ? C'est ton frère ! Il ne travaille donc pas avec Salvatore ?

D'un soupir de Carlo s'échappa un rire où s'entremêlaient dédain et regrets :

— Mon frère a quitté la ferme, lui aussi. Pour devenir maçon ! Il se tue à la tâche et ne gagnera jamais assez d'argent pour vivre à l'aise. Je lui ai proposé de me rejoindre, plusieurs fois, mais cet imbécile a refusé. *J'aurais tant aimé retrouver notre complicité d'autrefois,* pensa-t-il.

— Eh bien ! Nous avons déçu nos familles Giordano de la même manière, conclut celui qui d'importun était devenu bienvenu. Au moins, le mien n'aura pas eu les regrets qui doivent habiter le cœur de Salvatore. Il était dur, ton père, même avec moi. Je n'avais que treize ans à la mort du mien.

— Oui, sévère et inflexible, mais j'avoue lui avoir montré très peu de motivation au travail de la terre et à la culture du tabac. S'échiner pour un gain de misère, trop peu pour moi ! Je suis fait pour profiter de la vie. Allons, cousin, suis-moi dans ma caverne, proposa-t-il en saisissant au passage les deux verres et la bouteille tendus par le barman.

Le cœur léger, les deux hommes réveillèrent en eux les enfants de jadis, leur insouciance à cette époque où le labeur de Salvatore sur les deux exploitations leur semblait à la fois évidence et normalité. Carlo lui apprit le décès d'Adrienne, sa mère, et l'accident mortel d'Andréa.

— Bah ! Maman était une femme bizarre et peu aimante. Elle se disait fière de ses enfants sans jamais les prendre dans ses bras. Préférant y loger sa ration journalière de vin. Papa était plus tendre.

— Mon père et lui étaient très proches. Il avait promis à son cousin Giani de vous protéger, Victor et toi.

— Il l'a fait, pour sûr ! Mais je n'ai pas su le comprendre, à cette période. Finalement, le cousin Salvatore aurait dû se montrer encore plus intraitable.

Cette dernière réflexion interpella Carlo sans qu'il ressente la nécessité d'en savoir plus. Les effets du whisky, sans doute. La soirée s'écoula, voleuse de souvenirs immédiats et, pour Paul, voleuse de courage aussi.

Le lendemain, les vapeurs d'alcool et une forte migraine réveillèrent Carlo. Il ouvrit douloureusement les yeux pour apercevoir son cousin encore endormi près de lui. Une fatigue exigeante d'un repos immédiat avait terrassé les deux hommes, les propulsant, habillés, sur l'unique lit meublant l'appartement de Carlo situé à l'étage de la boîte de nuit. Le jeune homme sourit en se remémorant cette soirée inattendue qui lui avait rendu ce cousin de cinq ans plus âgé. Puis son visage s'assombrit : *est-ce que je me sens seul au point d'imaginer que Paul pourrait rester ici, travailler avec moi ? J'ai compris qu'il ne bossait plus pour Mattéo et*

Marco. Il a déguerpi comme moi, finalement, pour regagner la France.

Une douche froide et prolongée finit par éclaircir ses idées brumeuses, favorisant une réflexion sur son dernier projet. Les Jackpots et les vidéo pokers, ces nouvelles machines à sous seraient livrées la semaine prochaine ainsi que les bornes d'arcade. Ce matériel de jeu exigerait une surveillance spécifique qu'il comptait proposer à son cousin. Pour ce poste, nul besoin de muscles. Si problème, Aldo y remédierait. *J'en parlerai à Paul. Plus tard. Lorsqu'il sera réveillé et dès que je trouverai le temps.*

Au rez-de-chaussée, le travail exigeait sa présence. Il devait faire le point sur les recettes de la veille, surveiller le réassort d'alcool, tout vérifier. Il ne faisait confiance à personne.

Le réveil de Paul s'avéra plus délicat. Après deux essais infructueux, il tenta à nouveau de se lever pour enfin saisir cette feuille blanche posée en évidence sur la table à côté d'une boîte d'aspirine et d'un verre d'eau : « reste le temps que tu voudras, cuggini. On parlera plus tard ». Ces quelques mots hospitaliers plongèrent le visiteur dans une insoluble perplexité. Dans une danse folle, le mobilier semblant voler autour de ses yeux le décida à regagner le lit. Pour reprendre des forces. Pour réfléchir. Pour décider. Comment avouer son obsession à Carlo ? Qu'en penserait-il ?

Lorsque son cousin gravit l'escalier en colimaçon, Paul tentait d'absorber quelques gorgées de café que son estomac risquait de restituer très vite.

— Salut ! Bien dormi ? Je ne sais pas pour toi, mais j'ai une gueule de bois faramineuse. OK, inutile de répondre, il me suffit de te regarder. Ça va quand même ? Bon, je ne te propose pas de venir déjeuner avec moi. Repose-toi, on a tout le temps de parler du passé, du présent et de l'avenir. À plus tard, fais comme chez toi !

À l'heure où les « oiseaux de nuit » prenaient un repos indispensable après de longues heures à servir ou se faire servir et collectaient des forces pour vivre leur prochain défi nocturne, les abords des bars de nuit de la rue Corneille (paix à l'âme du grand dramaturge et poète) jouissaient d'un calme absolu. Cette sorte de recueillement matinal interpellait toujours Carlo, l'angoissait presque. Se justifiait-il par sa proximité avec l'Opéra ? Giordano hocha la tête puis sourit à l'idée de s'être libéré de toutes fonctions pour la nuit à venir. Situation inédite depuis son acquisition du « Scorpio ». Le cœur léger à l'idée de recevoir un membre de cette famille qu'il estimait oubliée et dont une unique visite ravivait le souvenir, le « Patron » regagnait son appartement. Presque joyeux de retrouver le Paul de son enfance, ce cousin avec qui il avait partagé mille bêtises. Presque heureux, il s'étonna néanmoins de ne pas percevoir ces menus bruits de la vie quotidienne, tel celui d'une cafetière que l'on repose maladroitement, d'un robinet que l'on sollicite, d'une porte que l'on ferme. *Quel silence ! Eh bien, mon cousin a replongé dans le néant de l'alcool. Il ne fait pas le poids face à un verre de trop. Je parie qu'il n'a pas quitté le lit de la journée. Comment vit-il et où depuis qu'il a quitté Turin ? Bref, nous avons beaucoup d'infos à échanger,* pensa-t-il amusé à l'idée de ce partage. Et s'il le sent, lui aussi pourra évoquer toutes ces années vécues en solitaire, en presque orphelin.

Bien en évidence, sur la table, un carré de papier blanc :

Tu me parlais d'avenir, cuggini : le mien ne me concerne plus. Bientôt le diable sonnera à ma porte. Il vaut mieux que je sois loin d'ici à ce moment.

— 9 —

La ferme Giordano bruissait du matin au soir, égayée par le chant des ouvriers et les plaisanteries de Sofiane. Par son travail, son ardeur à maintenir la prospérité dans l'exploitation confiée par Salvatore, sa peur de décevoir beau-père et épouse, son entêtement à faire face aux maladies et autres contrariétés, le jeune homme s'échinait, gagnant la sympathie et le respect de tous.

Premier levé, premier penché sur cette terre de Garonne, lourde et fertile de ses crues, alors que le brouillard enveloppait encore maisons, hommes et bêtes au point d'absorber toute manifestation vocale. Dernier à regagner son logis de Sainte-Livrade, dans la vieille dauphine d'Ornella lorsque le soleil rougissant jouait à cache-cache à travers les haies. Jamais il ne quittait les lieux sans jeter un ultime regard aux rangées drues du tabac comme pour les surveiller, leur faire ses précieuses recommandations.

— Poussez bien, mes belles ! Devenez ces larges feuilles qui fascinent tant Ornella sans jamais la rendre totalement confiante. Elle espère tellement de votre croissance : ne la décevez pas.

Puis Slimani contemplait le séchoir à tabac comme pour y apercevoir cette petite fille, aux yeux clairs et aux longs cheveux bruns voletant au moindre souffle du vent, qui considérait les manoques comme des êtres de compagnie susceptibles de recueillir ses secrets. Tel un parfum ami, leur odeur âcre rassurait la fillette, aimant se réfugier dans cette cathédrale de bois, pour lire, pour rêver du jour où elle visiterait la S.E.I.T.A. Le visage de Sofiane s'éclaira d'un sourire avant de s'assombrir : *la manufacture de tabac absorbe la vie d'Ornella autant que l'accaparent les responsabilités. Beaucoup. Trop peut-être. Devrais-je m'en réjouir pour elle ou m'en inquiéter pour nous ?*

Slimani revit leur première rencontre, entre les haies de cyprès ceinturant le camp de Bias, ce camp des oubliés où elle était entrée par effraction. Par sa grâce, son empathie et par son fort caractère, elle avait su attiser les rêves de liberté du jeune homme pour les transformer en audace, en amour puis en évasion. Malgré tout, Sofiane Slimani ressentait souvent cet étrange et pesant sentiment de culpabilité vis-à-vis des familles restées derrière les grilles. Il s'agissait d'une décision d'État et lui, modeste garçon d'Algérie, de ce pays autrefois merveilleux qui avait sombré dans un chaos total et meurtrier, n'y pouvait rien. Avec le soutien de celle qui avait vu en lui l'homme avant le Harki, il s'était libéré, mais ses pensées restaient prisonnières et il le taisait.

Au « château », dans les bureaux de la manufacture, Ornella avait réuni ses proches collaborateurs. La jeune directrice arpentait la pièce pendant que les participants suivaient docilement des yeux sa déambulation, signe d'une gravité avérée. Une jupe longue et fluide battait ses chevilles alors que sa veste frangée en daim lui donnait des airs d'oiseau prêt à s'envoler. Cette manière de se vêtir était tout sauf innocente. Ornella Slimani se refusait à adopter le strict tailleur des dirigeants, estimant que ce dernier aurait mis de la distance entre elle et les travailleurs. Je veux qu'ils me voient comme je suis, comme une des leurs, les responsabilités en plus, avait-elle expliqué à Salvatore et à Flavia surpris par sa tenue décontractée.

— Bonjour à tous ! lança-t-elle, s'immobilisant un instant afin de poser un regard grave sur chaque visage attentif. Comme vous le savez tous, les « trente glorieuses » sont derrière nous, effet de la suspension de la convertibilité du dollar américain depuis 1971. Sans compter les conséquences de cette guerre du Kippour et le choc pétrolier qui a inévitablement suivi. Les pays de l'OPEP ont multiplié par quatre le prix du baril de pétrole. Que nous le voulions ou non, nous sommes entrés dans une forte crise de l'énergie et les répercussions économiques ne se sont pas fait attendre. Les prix s'emballent et la croissance ralentit par manque de moyens. C'est l'inflation et tous ces événements impactent forcément la santé de notre entreprise. Plus que jamais, nous devons nous montrer vigilants.

— À quel niveau ? lança un homme en blouse grise.

— À tous les stades ! Achat du tabac, traitement, exploitation et, évidemment, dépense énergétique.

— Même les achats ? Certains coûts ne pourront être réduits.

— Je veux que nous parlions, en amont, de chaque investissement, de chaque frais et des retours hebdomadaires de tous les postes de production. Ma porte est toujours ouverte, vous le savez bien.

— Oui, si vous êtes dans votre bureau, madame Slimani, lança un syndicaliste plus pour justifier sa présence que par réelle opposition.

La directrice voulait protéger les emplois, il le savait.

— Si j'en suis éloignée, c'est que vous me trouverez dans les ateliers. Et si je suis appelée à un quelconque rendez-vous extérieur, voyez Sylvie, ma secrétaire ici présente : elle prendra note et je vous verrai à mon retour. Dans les plus brefs délais, vous vous en doutez.

Autour de la grande table, les hochements de tête confirmèrent la confiance en l'extrême application de la jeune dirigeante à garder un contact direct avec son personnel, du plus modeste ouvrier au contremaître et aux divers responsables de la manufacture. Jamais Ornella n'aurait pris le risque de se trouver défavorablement comparée à Denis Lambert, son prédécesseur. Et pour ce faire, la jeune femme sacrifiait souvent ses premières heures de sommeil à la lecture d'articles lui permettant de mieux cerner le contexte économique et politique de son époque. Ainsi de nombreuses publications tels le tout récent « Le Point » se situant à droite, le libéral « l'Express » se disant Centre gauche ou « Libération » se réclamant de l'extrême gauche, sans oublier l'indéracinable « Figaro », majoritairement lu par des sympathisants de droite ou de centre droit, gisaient-ils souvent au pied du lit. Rappel de nuits trop sages pour Sofiane, son époux.

Ainsi les rêves de la jeune dame Slimani devenaient-ils moins sensuels au profit de songes plus terre-à-terre, mais indispensables à son psychisme et son équilibre professionnel. Sofiane patientait, comprenait, espérait ardemment retrouver l'Ornella qui savait si bien emballer son cœur et attiser son désir. En attendant, il forçait son corps fourbu à un repos aussi opportun que dépourvu de vibrations sexuelles. *La charge de son poste de direction lui demande toute son énergie. Je devine qu'elle se sent coupable de nous délaisser, les enfants et moi. N'aggravons pas son malaise et laissons-lui le temps, de se rassurer, de réussir et elle se tournera à nouveau vers nous.* Sur ces réflexions, Sofiane quitta la pièce pour s'assurer que, dans leurs lits, Jean et Vittoria dormaient paisiblement. Puis, laissant le choix au hasard, il saisit un livre sur l'étagère du petit salon : *qu'importe le titre puisque Ornella les a tous aimés. Donc je les découvrirai l'un après l'autre,* pensa le jeune Slimani soucieux de parfaire sa culture pour ne pas se limiter au travail rigoureux et exigeant de la terre. Déterminé à participer à part entière à la scolarité de ses enfants, à les aider dans leurs devoirs, à les suivre dans leurs apprentissages, il perfectionnait des connaissances limitées à son arrivée en France. Curieux et attentif, il savait se perfectionner chaque jour et chaque pas vers l'instruction le passionnait, le grandissait. *Je dois m'élever intellectuellement pour qu'Ornella continue à m'aimer,* se répétait-il.

Lorsqu'il regagna la chambre parentale, Ornella s'était assoupie, un magazine ouvert sur la poitrine. Une fois de plus, son époux ramassa cette presse envahissante, voleuse d'intimité, pour la poser sur la chaise où sa femme la trouverait, demain soir. Hélas. À peine allongé entre leurs draps, la tiédeur et l'odeur d'Ornella réveillèrent son appétit contrarié par la raison. Avec précaution, il s'enroula contre la dormeuse qui laissa échapper un petit soupir de bien-être. En dépit des multiples griffures liées au travail des champs, la main masculine se fit douce pour s'aventurer sur les rondeurs du corps aimé qui se lova contre lui dans un encouragement explicite. Le sommeil avait gommé toutes préoccupations dans l'esprit de la jeune femme qui laissa monter ce plaisir décuplé par l'abstinence des jours précédents.

En ce lendemain de septembre, Ornella prit le temps de préparer Vittoria qui effectuerait sa rentrée à l'école du village. La fillette semblait contrariée, ne cessant de répéter :

— Je ne veux plus aller dans ton école, maman. Vittoria préfère travailler avec papa dans les grandes feuilles vertes.

— Tu vas apprendre plein de choses intéressantes, te faire des amis, tenta Jean. Et Mamie viendra te chercher pour le goûter.

— Alors tu viens avec moi, Jean ?

— Non, petite sœur. Je suis trop grand maintenant et je vais au collège de Sainte-Livrade. Mais on se verra tous les soirs, c'est promis. Toi, moi, papa et maman, tous les quatre. En famille, précisa le garçon dont le cœur se mit aussitôt à battre plus fort.

En lui, l'espace de quelques secondes s'imposa une autre famille, celle qui dormait au-delà de la mer, fauchée par les armes du F.L.N.([5])

De leurs visages, il avait perdu le souvenir. Lui restait les voix lui parlant parfois la nuit, l'encourageant à être heureux dans sa nouvelle vie, auprès d'Ornella et de Sofiane, ses nouveaux parents lui offrant la même affection qu'à la jeune Vittoria.

— Jean ! Écoute Vittoria !

Les protestations de l'enfant ramenèrent le garçon vers un présent plus léger où sécurité et protection lui étaient offertes, acquises.

---

5 - Front de Libération Nationale en Algérie.

— Oui, petite sœur ?

— Mamie Flavia et Papy Salvatore sont aussi notre famille ! Et il y a Chiara et tonton Raffaëllo ! s'insurgeait la petite. Et j'aime bien aller chez eux. Papa va tous les jours chez Papy et Mamie. Il a de la chance.

— C'est pour y travailler ! rectifia Jean.

Attendrie, Ornella écoutait ses enfants, les observait. Quel chemin parcouru depuis le jour où elle avait recueilli le petit Jean que la violence avait rendu muet et abandonné de tous ! Elle n'avait jamais su son véritable prénom et respectait l'attitude plus que discrète de son fils. *Il me parlera, un jour, lorsqu'il sera assez fort pour vouloir se rappeler. Pour le moment c'est trop difficile et il faut laisser les démons où ils se trouvent.*

— 10 —

Dans le taxi marseillais qui le transportait vers la gare Saint-Charles, Paul sentit monter du tréfonds de ses entrailles ces nausées déjà familières et annonciatrices d'expulsions incontrôlées. Il tenta de se concentrer, mais une vague de sueur glacée courut le long de sa colonne vertébrale pour irradier son corps alors qu'un étourdissement sans fin s'emparait sournoisement de lui. Les immeubles défilant derrière la vitre se mirent à tournoyer et un voile sombre le précipita dans un abîme sans fond. Telle une marionnette dont les fils seraient rompus, il glissa lentement. Au volant, toujours vigilant sur ses prises en charge parfois très aléatoires, le chauffeur avait vu son client s'effondrer sur la banquette :

— Oh, bonne mère[6] ! Ça va, Monsieur ? Ne vomissez pas sur mes sièges, s'il vous plaît. Je viens de les nettoyer, lança-t-il excédé par ces types sans éducation qui ne savaient pas se retenir.

---

6 - Bonté divine.

Dès qu'il trouva une place de stationnement, il stoppa son véhicule et sortit précipitamment pour ouvrir la porte arrière afin de se débarrasser de cet encombrant fêtard ne supportant pas l'alcool. Lorsqu'il tenta de le réveiller pour l'aider à sortir, l'homme gémit.

— Vé moi cet empégué([7]) ! Vous devriez avoir honte de vous mettre dans un pareil état, monsieur ! N'y a-t-il personne pour vous montrer la voie de la raison ?

Espérant une réaction à ce sermon volontairement accusateur, le chauffeur s'étonna : *qu'est-ce qu'il a bu ce fada ? Il a la couleur du matelas*([8])*. Encore un consommateur de ces trucs pas net qui démolissent complètement. Qu'est-ce que je vais en faire ? Il me fait perdre mon temps et j'ai besoin de travailler, moi. Bon tant pis pour lui !* décida-t-il en repoussant un peu trop énergiquement son « paquet » à l'intérieur du véhicule qu'il lança à vive allure en direction du premier arrondissement de Marseille et du quartier du Vieux-Port. Jetant un regard navré à la Basilique et à la Bonne-Mère de tous les Marseillais, il se détendit : *d'accord, je le dépose aux urgences. Ce sera ma bonne action de la semaine.* Pressé de livrer son étrange et inquiétant passager, il le surveillait à travers le miroir de courtoisie.

— Je te dépose à l'hôpital. Les toubibs sauront quoi faire de toi, dit-il tutoyant celui qui compliquait sa tournée et ne méritait donc pas cette forme d'égards réservés aux clients éduqués aptes à régler leur course.

Plongé dans les limbes de l'inconscience, Paul poursuivait son étrange sommeil parfois accompagné de soubresauts alarmants.

---

7 - Regarde-moi ce gars complètement bourré !.

8 - Il a mauvaise mine.

— Et en plus je vais y être de ma poche, maugréa le chauffeur qui freina devant la porte des Urgences.

Lorsque les infirmiers chargèrent Paul sur le brancard, le conducteur du taxi soupira, soulagé. Pourtant, au lieu de se diriger vers son véhicule, il resta immobile à regarder son étrange client franchir les portes de l'établissement hospitalier.

Qu'est-ce qui se passe chez ce calu(9) *? J'en ai vu des bambocheurs, mais celui-là me semble différent. Bon, le voilà entre de bonnes mains. Le reste ne me concerne plus.*

Distrait par ses multiples occupations nocturnes, Carlo avait renoncé à rechercher ce fugace cousin, disparu durant des années et qui n'avait pas su partager plus d'une soirée avec lui. À la belle surprise de sa venue avait succédé ce départ précipité et inexplicable. Il nourrissait une forte déception à son égard. *Paul a fichu le camp comme un voleur. Pourtant, j'avais cru deviner une sorte de besoin de confier quelques secrets trop lourds à porter. Je lui ai donné le temps, j'aurais dû le faire parler dès notre rencontre. J'aurais dû insister.*

Qu'avait donc espéré Paul Giordano lors de sa visite au club de son cousin ? Un abri ? Une oreille attentive ? Une main secourable ? Il n'avait su l'analyser pas plus que le verbaliser. En lui se cachaient tant de révélations retenues. Comment avouer à son cousin les écueils de son existence, les trafics en tous genres, les secrets à garder faute de risquer sa vie et surtout cette maladie dont il n'avait encore aucun diagnostic. Sans avoir consulté, il devinait ses jours comptés, aussi désirait-il les utiliser au mieux, revoir les

9 - Cet énergumène.

siens abandonnés depuis si longtemps, obtenir un soutien, voire un pardon. Le méritait-il seulement ? Qui s'intéresserait encore à lui ? Son ultime pèlerinage, amorcé malgré la menace d'être découvert, s'était interrompu. Le reprendrait-il ?

Après une période d'observation, d'examens et d'analyses en tous genres, le chef du service de médecine venait enfin livrer ses conclusions à un Paul impatient :

— Bonjour, monsieur Giordano ! Vous avez meilleure mine qu'à votre arrivée chez nous. Vous avez même repris un peu de poids et vos analyses sont euh… satisfaisantes.

— Heureusement ! Vous me retenez dans cette chambre depuis plus de trois semaines ! Je n'en peux plus, je veux m'en aller.

— J'admets les progrès. Néanmoins…, hésita le médecin.

— Oui ? soupira Paul.

— Nous n'avons pas trouvé la source de la faiblesse de votre système immunitaire. Votre fatigue chronique, cette toux qui vous épuise nous questionnent. Une longue période de repos, une rectification de votre mode de vie s'imposent.

— Une grippe costaude, le genre grosse crève, c'est sûrement ce qui m'est arrivé ! l'interrompit le malade agacé par cette litanie d'informations et de conseils contrariant ses projets. Ce qui explique mes douleurs, ces maux de tête, la fièvre.

Pensif, le docteur se garda d'une quelconque approbation. Son patient présentait des symptômes identiques à ceux d'autres malades étudiés ces derniers mois. Il s'agissait d'une affection nouvelle que le corps médical mondial, les chercheurs peinaient à identifier. Les premiers cas semblaient s'être déclarés aux États-Unis. Inutile d'évoquer ce constat susceptible de nuire à l'état psychologique d'un patient inapte à le recevoir. Quelques secondes de réflexion lui suffirent avant de proposer une réponse en forme de compromis :

— Bien, Monsieur Giordano, j'autorise votre sortie. Aujourd'hui si vous le souhaitez. Sous deux conditions, néanmoins.

— Lesquelles ? interrogea un Paul agacé par toute forme de négociation.

— La première, vous devrez vous ménager, vous montrer plus à l'écoute de vos malaises dont vous me décrirez la nature et, surtout, voir un médecin pour tout problème, même mineur. La seconde, il faudra vous présenter tous les mois à l'hôpital pour y subir des contrôles et faire le point sur votre santé. Ici, à Marseille ou chez mon excellent confrère de la Salpêtrière à Paris.

Prêt à tout artifice lui permettant de respirer à nouveau l'air de la cité phocéenne, Paul consentit sans révéler qu'il quitterait la ville dès sa « libération ». *Ces types dramatisent, c'est évident. Ils cherchent des cobayes, voilà tout. Qu'ils trouvent quelqu'un d'autre, je n'ai pas que cela à faire.*

— Au revoir, monsieur Giordano ! Soyez prudent, surtout ! Et n'oubliez pas nos rendez-vous ! Ah, attendez ! se souvint l'infirmière. Voici les coordonnées de ce bénévole passé vous voir plusieurs fois durant votre séjour chez nous. N'hésitez pas à le joindre pour toute question administrative ou pour toute aide. Il vous épaulera.

— Merci ! se contenta de répondre Paul, glissant dans sa poche la carte de visite dont il n'avait que faire.

Certes, l'homme s'était montré disponible et plutôt sympathique, mais Paul n'avait pas de temps à perdre dans des relations nouvelles. Son passage aux bureaux de l'établissement lui sembla inévitable afin de retirer l'ordonnance rédigée par le médecin. Il fut tenté d'y renoncer, mais le bon sens l'emporta. *Comment vais-je leur expliquer que je ne suis pas en mesure de régler les frais de mon séjour ?* se demanda-t-il en poussant la porte. Souriante, la secrétaire lui tendit la prescription :

— Voici, monsieur Giordano. Vos frais ont été réglés. Je vous souhaite un bon rétablissement.

Il bafouilla quelque remerciement et s'éclipsa rapidement craignant que l'employée s'aperçoive de ce qu'il pensait être une erreur de personne. Dehors, vêtu des habits portés à son arrivée, le vent léger l'étourdit au point de lui imposer une station sur le banc le plus proche. Assis, il observa le ballet des oiseaux se disputant la moindre graine, le plus petit résidu d'un goûter enfantin. Plus loin, le cri rauque semblable à un ricanement des mouettes l'appelait au départ. Il repensa à Carlo, quitté sans la moindre explication, mais en avait-il une plausible à lui proposer ? *Pas de famille, pas de gamin, mon cousin est un solitaire, comme moi.* Il se demanda s'il le reverrait, s'il se confierait et sentit la culpabilité et les remords l'assaillir.

— Désolé, mon gars ! murmura-t-il. Tu n'as pas dû comprendre mon départ. J'aurais aimé passer plus de temps avec toi, mais rester à Marseille m'est impossible actuellement. Et tu n'as pas à assumer mes erreurs.

En un instant, Paul entrevit l'unique alternative s'offrant à lui : quitter la ville, au plus tôt, avant que les sbires de Matteo et Marco ne retrouvent sa piste. Pour le ramener en Italie : on ne quitte pas ses « parrains » lorsque l'on connaît certains secrets. Pas plus qu'on ôte la vie à celui venant vous chercher. Il héla un taxi en songeant au dernier emprunté et s'y engouffra.

Gare Saint-Charles, s'il vous plaît.

Marche après marche, à un rythme choisi par sa fatigabilité, Paul gravit l'escalier monumental, endormant la douleur dans l'admiration de ses sculptures. À chaque palier, il s'émerveilla devant ces ouvrages évoquant les colonies d'Asie et d'Afrique, la Provence et ses richesses gustatives et diverses réalisations tout aussi représentatives de l'histoire phocéenne.

Face au panneau d'affichage, Paul hésita. *Quelle destination prendre ? Lyon ? Paris ? Lille ? Là-bas, personne ne me reconnaîtra.* Personne sauf lui-même.

— Assassin ! lui renvoyait le miroir, chaque matin.

Il m'a agressé. C'était lui ou moi.

Sa confession se limitait à cet étrange dialogue. Avec l'unique confident qu'il était pour lui-même. Chaque jour ou presque, la soirée fatale lui revenait en mémoire. Cet hôtel de troisième zone de la banlieue marseillaise où il cachait ses rencontres avec de jeunes hommes, ce type qui s'était rué sur lui et qui avait dévalé l'escalier lorsqu'il l'avait poussé pour se défendre, la tête heurtant les marches dans un bruit creux. Il avait reconnu le visage d'un homme de main de Mattéo.

Paul Giordano opta pour la ville de Bordeaux sans réaliser la raison profonde de ce choix. La gare Saint-Jean lui aurait conté d'autres aventures, négrières et maritimes, s'il avait pu l'écouter. Mais le voyage avait épuisé sa faible résistance.

Fatigué par ce long périple ferroviaire, son état de santé recommença à s'altérer, les étourdissements se multiplièrent, une toux continue l'épuisait : il comprit sans encore l'accepter et mobilisa ses forces déclinantes. *À la réflexion, le médecin me semblait peu convaincu par ma théorie sur la grippe grand format. Je dois souffrir d'un truc plus grave. Et moi, trop pressé de sortir de cette prison aseptisée, je n'ai pas posé de questions. Peut-être m'effrayaient-elles ? Le doc n'a pas voulu me l'avouer, mais je le sens. Maintenant. Je le sais.* Fort de ce constat et dans un réflexe de survie, Paul consacra à son corps défaillant deux journées entières de repos, au cœur de sa petite chambre d'hôtel du Cours de la Marne.

Lassé de cette inertie, la télévision comme unique compagne, Paul sentait lui revenir quelques forces. Monta alors en lui une impatience inexpliquée. Il se leva, se doucha, nia sa perte de poids et endossa ces vêtements achetés à son arrivée dans une boutique du quartier et devenus trop larges. Au guichet de la gare, il hésita quelques secondes. Puis, pressé par des voyageurs impatients, il haussa les épaules et acheta cet aller vers Marmande pour un voyage l'obsédant depuis trop longtemps. *Pour le retour, on verrait bien.*

Blotti dans le coin fenêtre du compartiment, il regardait courir le paysage où surgissaient les champs cultivés de fruits, de légumes et d'arbres fruitiers bénéficiant de pluies printanières et bienfaitrices avant la chaleur pesante de l'été générant ce patchwork de couleur éclairé par les guirlandes de Garonne et du Lot. À mesure que le train avalait la distance le séparant de Clairac, son cœur se serrait. Une émotion forte et inconnue l'oppressait. Pourquoi ? Vis-à-vis de qui ? Quitter les lieux, trente ans auparavant, avait été pour lui une sorte de libération : il avait fui sur l'heure, jetant au feu la famille qu'il considérait coincée dans les traditions, le travail de la ferme dont il ne supportait pas les sacrifices, les efforts physiques et la responsabilité morale, l'autorité de Salvatore qui le révoltait. Pour qui se prenait-il ? *Pour ton père, pour le remplacer,* lui souffla une petite voix. *Comme il avait promis à celui qu'il considérait comme un ami, un frère ? Il te l'avait expliqué, mais tu n'as pas voulu l'entendre.* Étrangement, ces souvenirs ne provoquaient plus cette révolte quasi sauvage d'autrefois, se teintaient même des couleurs pastel d'une certaine nostalgie.

La perspective de revoir les lieux où s'étaient égrenées ses jeunes années en compagnie de Victor, suivies de cette période adolescente oisive, contrainte, rebelle, le bouleversait plus qu'il ne l'aurait imaginé. Au point de murmurer :

— La rage au ventre, j'ai quitté sans me retourner ces terres où nos parents, par leur courage, leur volonté d'intégration, leur désir d'offrir à leurs enfants plus qu'ils n'avaient jamais reçu eux-mêmes, se sont éreintés. Mon père était si vaillant, je l'admirais. Ma mère beaucoup moins. Agressive, jalouse, alcoolique, voilà qui était Adrienne Giordano.

À cet instant, il réalisa combien il avait, lui aussi, abusé des plaisirs de la vie. Et pas seulement de celui de l'alcool. Quittant le chemin de la prudence, il avait suivi bien d'autres traverses, emprunté d'autres voies dangereuses, secrètes, honteuses pour certains.

Après un si bref voyage, cette lassitude à la fois brutale et coutumière colonisait à nouveau son corps usé. Le pèlerinage lot-et-garonnais pourrait attendre. Aussi, le pas lourd, Paul se mit-il en recherche d'un lieu confortable où se reposer. Encore. Si souvent. Au terme d'une courte quête et aidé de ses souvenirs, il s'engagea dans la rue Gambetta pour gagner à pas comptés la rue de la République. *Le*

« Lion d'Or » ! J'y serai confortablement installé, ce qui me donnera le temps et me permettra d'organiser mes trajets, pensa Paul espérant reprendre des forces, pour s'immerger dans le passé, pour s'acclimater lentement.

— 11 —

Ornella se leva pour refermer la porte de son bureau. Pour s'isoler. Pour réfléchir. La crise économique semblait bien amorcée et le chômage croissait tant au niveau régional que national. Comme pour toute entreprise, la S.E.I.T.A. était impactée, elle en était consciente, il lui fallait redoubler de prudence. *Lorsque j'ai accepté le poste de direction, je voulais suivre la progression des plants de tabac, dès leur sortie des séchoirs. Quant à la fabrication des cigarettes, je n'imaginais pas devoir faire face à de telles difficultés. Je crains que celles-ci dépassent mes aptitudes. J'aimerais pouvoir en parler à quelqu'un, prendre conseil,* songea la jeune femme. L'espace d'un instant, comme s'ils s'étaient vus hier, le visage de Denis Lambert s'imposa à sa mémoire. Ses cheveux blonds aux reflets roux, sa barbe soignée, son regard d'azur et ce visage intelligent, reflétant douceur et compréhension, lui manquaient parfois. Elle aurait aimé partager avec lui cette solitude des décideurs ou du moins pouvoir échanger. Même si l'attirance dont il avait fait preuve à son égard l'avait d'abord flattée, valorisée, son comportement restait inadmissible. Il l'avait compris. De son côté, elle n'avait pas voulu analyser la situation plus que nécessaire. Pourtant, quelques courriers officiels liés aux mesures d'exploitation du tabac et aux contraintes toujours plus nombreuses avaient permis de conserver un fil ténu de communication entre eux.

— Qu'attends-tu exactement de lui ? murmura Ornella. Que vous conversiez comme avant ? Que Lambert travaille à nouveau avec toi ? Que vous entreteniez une relation plus amicale ?

Aucune de ces hypothèses ne satisfit la jeune femme qui s'abîma en vain dans la lecture d'un rapport sur la lente baisse en France de la production du Paraguay : les fumeurs délaissaient le tabac brun au profit des cigarettes blondes, dites américaines, issues de Burley et de Virginie.

L'exploitation bientôt inévitable du tabac blond nécessiterait l'acquisition de fours de séchage, ce dont Madame Slimani était bien consciente. Malgré ce sujet grave, méritant une concentration préalable à la prise de décisions importantes, la jeune femme cherchait à retrouver une motivation en déroute. *De quoi te plains-tu ?* songea-t-elle. *Tu travailles dans ce milieu du tabac que tu aimes, sur les lieux qui t'ont fait rêver depuis ton enfance. Les responsabilités te captivaient, rappelle-toi !*

Le regard perdu dans une autre époque, hier pour les années et si loin par le chemin parcouru, elle sourit en revoyant la petite fille sautillant derrière son père, entre les rangs de tabac. Elle se rappela les semis des graines minuscules, à la Saint-Joseph, le repiquage des plants à la fin du printemps, suivis des sarclage, binage, désherbage, étêtage et de la suppression des bourgeons axillaires. Le terme de la saison estivale annonçait la récolte de ce tabac brun aux tiges altières d'un mètre soixante minimum où s'élançaient une dizaine de feuilles vertes et drues. La mise à la pente, soigneuse et précise, pour un peu plus d'un mois dans les séchoirs de bois, restait la phase favorite de la jeune Ornella. Les journées, suivies des veillées de manocage durant lesquelles les feuilles étaient réunies par paquets de vingt-cinq tiges résonnaient dans sa mémoire comme des instants privilégiés où se retrouvaient famille et amis. Venait alors le conditionnement de la récolte en balles de deux-cents manoques de qualité équivalente assemblées sous le regard captivé de l'enfant.

Cette incursion dans le passé se dilua pour laisser émerger d'autres souvenirs qu'elle s'était appliquée à oublier jusqu'alors. Pourquoi, depuis quelques jours, repensait-elle si souvent à Denis Lambert ? *Je lui dois beaucoup. Il est donc normal de lui en être, malgré tout, reconnaissante,* décida-t-elle, oubliant ses récriminations. Décelant en Ornella des capacités dont elle-même n'avait pas conscience, l'ancien directeur de la manufacture lui avait fait confiance, favorisant ses ambitions professionnelles et son ascension. À quel moment cette admiration s'était-elle muée pour lui en autre chose ?

Soudain elle s'ébroua de ces réminiscences pour s'attacher au présent, à son travail, à sa vie de famille. À l'évocation de Sofiane, elle soupira. Son époux gérait dorénavant, seul, l'exploitation Giordano avec passion, trop peut-être tant il se laissait envahir par les diverses étapes de culture, qu'elles soient tabacoles, fruitières ou maraîchères. Levé dès l'aube, il ne comptait pas ses heures tant il voulait prouver son courage, sa force de travail et conforter son beau-père de sa bonne décision de lui avoir laissé les rênes de la ferme. Aussi le couple Ornella-Sofiane s'éloignait-il, insidieusement, pendant que celui de Salvatore-Flavia se ressoudait, doucement. Durant les premières années de vie commune, le planning chargé d'Ornella s'était accommodé d'un mari disponible et souvent maître d'œuvre de ces instants volés aux obligations liées à l'usine. Elle adorait le moment où, harassée, elle poussait la porte de leur petite maison de Sainte-Livrade, accueillie par le fumet de quelque plat mitonné et par son homme souriant, avant que Jean se précipite dans ses bras et que Vittoria proteste de sa chaise haute pour obtenir sa part de câlins. Et, lorsque la nuit leur donnait l'excuse du coucher enfantin pour se rejoindre dans la tiédeur de leur lit, les mains de celui qu'elle avait choisi, imposé à tous avec vigueur, l'emportaient dans un voyage des sens dont elle retardait la destination.

Ornella Slimani mobilisait toute son attention vers sa mission, au détriment, de sa vie personnelle. Elle se souvint de cette année 1968 où Lambert tenait les rênes de l'usine touchée à son tour par le gigantesque mouvement social et national. Durant ce long mois de mai, les six cent cinquante salariés de la manufacture, mobilisés par les piquets de grève et réclamant augmentations de salaires et meilleures conditions de travail, avaient abandonné leurs postes. À l'instar de la France entière, la petite ville de Tonneins était comme paralysée par cette envie de changer le monde et leur qualité de vie.

La jeune directrice s'efforça de revenir à un présent préoccupant.

— Les campagnes antitabac se multiplient. Vous le devinez, la loi Veil ne nous aide pas. Comme l'injonction de limiter la publicité sur les cigarettes. Il serait question de lutte contre le tabagisme, rien de moins. Avec cette mention « abus dangereux » devenue obligatoire sur nos emballages, nous risquons d'être désavoués par les consommateurs, avait-elle expliqué lors de la dernière réunion avec les responsables de production.

— Qu'est-ce qui lui prend, à la ministre de la Santé ? Pourquoi de telles déclarations ? demanda l'un d'eux.

— Il semblerait que le tabac altère la santé.

— Bah ! Comme toute forme d'excès, non ? Faut être raisonnable, c'est tout !

— Il est fort possible que l'accoutumance soit avérée, répondit Ornella Slimani se gardant de faire référence aux diverses publications lues à ce sujet.

Notamment cet article, parcouru pas plus tard qu'hier soir et concernant l'interdiction de fumer dans les lieux publics décidée par l'État du Minnesota. Cette première sera-t-elle représentative et suivie par d'autres administrations américaines ?

— 12 —

L'irruption de Carlo dans le quotidien de Raffaëllo avait ébranlé les bases de sa toute récente relation avec Michèle. Lorsque ce frère indigne avait quitté la petite maison de Tonneins, Raffaëllo avait laissé s'apaiser cette colère l'habitant tout entier. Était-elle destinée à son aîné ou bien dirigée contre celle qu'il connaissait si mal et avec qui il avait envisagé de lier sa vie ? La tempête soufflant sous son crâne et dans son cœur avait changé d'objectif. Et Michèle l'avait compris :

— Je ne t'ai pas menti, Raffaëllo !

— Mais tu ne m'as rien dit… Lola ! lança-t-il méprisant.

— Je ne savais pas comment m'y prendre. J'attendais le bon moment. Nous étions si bien, je ne voulais pas risquer de te perdre.

— Quand m'aurais-tu dit que tu étais une p…

— Une quoi ? Allez, ose les mots, Raffaëllo !

Sur cette injonction, le jeune maçon préféra la fuite au défi. Tournant le dos à tous ses espoirs futurs, d'un pas lent, il emprunta le couloir, descendit l'escalier et sortit, épaules basses et colère rentrée. Il devait s'éloigner, tout de suite, pour calmer son cœur et analyser sa déception. *Michèle m'a menti, ne cessait-il de se répéter. Je ne peux plus lui faire confiance. Je ne sais rien d'elle, finalement. Si ce n'est ce que Carlo vient de me révéler. Pour une fois, tu m'auras été utile, frangin !*

— As-tu cherché à la comprendre ou bien as-tu seulement profité de cet opportun présent ? lui souffla une voix venue de sa conscience.

— Hein ? Ce n'était pas à moi de l'interroger ! se défendit-il.

— Es-tu donc un modèle de vertu pour t'ériger en juge ?

La question fit mouche et mit le jeune Giordano mal à l'aise. Il se revit, rasé de frais, tee-shirt et jean en guise de costume, lors de ces soirées à la fois célibataires et solitaires qui l'avaient amené à pousser les portes de ces établissements bordelais sur les quais. Fébrile, en quête de chaleur alcoolisée, de contact social et parfois charnel, il n'avait trouvé dans ces rencontres qu'un plaisir fugace sans comparaison avec son aventure récente avec Michèle.

Plus déconcerté par la situation qu'il ne l'aurait imaginé, Raffaëllo s'était réfugié sur les, espérant que le fleuve lui révélerait la conduite à tenir. Au terme d'une profonde réflexion, il regagna le pont et s'engouffra dans les rues tonneinquaises. Longeant les façades grises de la S.E.I.T.A., il lui sembla que les fenêtres aux barreaux se changeaient en autant d'yeux accusateurs à son égard. Sur la place de la manufacture, il résista à la tentation de franchir le porche afin de trouver soutien et conseil auprès de sa sœur. *Non, elle doit être très occupée, je la verrai plus tard. J'irai peut-être chez eux, à Sainte-Livrade, pour voir les enfants,* se dit le plus sensible et misérable des Giordano. Puis, dans un réflexe, il se dirigea vers la villa toute proche de Chiara où il s'était rendu si souvent au fil des années. Son écoute bienveillante, son analyse lucide des situations sauraient l'apaiser. Lorsqu'il s'engagea dans l'étroit sentier, seuls les oiseaux lui firent bel accueil : les persiennes croisées révélaient l'absence de la propriétaire :

— Depuis quand est-elle partie ? s'étonna le jeune homme contrarié, avant qu'un sentiment de gêne l'assaille.

Depuis leur première rencontre romaine face au Colisée, Chiara restait son soutien affectif, amical, familial et professionnel. Une femme exceptionnelle pour lui. Bien avant Flavia, sa mère. À ce moment, il réalisa que, depuis des semaines et n'ayant pas de besoins, il l'avait délaissée.

— Tu vois, reprit cette étrange voix, tu n'es pas un modèle, Raffaëllo. Aussi, cesse de voir le monde comme il t'arrange. Prends soin des personnes que tu chéris et ne gâche pas tes chances de bonheur.

— Je suis un parfait idiot ! Et un goujat ! réalisa-t-il avant de rebrousser chemin.

Alors qu'il se rapprochait de son domicile, ses pas s'accélérèrent à son insu, comme s'ils pressentaient un départ, une fin, une erreur.

À la nuit tombée, l'absence d'éclairage, alerta un Raffaëllo s'engouffrant dans la maison, au comble d'une angoisse doublée de remords. Le silence, lourd et culpabilisant, confirma le départ de Michèle. Pour quelle destination ? Dans quel état d'esprit ?

— 13 —

Au volant de la voiture de location, Paul savourait cette grisante sensation de liberté bien souvent ressentie après tout enfermement, qu'il soit pénitencier ou sanitaire. Remettant à plus tard sa visite à la ferme familiale des environs de Clairac, il pensait gagner Tonneins où il espérait rencontrer l'un de ses cousins. D'après les informations données par Carlo, Raffaëllo aurait acquis une petite maison, « sans ambitions comme son propriétaire », dans l'une des rues du centre-ville. *Je n'ai pas son adresse, mais s'il est maçon, on doit le connaître.*

Quelques fausses pistes réveillèrent en lui le souvenir enfoui de lieux autrefois fréquentés, telle la gare où, fuyard, il s'était précipité. Il stationna enfin son véhicule devant une petite habitation à étage, aux murs blancs et dont les volets clos altérèrent son enthousiasme. Hésitant, il finit par ouvrir la portière et s'approcher de cette façade modeste pour y déceler quelque indication sur son habitant. Bien entretenue, sans signe extérieur de richesse : son cousin lui ressemblait-il vraiment ? Dans la mémoire de Paul survivaient les traits d'un enfant plutôt docile à l'inverse de Carlo. *Il a dû changer « le petit Raf' »*, comme l'appelle son frère.

Sur le trottoir d'en face, une paire d'yeux attentifs l'observait, guettant le moment où cet étranger pénétrerait dans le jardinet du « petit voisin gentil toujours prêt à rendre service », pour appeler la police. Paul ressentit cette surveillance et, se retournant, il traversa la rue.

— Bonjour, madame ! Est-ce bien la maison de Raffaëllo Giordano ? Il travaille dans le bâtiment, il me semble.

— Que lui voulez-vous, à Raffaëllo ? répondit la vieille dame sans le renseigner davantage.

Il était hors de question de confier son inquiétude à cet étranger. Surtout après le passage de l'autre type à la grosse voiture, celui bien habillé qui parlait fort et gesticulait. Il s'en était pris à la petite jeune femme qui vivait ici depuis peu et dont leur voisin semblait très amoureux. La rue, heureusement déserte à cette heure, avait résonné de leurs cris. L'affaire semblait grave. Pour la première fois depuis son emménagement, elle avait découvert un Raffaëllo différent, dépourvu de toute affabilité, menaçant.

— Je ne peux rien vous dire, monsieur, lâcha-t-elle.

Ce que Paul traduisit en « je ne vous connais pas, étranger. Par conséquent, je ne veux rien vous apprendre ». Maugréant quelque chiche remerciement, il regagna sa voiture où il resta un long moment, perdu dans ses réflexions. Puis, agacé par cette guetteuse qui ne prenait pas la peine de cacher son observation, il démarra.

— Le jeune doit avoir de gros ennuis, souffla-t-elle à son époux resté dans leur logement.

— Ce ne sont pas nos affaires ! Si le gamin a besoin d'aide, il viendra nous la demander.

— Crois-tu ? Il se débrouille tout seul, ce garçon.

Non loin de là, au même moment, Raffaëllo arpentait le quai de la gare de Tonneins où il avait espéré retrouver Michèle, pour lui demander pardon, pour la serrer dans ses bras. Mais aucune trace de la fugitive, la proscrite. Était-elle seulement montée dans ce train reliant l'océan à la Méditerranée ? Et si oui, roulait-elle vers Bordeaux ou bien se dirigeait-elle vers Sète ? Comment aurait-il su, il savait si peu du passé de celle qu'il appelait Michèle. Jusqu'à ne pas connaître son patronyme.

Une vague de culpabilité le submergea : *j'aurais dû la laisser me raconter son histoire au lieu de la juger juste sur les commentaires de Carlo. Ma colère, ma fierté ont gâché mes chances de protéger notre relation. Je suis un imbécile qui ne la mérite pas, finalement.*

La mort dans l'âme, il quitta la gare et ses pas le ramenèrent chez lui sans qu'il en ait la moindre conscience. Échafaudant des stratégies plus bancales les unes que les autres pour retrouver celle qui avait emporté dans sa fuite son cœur, sa joie et son envie de vivre.

Lorsqu'il franchit le seuil de sa maison, le véhicule de Paul quittait le quartier. À peine eut-il refermé la porte sur sa tristesse que la voisine sonnait :

— Bonjour Raffaëllo ! Je voulais te prévenir qu'un homme est passé chez toi en ton absence.

— Un client ? Vous a-t-il laissé un message pour moi ?

— Non, mais je ne pense pas qu'il voulait te parler de chantier.

— Ah ! A-t-il laissé son nom ?

— Non, mais ce n'était pas quelqu'un de chez nous, euh… Pas non plus celui qui possédait une grosse voiture et qui t'a mis en colère ce matin.

Face à l'embarras de la femme, Raffaëllo sourit.

— Oui ?

— Il voulait te parler. C'était un étranger, mince, pâlot et à l'air triste.

— Merci, Jacqueline, s'il a une bonne raison ce gars repassera, ne vous inquiétez pas. Bonne soirée.

Impatient de se retrancher chez lui, Raffaëllo referma la porte sans la verrouiller pour laisser la chance entrer si elle daignait l'honorer, monta l'escalier et s'abîma dans de sombres pensées parsemées de remords :

— Je t'en prie, reviens vers moi, Michèle ! murmura le jeune homme au visage enfoui dans le creux de ses mains. Laisse-moi te demander pardon. Je veux connaître ton histoire. Ensuite, si tu ne veux plus partager ma vie je le comprendrai.

Déjà violette et bientôt brune, gigantesque, l'ombre fantomatique et austère des bâtiments habillait déjà le quartier de sombre qu'un rai lumineux éclairait parfois comme une blessure sur un corps de titan. Paul stationna sur le parking devant la porte principale de la manufacture qu'il trouva inchangée, aussi froide et triste que dans ses souvenirs. Après quelques hésitations, il renonça à aller sonner au portail pour demander à voir Ornella Giordano, la directrice de l'établissement qui devait encore étudier quelque épineux dossier. À cet instant lui revinrent les paroles de Carlo : « Elle a renoncé à notre nom pour prendre celui de ce type qu'elle a épousé : Slimani. N'importe quoi ! Ce gars veut profiter de la France, c'est pourtant simple à comprendre ! ».

Finalement, le visiteur renonça, considérant ne pas se sentir prêt à cette plongée familiale immédiate et impréparée. Peut-être aussi à cause de cette fatigue permanente annihilant la majorité de ses envies aussitôt nées pour les transformer en efforts, en corvées ou peut-être parce qu'il ne savait pas comment aborder cette part de sa vie rejetée des années auparavant.

Regagner son hôtel du « Lion d'or » l'apaisa, un peu comme s'il regagnait son logis, sa bulle de quiétude, son univers de protection. De qui, se sentait-il donc menacé ? De quoi devait-il se garder alors que la crainte de représailles après l'agression s'était envolée ? *D'ici qu'ils me trouvent, j'aurai tiré ma révérence.*

Quelques jours lui furent nécessaires afin d'admettre son besoin de renouer avec les siens, cette notion d'urgence inexpliquée venue du plus profond de son âme et une sourde angoisse l'étreignit : *accepteront-ils seulement de me revoir ? Mon silence est inexcusable, comment ne l'ai-je pas compris avant ?*

Plusieurs tentatives de cet hésitant rapprochement propre aux âmes tourmentées occupèrent la semaine suivante pour dessiner une progression lente, mais significative vers la ferme familiale. Avec toujours la même question :

— Comment me recevras-tu, Victor ? murmura Paul déterminé, cette fois, à ne plus reculer.

Tel un ballon de rugby vers son but, le soleil glissait derrière les vallons pour bientôt prendre son élan et plonger entre les rangs de tabac. Paul éprouva le besoin de garer sa voiture sur le bas-côté du chemin pour humer ces odeurs de terre, ces senteurs exhalant des troncs qui rebondissaient d'un arbre à l'autre pour enfin révéler la ferme solide, fiable et fidèle. Le souffle tiède du printemps réveillait son corps et son cœur qu'une averse froide vint calmer, lui faisant baisser les épaules et relever son col. L'homme regagna sa voiture et sourit en apercevant ces volutes de fumée grisâtre qui attisèrent son envie d'avancer sans plus se poser de questions, de retrouver cette odeur, ce cadre et cette vie familiers lorsqu'il l'aperçut, frêle, attirante.

— Quelle magnifique enfant ! Que fait-elle seule sur la route ? C'est dangereux !

— 14 —

Nerveuse, assaillie par une foule de sentiments contradictoires, Michèle patientait dans le couloir du bâtiment de direction de l'usine.

— Madame Slimani va vous recevoir dès que possible. Vous devez comprendre qu'elle est très occupée. Habituellement, elle ne reçoit pas sans rendez-vous. Par ailleurs, en général, le personnel doit d'abord en référer à son supérieur, c'est la voie normale, précisa la secrétaire signifiant ainsi sa désapprobation. Vous avez de la chance.

De la chance ? Vraiment ? Michèle retint ses larmes. Oui, rencontrer Raffaëllo avait été un présent du destin, un cadeau inespéré. Mais elle avait commis l'erreur d'appeler Aldo pour lui laisser l'adresse où faire suivre son courrier. Et le vigile avait aussitôt prévenu Carlo. Lequel l'avait rattrapée pour salir son amour naissant afin de la ramener avec lui. *Je ne suis pas la seule fille sachant s'accrocher, tête en bas, à la barre métallique pour tourner à la force des bras ou des cuisses.*

C'est juste une affaire de muscles, de gainage. Pourtant, elle connaissait la véritable raison : ces clients qui guettaient la fin du spectacle pour glisser quelques billets dans sa tenue légère, chuchotant ces demandes particulières et sexuelles qu'elle refusait avec un sourire de composition. Jusqu'au jour où la dissimulation lui devint insupportable au point de s'en ouvrir à Carlo qui avait balayé ses arguments.

— Fais un effort, Lola ! Et nous gagnerons beaucoup d'argent.

Voilà ce qui l'avait décidée à quitter le « Scorpio », à fuir. Vite. Vers un endroit calme, rural, loin de sa vie marseillaise, où elle serait inconnue, introuvable, pour un nouveau départ.

— Madame Arnaud ? demanda Ornella s'approchant. Vous avez demandé à me voir ? Entrez, je vous prie.

— Bonjour madame la directrice. Oui, je voulais vous parler de quelque chose de… hum… c'est assez compliqué.

— Lancez-vous, je vous écoute.

Lorsque Michèle acheva son récit, Ornella hésita et, dans un soupir, se décida :

— Mêler vies professionnelle et personnelle n'est pas dans mes habitudes, Michèle. Moins encore lorsqu'il s'agit de celles de mon frère. Je lui ai rendu service en vous embauchant à l'atelier. Vous devez savoir que je respecte sa vie privée comme je souhaite qu'il en soit pour la mienne. Aussi ne puis-je rien pour vous à ce niveau. Vous devez régler ce différend avec Raffaëllo et avec lui seul.

Impuissante, Ornella regarda Michèle quitter son bureau, tête basse, déception et tristesse pesant sur ses épaules : *Raffaëllo n'a pas apprécié le mensonge de Michèle, c'est évident. Mais peut-on appeler cela de la dissimulation ? Elle se trouvait dans une situation si inconfortable, je la comprends un peu. Mon frère devrait réfléchir si ces révélations s'avèrent graves au point de perdre celle qu'il semble aimer. Pour autant, rien ne m'autorise à m'immiscer dans ses affaires de cœur. Je détesterais quiconque le ferait pour moi,* songea-t-elle en reprenant le dossier en cours d'étude.

La sonnerie de cette fin de journée signifiait pour Michèle son départ définitif et spontané de la « manu ». Elle aimait pourtant ce travail du tabac, se plaisait en compagnie de deux ou trois ouvrières dont elle se serait fait des amies. Mais où se loger ? *Je ne t'ai pas trompé, Raffaëllo. Je cherchais juste le moment opportun. Et pourquoi m'as-tu imaginée prostituée ? Si tu dois juger quelqu'un, regarde plutôt ton frère ! Si cela ne tenait qu'à lui, oui, je le serais.*

Une foule de regrets l'assaillaient :

— Je savais Carlo fâché avec sa famille, ainsi me cacher en Lot-et-Garonne m'a paru l'endroit idéal. Jamais il ne m'aurait cherchée si près de chez lui. Enfin, je le croyais. Quelle mauvaise idée ! Finalement, c'était me jeter dans la gueule du loup, murmura-t-elle.

Demain, Michèle partirait. Ce soir, elle voulait pleurer tout son saoul sur son bonheur tout neuf fleurant déjà le passé. Mais auparavant, pour étayer ses futurs souvenirs d'un bonheur fugace, elle prit la route vers Clairac afin de découvrir la maison familiale de celui qui voulait la présenter aux siens, de celui qui aurait pu partager son avenir. Aurait pu…

Dédaignant le bus assurant la navette entre Tonneins et Clairac, Michèle préféra parcourir à pied la distance comme pour savourer chaque mètre, s'imprégner de cette mosaïque agricole si diversifiée dont les colorations allumaient le paysage. Avant de partir, elle voulait admirer ces sages plantations fruitières et maraîchères et découvrir ces champs de tabac qui avait éveillé la curiosité d'Ornella enfant. De temps à autre se dressaient ces charpentes en bois presque brut parsemant ce panorama de culture et d'efforts et veillant sur la croissance des plants aux feuilles vertes et luxuriantes.

Sur le ruban de macadam sinuant timidement entre les cultures, le pas de Michèle semblait un trot de souris léger et insignifiant dans ce vaste jardin aux couleurs multiples. Lorsqu'un véhicule ralentit à sa hauteur pour lui proposer un instant de voyage en commun, la jeune femme sursauta et son cœur se prit à espérer, l'espace de quelques secondes. *C'est lui ! Il vient te chercher. Rien n'est perdu entre vous,* lança à son oreille une petite voix. Dans un sursaut, elle revit ce jour où Raffaëllo l'avait interpellée comme maintenant, son sourire, son visage avenant lui avaient donné confiance et elle s'était assise près de lui. Pour parler, pour prendre un verre, pour dîner, pour rester une nuit, une semaine, toute la vie ?

— Alors, vous montez, mademoiselle ? demanda le conducteur observant attentivement la mince silhouette.

— Non merci, c'est très gentil mais je préfère marcher, répondit-elle, pensant soudain aux recommandations de Raffaëllo quant aux éventuelles mauvaises rencontres.

Dans un haussement d'épaules, l'homme grogna quelques mots incompréhensibles, la regarda, hésitant comme avant une délicate déclaration, puis renonça pour lancer son véhicule sur la route déserte.

L'horizon avala bientôt la voiture. Avec un certain soulagement, Michèle accéléra le pas. Quelques kilomètres la séparaient encore du bourg de Clairac : sa déception face au refus d'aide de la part d'Ornella, son départ inéluctable de ce coin de Lot-et-Garonne qu'elle était sûre de regretter et surtout sa rupture avec celui qui avait fait battre son cœur comme jamais pesaient à présent sur son corps endolori. Elle se prit à regretter l'offre de cet inconnu qui, à la réflexion, ne lui avait pas semblé bien dangereux, si ce n'était son étrange regard. Bizarre sans plus. Pas un local dont il n'avait ni la carrure, ni le teint hâlé par les éléments, ni la musculature caractéristique des travailleurs de force. De passage, comme elle. Probablement.

Les rives du Lot réveillaient lentement certaines réminiscences oubliées par le visiteur. Dans le bourg, Paul découvrit le blason de la ville, ce soleil sur ciel d'Azur et sa devise « Ville sans roy, soldat sans peur ». Ces quelques mots le renvoyèrent à certaines leçons d'histoire dispensées à sa classe de cours moyen sur le siège de Clairac par les troupes de Louis XIII durant les révoltes huguenotes. Dans un sourire, il continua son étrange pèlerinage avant de garer le coupé 504 sur la place Serres.

— 15 —

Une fois de plus, Flavia tentait de se raisonner. De quel droit voulait-elle détourner Salvatore de son projet de revoir la Lombardie, de fouler le sol de leur pays natal, de cette Italie à l'époque trop pauvre pour les nourrir et dont le dictateur en place laissait présager les pires moments de l'histoire italienne ? Depuis quand son homme rêvait-il de ce voyage au pays de son enfance, là où il avait laissé ses parents en leur promettant de les revoir rapidement et qu'il avait brisés de chagrin ? Tout à son envie d'un nouvel ailleurs, le jeune couple n'avait pas voulu l'admettre, pas plus qu'y penser. Tout à ses traumatismes, Flavia avait éludé cet aspect de leur immigration, les sacrifices qu'elle avait imposés à Giuseppe et Violetta, les parents de son époux. Or, ce passé était bien loin et les secrets morts, aussi morts que l'homme qu'elle avait été contrainte d'appeler père durant les seize premières années de sa vie. Souvent, elle se surprenait à chercher des réponses à son comportement indigne. Souvent, Chiara interceptait le regard de sa fille, ce regard perdu dans un lieu interdit.

— Il n'y a pas de solutions, comme il n'y aura pas de véritable oubli, Flavia, lui répondait Chiara lorsqu'elle confiait ses angoisses à l'unique témoin inactif de son enfance violée. Tu es ma fille et je n'ai pas su te protéger. Cela ne me quitte pas et je l'emporterai avec moi dans ma tombe.

Les commentaires francs et courageux de sa mère incitaient l'épouse de Salvatore à repousser ces souvenirs traumatiques tant elle refusait de voir cette dernière se débattre dans un précipice de culpabilité. Leur fil d'équilibriste pouvait se rompre à n'importe quel moment : Chiara perdrait sa famille, sa seule raison de vivre et Flavia perdrait son identité, ses bases et surtout cette affection dont elle s'était volontairement privée en renonçant si longtemps aux liens maternels, fussent-ils incarcérés.

Je n'ai pas fait mieux avec mes enfants, réalisait alors Flavia Giordano. *Mon Andréa chéri est parti pour un monde meilleur où la naïveté reste une qualité. Carlo a pris le mauvais chemin et son attitude vis-à-vis de Sofiane est impardonnable. Le reverrons-nous un jour ? Raffaëllo se tue au travail, j'aimerais tant qu'il rencontre le bonheur auprès d'une jeune femme aimante et qu'il puisse fonder cette famille dont il rêve sans l'exprimer. Quant à Ornella, pourrais-je jamais combler le fossé que j'ai creusé entre nous lorsqu'elle était une toute petite fille ? Ma froideur l'a privée d'amour, de joies, de ces souvenirs légers auxquels elle avait droit. Heureusement, son papa a su combler mon indifférence.*

Ces pensées lucides permettaient à Flavia de mesurer le chemin restant à parcourir pour apporter du bonheur aux siens. Sa retenue naturelle, sa peur que soit dévoilé le drame de sa vie d'adolescente n'avaient plus lieu d'être. Elle pouvait, devait, se montrer telle qu'elle était. Mais qui était-elle, au juste ?

Lorsque les mains de Salvatore se posèrent, douces et tièdes, sur ses épaules, le cœur de Flavia s'emballa. Comme au premier jour. Malgré les écueils. Elle sourit :

— Comment fais-tu pour provoquer mon besoin de toi, de ta présence, de ton odeur, de ta tendresse ? Comment est-ce encore possible après tout ce temps ?

— L'amour, ma chérie, cet amour qui franchit tous les obstacles, qui se relève de toutes les tristesses, celui qui n'oublie pas, mais s'adapte.

Par cette phrase, Salvatore avait résumé leur vie. Son époux restait son socle, sa source d'un bonheur retrouvé, son guide dans les moments d'adversité. Il était son souffle de vie, rien de moins.

— Quand partons-nous ? demanda-t-elle d'une petite voix haletante.

— Avec toi, n'importe quand, et n'importe où, répondit son homme dont le regard admiratif et gourmand courait sur sa peau comme sur un trésor.

— As-tu prévenu Ida et Alfredo de notre arrivée ? Je dois avertir Ornella de notre départ. Elle devra s'appuyer sur Chiara, enfin sur ma mère, pour la garde de Vittoria. Mais cela ne devrait pas poser de problème.

Salvatore la serra contre lui comme s'il voulait qu'ils ne fassent plus qu'un dans cet équilibre retrouvé. La caresse de ses mains, sa peau exacerbée par le désir contèrent à Flavia un tout autre voyage de vallées, de collines et d'ascension dont la récompense devenait urgence, jouissance, connue et nouvelle à la fois.

Lorsque Sofiane pénétra dans la maison, en quête de conseils de la part de Salvatore, il perçut les soupirs de plaisir de ceux qu'il considérait comme ses parents et qui se croyaient seuls au monde sur leur île de félicité. Embarrassé, il amorçait un demi-tour discret afin de quitter au plus tôt ce sanctuaire des sens lorsque son pied heurta celui d'une chaise qui tomba dans un bruit provoquant la honte de Sofiane et l'amusement de Salvatore et de Flavia.

— J'aurais dû frapper, grommela Sofiane se maudissant pour sa maladresse. J'espère qu'ils ne m'en voudront pas.

De son côté, attentif au silence revenu, le couple avait suspendu ses ébats, avant d'éclater de rire comme des adolescents.

— À notre retour de Turin, nous devrons revoir notre manière de vivre, souffla Salvatore dans les cheveux bruns éclairés de fil d'argent.

— Plus tard… supplia Flavia se blottissant à nouveau contre lui pour reprendre leur aventure interrompue.

Flavia Giordano refermait la vieille valise extraite de la remise où, sous un morceau de toile, elle dormait depuis des décennies. Elle aurait pu en acheter une autre, plus moderne, plus légère, mais une forme de superstition l'en empêchait.

Alors que Sofiane accompagnait les voyageurs vers la gare de Marmande, Paul découvrait sa chambre dans ce modeste hôtel-restaurant de Clairac. Il aurait pu trouver un logement plus confortable à Tonneins ou même à Sainte-Livrade, mais, si près du but, il voulait s'imprégner de la vie locale, se souvenir. Avec le bar, au rez-de-chaussée pour compagnie. Au besoin.

En proie au doute, isolée dans ce village où elle n'était qu'une étrangère, Michèle ne parvenait pas à se décider.

— J'ai juste deux options : soit, je tente enfin une visite à la famille de Raffaëllo, soit je quitte la région pour toujours et sans me retourner, déclara-t-elle comme pour se persuader. De toute manière, je n'aurai bientôt plus les moyens de louer cette chambre. Et pour partir où ? Envie de rien, si ce n'est le retrouver, lui parler, le convaincre. Et c'est presque impossible.

Dans un soupir d'impuissance, elle sortit dans le couloir du petit hôtel et gagna l'escalier de bois poli par les ans et garni d'un tapis fatigué.

Comme s'il avait deviné les maigres conjectures de sa cliente, le patron l'observait à la dérobée : *cette jeune femme semble si triste, si perdue. C'est bien dommage à son âge. Je parierais qu'elle ne connaît personne par ici. Qu'est-elle venue chercher ?* Après quelques hésitations, il se décida :

— Bonjour mademoiselle. Bien dormi ? Voulez-vous un petit café et un croissant ? C'est la maison qui régale, lança-t-il, délaissant verres et torchon.

Surprise, Michèle hésita avant de s'approcher. L'homme lui semblait sérieux et une courte conversation ne l'engageait à rien.

— Je peux vous indiquer quelques visites intéressantes, si vous le souhaitez. Un sucre ? Séjournerez-vous à Clairac pour encore un moment ?

— Sans sucre, merci ! Je n'ai pas encore décidé de la date de mon départ. Mais peut-être avez-vous besoin que je libère la chambre ?

— Non, pas du tout ! Seulement, je vous vois bien solitaire.

— Oui, je l'admets. Merci pour le café, dit Michèle, reposant sa tasse pour quitter le tabouret et signifier ainsi la fin de leur échange.

— Hum, accepteriez-vous de me rendre service ? osa l'hôtelier avant qu'elle atteigne la porte.

— Dites-moi. Si je peux…

— Ma serveuse est en arrêt de travail et il m'est impossible d'assurer seul le bar et la salle. J'ai aussi besoin de me reposer un peu. Accepteriez-vous de la remplacer ? En échange, vous bénéficieriez gratuitement de la chambre et du repas du soir. Également du petit-déjeuner que je ne vous ai pas vu prendre depuis votre arrivée, ajouta-t-il.

— C'est que… Je ne sais pas…

Comment Michèle pouvait-elle refuser pareille offre alors que ses maigres moyens de subsistance fondaient comme neige au soleil ? *Je suis bien incapable de dire ce que sera demain. Oserai-je enfin rencontrer la famille de Raffaëllo au risque d'être rejetée ? Et comment interprètera-t-il ma démarche ?*

Attentif, Gilbert l'observait : étrange fille. Son sac à problèmes semble bien lourd à porter.

— Prenez le temps de me répondre. Et appelez-moi Gilbert en toute confiance : je suis marié et père d'une bande d'enfants aussi espiègles les uns que les autres.

Michèle sourit. Pour la première fois.

— Merci beaucoup, monsieur Gilbert. Je vous promets d'y réfléchir et vous donnerai ma réponse dès ce soir. Bonne journée !

Repoussant ces atermoiements peu porteurs de solution radicale, Michèle était résolue : elle allait relever ce défi trop longtemps évité. Il avait suffi de cette brève discussion avec l'hôtelier pour lui ouvrir les yeux. L'élan était suffisant, elle franchirait l'obstacle. Dès cet après-midi, elle gagnerait l'exploitation Giordano. Pour comprendre, pour expliquer, pour trouver une écoute bienveillante ou pour être chassée.

— Au moins tu sauras. Alors, cesse de te lamenter sur ton sort et bouge-toi ! grommela-t-elle sans prêter attention au regard plein de sollicitude de Gilbert.

Habitée par des pensées aussi récentes que positives, elle sortit, croisant un homme sans y prêter la moindre attention. Même lorsque ce dernier se retourna sur son passage avant de pousser la porte de l'hôtel où il séjournait, lui aussi.

— Connaissez-vous cette jolie fille à la crinière de feu qui sort de chez vous ? demanda Paul au restaurateur. Est-elle clairacaise ?

— Notre établissement respecte la vie privée de nos clients, monsieur. Ce qu'ils me livrent reste confidentiel. Imaginez que l'on me questionne sur vous, sur votre origine ou sur les motifs de votre séjour. Seriez-vous ...

— Je comprends, vous avez raison, l'interrompit Paul, peu désireux de poursuivre cette conversation.

Personne ne devait connaître ses objectifs et l'urgence de ceux-ci. Il avait besoin de toute latitude afin d'aborder sa famille et surtout son frère Victor, qu'il s'agisse du moment propice ou de la manière appropriée. Reclus de cette fatigue devenue quasi permanente, il gagna sa chambre pour allonger ce corps lui faisant si souvent défaut et s'abandonna au creux du lit. Pour un repos indispensable à cette activité modérée dont il était encore capable.

Dans le bourg, Michèle hésitait à demander son chemin. Qui pourrait la renseigner sans faire preuve de cette curiosité dont elle n'avait nulle utilité ? Elle évita l'incontournable boulangerie et la très fréquentée boutique de l'épicier pour choisir le bureau de poste qui, à son sens, était habitué au passage d'inconnus. Mobilisée par l'étude de formulaires vraisemblablement complexes, la préposée la renseigna sans lever les yeux vers elle, provoquant l'ébauche d'un sourire à Michèle.

Tel un serpent sinuant vers sa proie, à l'heure la plus chaude de la journée, le chemin caillouteux s'élançait vers l'inconnu, vers l'improvisation, vers une forme de finalité impossible à anticiper. Une haie touffue d'arbres enchâssait de verdure cette direction espérée par Michèle autant que redoutée. *Est-ce encore loin ?* se demanda-t-elle, le cœur battant et la sueur au front. Plusieurs fois, elle lutta contre une envie panique d'opérer un demi-tour, de s'éloigner, de fuir, de se cacher d'un monde qui l'ignorait déjà. Soudain, en elle, souffla une petite voix : *ne fuis pas, fais face ! C'est le prix à payer pour découvrir la vérité et peut-être retrouver le bonheur. Peut-être...*

Une toiture aux tuiles ternies par les années et les intempéries surgit enfin derrière un bouquet d'arbres à l'ombre généreuse et bienvenue. Suivit un avant-toit soutenu par deux solides poutres verticales protégeant des rayons cuisants du soleil une maison à un étage aux murs blanchis à la chaux et aux volets fraîchement repeints. Adossés de part et d'autre du bâtiment, une grange où dormaient tracteurs et outillage divers, un petit atelier de réparation jouxté par une annexe vraisemblablement destinée à l'hébergement d'ouvriers saisonniers.

Sur ses gardes, la visiteuse progressait lentement vers la cour, craignant l'irruption imminente de quelque chien peu amateur d'étrangers non validés par ses maîtres et bien déterminés à l'exprimer par la voix et par les dents, si nécessaire. Prête à rebrousser chemin aussi vite que ses jambes le lui permettraient, Michèle tentait d'afficher une attitude pacifique et confiante qu'elle était bien loin de ressentir.

Personne ne vint l'accueillir ou la chasser. Dans un silence étrange, ni chien ni homme ne se manifestait. L'exploitation semblait comme endormie en ce milieu de matinée, à l'heure où elle aurait dû résonner d'activités. Qui aurait pu lui expliquer que Flavia et Salvatore se trouvaient encore au pays de leur enfance afin de chasser leurs démons et renouer avec un passé renié, oublié et soudain devenu important ? Pour chacun, pour des raisons différentes. Quant à Sofiane, il saisissait chaque occasion de confier Vittoria et Jean à Chiara afin de gagner, accompagné de son chien, ce camp de Bias appelé C.A.R.A. où il avait échoué lors de son arrivée en France.

— 16 —

Au volant, sur le trajet de leur maison de Sainte-Livrade à la villa de Tonneins où vivait Chiara, Ornella songeait, réjouie, au départ de Salvatore et de Flavia. *Mes parents ont bien gagné ce droit à ne penser qu'à eux de temps en temps. J'espère que Dieu les gardera longtemps auprès de nous. Leur soutien, leur admiration, leur tolérance à notre égard me sont si importants.*

S'imposa le souvenir de cette époque où elle évitait sa mère, lui cachant à peine des griefs se développant au fil des mois qui, proférés, seraient devenus une forme de condamnation. Pour Flavia évidemment. Mais aussi pour Salvatore qui aurait été contraint de rallier l'une et, par conséquent, renier l'autre. Mal-aimée, la petite Ornella avait souffert de cette incompréhensible froideur maternelle à elle seule réservée. Son père en connaissait les vraies raisons et, sans rien révéler durant nombre d'années, avait compensé ce déficit par un trop-plein d'amour envers « son trésor ».

Désormais, le passé était loin et Flavia avait reconnu ses torts, exprimé ses regrets après que Salvatore eut enfin trouvé le courage de révéler le non-dit lié à la naissance de la petite fille. Aujourd'hui, Flavia occupait sa place de mère et de grand-mère et chaque jour soudait un peu plus la relation entre les deux femmes.

Lorsque le véhicule stationna, Vittoria interrompit un babil dont sa mère ne saurait dire l'objet.

— Je veux descendre ! Je veux voir Mémé Chiara ! Tout de suite ! réclama-t-elle d'un ton autoritaire.

— Eh bien ! Nous y sommes, mademoiselle ! Et, s'il te plaît, cesse de dire « je veux ». Une petite fille bien élevée ne décide pas, elle obéit à sa maman et à son papa.

— Mais toi, tu n'obéis pas, Maman ! Tu n'écoutes pas ce que te dit Papa et tu cries. Et moi, je n'aime pas quand vous vous disputez. Euh… Papa se fâche aussi, mais moins fort que toi ! précisa-t-elle.

Ces quelques mots glacèrent Ornella. Ainsi, les enfants percevaient les différends, de plus en plus fréquents, surgissant entre elle et son mari. Pourtant, Jean ne lui avait rien dit. Que comprenait ce garçon dont elle était si riche depuis cette nuit où elle l'avait découvert sur cette route ?

— Parfois les adultes se chamaillent. Mais cela ne les empêche pas de s'aimer. Ils sont juste un peu fatigués, découragés, débordés de travail.

— Alors vous devez faire une grosse sieste et ça ira mieux, conclut l'enfant avant de s'échapper vers la maison et les bras d'une Chiara toujours souriante.

Ornella s'attarda à chercher dans le véhicule quelques bagage et autre doudou favorisant une poignée de secondes de solitude. Il lui fallait intégrer ce commentaire enfantin, l'interpréter, le jauger. Ce dernier mettait à jour une situation niée parce qu'inconfortable. *Sofiane et moi sommes si différents. Même s'il ne m'en parle pas, l'Algérie l'obsède encore et il noie ses souvenirs dans un travail acharné sur l'exploitation. Et il ne veut pas décevoir la confiance de papa. Quant à moi, j'avoue être mobilisée par mon travail à l'usine. Je ne parviens pas à m'en détacher une fois rentrée à la maison. Parce que… je n'ai pas droit à l'échec, non plus.*

Souffle coupé, cœur serré, sanglots au bord des lèvres, Ornella réalisait brutalement combien son existence risquait de basculer à tout moment. En quête d'un soulagement rapide, elle se remémora sa rencontre au goût de danger avec Sofiane et un sourire revint se poser sur son visage tendu. Elle revit son intrusion risquée dans le camp de Bias lorsqu'elle cherchait des informations sur les origines de Jean et l'air amusé de Sofiane prêt à tout pour avoir l'opportunité de la revoir. Elle hocha la tête à l'évocation de la manière directe dont elle avait présenté, voire imposé son futur époux au sein de sa famille et, pensant à son frère Carlo, elle grimaça. *Quatre ans déjà ! Depuis, chacun suit sa voie avec acharnement, pour prouver à qui voudrait le savoir, son courage, sa détermination d'où est exclue toute défaillance. Mais à quel prix !*

Chiara s'étonna de l'air soucieux de celle qui, depuis toujours ou presque, se confiait à elle sans hésiter. Elle attribua cette retenue à la présence de Vittoria et se promit de questionner Ornella lors d'un moment plus opportun.

La jeune directrice franchit le portail « du château » sans même s'en apercevoir. Tel un automate, elle gravit les quelques marches ouvrant sur le bâtiment réservé à l'administration. Les déclarations de sa fille occupaient toutes ses pensées. Cette introspection surprit la secrétaire habituée à recevoir les consignes du jour avant même que Madame Slimani pose sur son bureau les dossiers emportés la veille au soir pour les étudier chez elle. *Je me demande comment elle fait pour gérer sa vie de famille,* pensait parfois Sylvie lui remettant une pile de rapports, de courriers accompagnés des dernières circulaires.

Pourtant, en cette année 1976, la situation de la S.E.I.T.A. méritait toute son attention : les barrières douanières au sein du marché commun étaient levées. Ce qui provoquait la fin du monopole de fabrication comme de distribution. De plus, les Français, femmes et jeunes surtout, confirmaient leur préférence pour les marques américaines de tabac blond et les cigarettes avec filtres. *Nous n'avons pas suffisamment anticipé cette mutation, songea Ornella. Comment y faire face plus énergiquement ? Nos « blondes »,* les Philtres comme les Maëva mentholées, trouveront-elles leur public ?

— 17 —

Contre toute attente, le séjour italien de Flavia et Salvatore se révélait plutôt léger et salutaire. Les appréhensions surgies au fond de leur cœur dès leur arrivée en gare de Turin s'étaient progressivement dissipées pour laisser place à une nostalgie bien plus supportable et porteuse de stabilité. Ida, la sœur de Salvatore et Alfredo son beau-frère n'y étaient pas étrangers.

— Nous aurions dû faire ce voyage depuis longtemps, chuchota Flavia glissant sa main dans celle de son époux.

— Nous n'étions pas prêts, mia cara([10]).

— Il nous a fallu du temps : la vie ne nous a pas épargnés, souffla-t-elle.

— Mais elle nous a aussi apporté bien des bonheurs. Gardons-les en mémoire et profitons du présent.

— Désolée, il m'est impossible d'effacer les heures tristes. Et, surtout, je me refuse à oublier notre Andréa.

10 - Ma chérie.

— Veglia su di noi dall'alto[11].

À son insu, le sol italien avait réveillé chez Giordano le plaisir de parler leur langue maternelle, comme pour se rapprocher de ses parents, comme pour se fondre dans ce pays autrefois abandonné. Il savourait avec bonheur le réveil de ses racines. Flavia était loin de ressentir la même émotion. À cause de son caractère plus sombre, à cause de son enfance volée et de sa fuite sans retour. Pour le bonheur de son mari, elle avait refoulé ses réticences afin de l'accompagner dans ce périple si important à ses yeux.

Heureuse de revoir sa « famille française », Ida n'avait éprouvé aucun ressentiment à l'égard de son frère et de sa belle-sœur pour cette longue et silencieuse absence. Au fil d'un unique et habituel échange téléphonique au début de chaque année, elle avait suivi leur vie et donné des nouvelles succinctes de la leur, chacun s'appliquant à en dissimuler les événements les plus graves. Pourtant, à l'occasion de cette première visite, s'imposa la force des liens du sang et ils se surprirent à regretter ce lourd mutisme que rien ne justifiait, n'excusait vraiment :

— Nous ne pouvions revenir au pays avant, Ida : c'était trop difficile pour nous, tenta de se justifier Salvatore. Un jour, je vous expliquerai. Demain peut-être.

— Tu n'as pas à t'excuser, fratellino[12]. Les mots sont parfois inutiles. Vous aviez pris une si délicate décision. Et vous aviez tout à reconstruire, là-bas. Cela a dû vous demander beaucoup d'efforts et de sacrifices.

Soulagés par tant de bienveillance, les Giordano de France évoquèrent la réussite d'Ornella, le courage de

11 - Il veille sur nous de là-haut.
12 - Petit frère.

Raffaëllo, la mort d'Andréa et la honte à l'égard de Carlo... Face au silence respectueux de leurs interlocuteurs, ils réalisèrent combien cette conversation devait être pénible pour qui n'avait pas connu le bonheur de devenir parents. Le silence qui s'en suivit puis le sourire mystérieux de Ida les surprit :

— Hai qualcosa da dirci([13]) ? pressentit Salvatore.

— Plutôt quelqu'un à vous présenter.

Soudain, on frappa à la porte du logement et Alfredo se leva pour ouvrir à trois gamins au teint cuivré, aux yeux rieurs qui se réfugièrent contre lui quand ils aperçurent les étrangers.

— Je vous présente Tina, Bruno et Lorenzo, nos petits-enfants.

— Vos petits-enfants ! Vous voulez dire que vous avez eu un enfant ?

— Bien analysé, rit Ida.

Salvatore s'apprêtait à formuler son mécontentement quant à leur manière de tenir secret un événement d'une telle importance avant de se raviser. *De quel droit leur ferais-tu la leçon, toi qui n'as pas su entretenir le lien avec ta sœur ? Lui as-tu seulement parlé de la personnalité d'Andréa et des circonstances de sa mort, des origines d'Ornella ou de tes problèmes de couple ?*

— Comme vous l'aviez deviné, et malgré notre désir d'enfant croissant au fur et à mesure d'échecs successifs pour devenir obsessionnels, Alfredo et moi ne parvenions pas à procréer. Et nous avons fini par renoncer. C'est pourquoi, de mon côté, je n'ai pas favorisé nos contacts. Rappelez-vous : Flavia était enceinte de votre premier enfant lorsque vous avez fait halte chez nous

13 - Tu as quelque chose à nous dire ?

avant de quitter l'Italie. J'imaginais bien que d'autres bébés viendraient. C'était vraiment trop difficile pour nous.

— Oui, je l'avais compris, murmura Flavia d'un ton bienveillant.

— Un soir de l'année suivante, nous avons ouvert à une petite mendiante en quête de nourriture. Elle était maigre, sale, une vraie sauvageonne. À force de douceur, de patience et de repas copieux, elle s'est habituée à nous et a fini par apprécier le confort d'une chambre chauffée au cœur de l'hiver. Ainsi, nous avons recueilli puis adopté cette petite fille de six ans qui vivait dans la rue, sans famille, sans parents, totalement seule. Speranza([14]) a fait entrer le bonheur dans notre maison.

— Et ces petits sont ses enfants ! lança fièrement Alfredo, resté jusqu'à présent muet tant il goûtait le récit passionné de son épouse.

Cette révélation serra la gorge de Salvatore qui pensa à Violetta et Giuseppe, leurs parents. *Mamma aurait été tellement heureuse de connaître les petits-enfants qu'elle espérait tellement.* Secourable et solidaire, la main de Flavia se posa sur sa cuisse pour faire naître un sourire sur son visage, plus adapté à l'heureux aveu de Ida et d'Alfredo.

Alors que Salvatore et Flavia séjournaient en territoire italien, Carlo décida de quitter Marseille pour quelque temps afin de regagner le Lot-et-Garonne.

— Raffaëllo n'a pas tenu ses engagements. Trop occupé à roucouler avec sa Michèle pour me donner la moindre

14 - Espérance.

nouvelle de notre famille, comme c'était convenu. Il se croit très fort, le petit frère. Mais je vais lui apprendre à respecter un pacte.

— 18 —

En fin de journée, une superbe voiture traversa le bourg de Clairac et la place Serres, à ce moment précis où Michèle quittait la terrasse d'où elle rapportait les verres vides et la monnaie sur un plateau qu'elle déposa sur le bar.

Paul se reposait dans sa chambre avant de partager, comme chaque soir depuis une semaine, un apéritif amical avec cette serveuse atypique qui le fascinait. Ils prenaient du plaisir à échanger sur des sujets n'engageant ni leurs origines, ni leurs objectifs, pas plus que leurs aspirations, en évitant de trop en dire. Paul prenait garde à ne pas dévoiler son enfance et son adolescence clairacaises et Michèle taisait sa vie de fillette abandonnée par des parents immatures et sa jeunesse instable. Plusieurs fois, elle fut tentée de lui confier cette blessure d'amour que Paul devinait aisément sans en identifier le responsable. Au cours de leurs échanges, a jeune femme découvrait un ami agréable et excluait toute relation plus avancée avec lui. Un seul homme habitait son cœur toujours brûlant d'amour et paralysé par l'angoisse. Quant à Paul, il luttait pour ne pas se laisser embraser par son attirance envers la jeune femme à la chevelure de feu. Il ne pouvait pas, il n'aurait pas le temps…

Partagé entre l'envie de surgir chez ses parents de cette manière primaire et brutale le caractérisant et la nécessité d'étudier discrètement la vie de ceux de sa famille qu'il avait abandonnés depuis longtemps, Carlo gara son véhicule sur le trottoir bordant une rue déserte. Pour céder à ce besoin de réfléchir, pour jauger sa colère, pour caler ses motivations. Cette introspection le surprit tant les heurts, les déceptions qu'il s'était appliqué à oublier revêtaient à présent une importance minime au profit d'une impérative curiosité.

— Eh bien mon vieux, tu te ramollis ! lança-t-il à son reflet dans le miroir de courtoisie. Bon, ça ira pour rencontrer les parents, mais tu vas devoir te montrer plus méchant envers Raffaëllo si tu veux le secouer. Il doit te craindre et remplir sa part de votre accord. Sinon, je retrouve Lola, je la ramène au club et adieu l'amour, frérot !

Au plus fort de ses méditations, le regard de Carlo fut soudain capté par deux silhouettes émergeant de l'épicerie proche : *Chiara ? C'est bien elle ? Oui, elle a si peu changé. Toujours cette allure fière montrant qu'elle ne craint rien ni personne. Pas même moi, je l'admets. Et qui est cette magnifique enfant dont elle tient la main ? Pas celle de Raffaëllo incapable de fonder une famille tant il serait inapte à l'entretenir, pas moi évidemment… Reste Ornella ! Donc cette enfant serait… ma nièce !*

Cœur battant, ventre noué, un malaise inconnu submergeait le premier né des Giordano. Fasciné par cette apparition, il ne quittait plus la fillette des yeux, observant ses mouvements rapides, ses hochements de tête, sa chevelure brune, son air déterminé et ses mimiques joyeuses. Pétrifié par la surprise, Carlo les regarda s'éloigner.

— Je veux la rencontrer, lui parler. Après tout, je suis son oncle. Et personne ne m'en empêchera, maugréa-t-il.

Pour la première fois de sa vie, Carlo Giordano découvrait cette frustration affective que l'autorité, voire la brutalité, ne pouvait combler.

La mort dans l'âme et au comble d'un trouble inconnu, le voyageur abandonna son projet de gagner l'exploitation de ses parents pour rejoindre Tonneins où il avait loué un meublé, plus discret qu'une chambre d'hôtel. Chiara devait y avoir conservé sa villa : elle n'était pas du genre à vivre au milieu des champs. Il devait réfléchir, intégrer ce nouveau paramètre à ses projets, ordonner ses priorités. Une fois sa porte verrouillée, le bilan de sa vie le contraignit à s'asseoir : un grand vide semblait vouloir le happer. *Des parents naïfs qui m'ont préféré ce gars sorti d'on ne sait où, une sœur capable de me tuer si je touche à un cheveu de son mec hirsute, un frère trop idiot pour saisir les opportunités, voilà ma famille grommela-t-il, les yeux embués. Et moi qui n'ai pas de descendance. Alors, de quel droit m'interdiraient-ils de connaître cette petite fille qui doit ignorer mon existence à commencer par mon nom ?*

— 19 —

Polies par les crues et les sécheresses, les pierres semblaient se lover au fond du lit d'un Lot limpide que les rayons du soleil s'entêtaient à réchauffer en faisant trembler l'air. Assise sur la rive, Ornella s'était volontairement isolée, au grand désappointement de sa fillette. Pour réfléchir, pour trouver la force, pour décider de la suite de sa vie. Lui revinrent ces flâneries à la tombée du jour, sa main blottie dans celle de Sofiane, quand tous deux se délectaient du frôlement des animaux proches et de la fragrance des feuillus alentour. Elle repensa à l'amour à l'abri du séchoir de bois enduit de goudron, dans l'odeur aigre des pieds de tabac suspendus au faîtage tête en bas telles de gigantesques chauves-souris. La peur d'être découvert attisait leur désir déjà puissant et jamais assouvi. Elle se demanda si ses parents, avant elle, y avaient connu les mêmes délices, une fois la mise à la pente achevée ou même l'hiver, lorsque le séchoir vide attendait leur venue pour des retrouvailles plus habillées dans cet endroit ventilé. Songer à son époux provoqua un sourire attendri fondant vite en une expression triste et désabusée : *nous nous sommes aimés si vite, si fort, trop vite, trop fort. Nos différences nous ont attiré l'un vers l'autre pour mieux un jour, demain peut-être, nous repousser sans espoir de retour. Ou si peu. Et d'ailleurs, en ai-je réellement envie ?* Suivit l'inévitable constat : si elle n'était pas entrée dans ce camp de Bias, Sofiane aurait continué sa route, certes difficile, mais dénuée de ces actuels remords le précipitant dès qu'il le pouvait auprès de cette « petite Algérie du Lot-et-Garonne » qu'il estimait avoir abandonnée. À l'insu de son épouse, croyait-il.

La révolte de 1975 avait obligé le gouvernement français à ouvrir définitivement les camps d'internement pour les déclarer municipaux. Mais, un an après, Slimani comme tous ses frères, attendait bien plus de l'État français. Comme un nouveau logement pour certains et une amélioration des conditions de vie pour les Harkis souhaitant rester sur place, là où ils avaient planté de bien fragiles racines en un terrain fertile de violences et de frustrations.

— Non, je ne peux avoir de regrets ! Je devais franchir ces grilles pour savoir, pour comprendre ce qui avait poussé Jean à s'enfuir.

Comme si l'arrivée du petit garçon traumatisé, muet, datait de la veille, elle se souvint des raisons premières de son enquête sur les origines de celui qu'elle avait appelé Jean, ce gamin seul au monde et qui était devenu son enfant.

Lorsque ses pensées revinrent à leur couple autrefois si solide, si convaincu, elle ferma les yeux et prit une profonde respiration. Cachée, repoussée, elle interdisait à cette déception de se manifester pour devenir une sorte de désamour, impensable il y avait seulement quelques mois. Menaçaient alors les premières larmes annonciatrices d'un torrent jusque-là retenu et qui risquait d'amorcer des changements pour lesquels la jeune femme ne se sentait pas prête.

— Je dois penser aux enfants, les protéger, décida-t-elle dans un profond soupir en se levant pour regagner son domicile.

Carlo éludait, quant à lui, l'existence de Jean, ce gamin aux cheveux noirs et crépus lui rappelant celui qui se disait son père et qu'il se refusait à reconnaître comme son neveu. Au même titre, il ne considérerait jamais Sofiane comme un membre de la famille, un frère par alliance.

— Ce Slimani est-il encore dans le coin où a-t-il regagné le bled ? maugréa-t-il. Il faut que je le sache avant de m'approcher de la petite.

Cette nouvelle et inattendue parenté tournait à l'obsession pour celui qui avait renié toute notion de famille depuis longtemps. Au point d'en oublier les raisons de son retour : Raffaëllo qui n'avait pas tenu ses engagements et Lola qu'il pensait ramener à Marseille.

Les jours suivants, aussi discret que furtif, il s'appliqua à observer les allées et venues autour de l'exploitation Giordano, s'étonna d'y entendre des travailleurs plaisantant et, surtout, de ne pas y trouver Salvatore et Flavia qu'il ne savait pas encore comment aborder.

— Où sont-ils ? Encore à se crever pour une récolte de misère, chez quelque incapable après avoir bossé chez eux ! supposa-t-il se dissimulant derrière une haie, à l'écart du séchoir à tabac.

L'absence de ses parents procurait au fils banni un certain soulagement, mais cette sensation l'agaça : à l'évidence, il redoutait toujours leur jugement, comme lorsqu'il n'était encore qu'un adolescent rebelle. Le couple Giordano ne l'admirait pas, se méfiait de lui au point de se satisfaire de son absence, ne l'aimait pas. Tel un animal sauvage en quête d'une proie, il circula prudemment à travers l'exploitation afin de mémoriser chaque déplacement des ouvriers, de vérifier leurs horaires de travail pour organiser son projet.

Usant d'une patience dont il ne se savait pas capable, Carlo remarqua avec colère l'attitude assurée de celui qu'il détestait et s'attendrit à la vue de la fillette toujours sur les pas de Slimani. Parfois, le petit corps sans cesse en mouvement disparaissait entre les larges feuilles vertes ondoyant sous la brise, telles des vagues par beau temps. Subsistait alors son incessant bavardage dont, de son poste d'observation, il ne pouvait comprendre le sens, mais qui le fit sourire avant de porter à nouveau son regard sur Sofiane.

— C'est lui qui dirige la ferme, maintenant ? s'exclama-t-il à l'intention de lui-même. Comment mon père peut-il y consentir ?

Au bourg, les Clairacais s'étonnaient du passage fréquent de cette voiture dont l'immatriculation étrangère au département et la carrosserie impeccablement lustrée attiraient une attention admirative.

— C'est une Alfa, lança un jeune homme fasciné.

— Une quoi ? répondit son interlocuteur.

— Une Alfa Roméo ! C'est une voiture italienne. À coup sûr, elle plairait à Salvatore Giordano. J'aimerais beaucoup voir l'intérieur et lever le capot.

— C'est qui, le gars qui la pilote ?

— Jamais vu ! Je me demande où il se rend. Pas dans la ville, en tout cas. Il doit faire des envieux. La prochaine fois qu'il passe, je vais l'arrêter.

— Et te faire écraser, se moqua son ami. Allez, cesse de rêver ! Je t'offre un verre au bar. As-tu vu la nouvelle serveuse ? Un teint de lait et une chevelure de feu. Jamais vu de fille comme elle.

— 20 —

Écrasée par les rayons ardents d'un soleil brûlant, la récolte du tabac à maturité débutait. Une sorte de frénésie joyeuse et laborieuse animait la ferme. Ouvriers agricoles et voisins venus prêter main forte coupaient les tiges dont la hauteur variait entre soixante et quatre-vingts centimètres. Parfois, à l'entrée d'un nouveau rang, ils découvraient Vittoria dont le rire résonnait avant qu'elle coure se cacher plus loin.

L'absence de Salvatore et de Flavia fut remarquée sans pour autant inquiéter : *le gendre assurera sans problème. On le connaît, c'est un bosseur,* pensaient ceux qui l'avaient vu travailler.

Profitant de cette animation en forme de rite annuel, Carlo se faufila pour se trouver dans l'axe de vision de l'enfant qui s'était éloignée. Un peu trop comme à son habitude.

— Bonjour, petite fille !

— Je suis grande, corrigea cette dernière en le dévisageant. Tu es qui ? Je ne te connais pas. Et pourquoi tu ne travailles pas comme tout le monde ?

— Parce que je suis en vacances !

— Ah ! Moi aussi. Il n'y a pas d'école pendant l'été. Mais mon papa et ma maman travaillent tout le temps. Tu le connais mon papa ?

— Non, mais il doit être très fort.

— Oui ! Et aussi très gentil !

— Moi aussi je suis gentil. Aimes-tu les bonbons ?

— Beaucoup, mais je n'en mange pas souvent. Ma maman dit qu'ils font mal aux dents.

L'espace d'un instant, l'évocation d'Ornella fit perdre contenance à Carlo qui se ressaisit aussitôt. *Comment expliquerais-je ma présence si elle me voyait parler à sa fille, maintenant ? Elle réagirait très mal, j'imagine. Pourtant, j'ai le droit de voir ma nièce !*

— Tu fais quoi, monsieur ? se renseigna l'enfant observant l'inconnu.

Rasé de frais, ses cheveux domptés par un savant coiffage, il lui souriait pour adoucir son regard qu'il savait sombre et perpétuellement aux aguets. Son blouson de cuir fauve de qualité, son eau de toilette aux parfums boisés rassurèrent Vittoria. Ses mains soignées la fascinèrent.

— Je réfléchissais. J'avais emporté un petit cadeau et...

— Pour moi ? l'interrompit la fillette.

— Exactement. Mais je l'ai oublié dans ma voiture.

— Ah ! Elle est où, ta voiture ? Je ne la vois pas.

— Pas très loin, en bas du chemin. Je vais le chercher.

— Je peux venir avec toi ? On ne le dira pas à Papa, sinon il sera fâché.

— C'est promis !

Les jours suivants, Carlo réitéra visites et discrètes surprises que l'enfant guettait impatiemment et qui se transformèrent en rituel secret. L'homme réussit à créer une relation de confiance avec la petite déjà lasse de ces récoltes mobilisant tout adulte, son grand frère compris. D'autant que ce « monsieur en vacances » l'écoutait en souriant. L'intéressé ne se forçait pas tant le bonheur ressenti s'avérait pour lui aussi inattendu que bienvenu. Au point d'oublier l'origine vengeresse de son projet envers sa famille. Lui pour qui les sentiments équivalaient à de la faiblesse ressentait une émotion inconnue face à cette enfant. Et cette sensation le déstabilisait, le rendait presque heureux.

— Pourquoi je ne sais pas ton nom ? lui demanda-t-elle un jour comme si une forme de méfiance sourdait sous son crâne juvénile. Moi, je m'appelle Vittoria ! Vittoria Slimani.

Instantanément, un frisson de haine parcourut le corps de Carlo. *Giordano, elle devrait porter le nom des Giordano !*

— Alors ? Et toi ?

— Euh... Je suis... Charles...

L'attitude de Vittoria et sa manière de le regarder exprimaient son impatience de connaitre ce nom de famille qu'il ne pouvait lui révéler.

— Charles de Marseille.

— C'est un drôle de nom, conclut la fillette.

— Au revoir, Vittoria. Si tu veux, la prochaine fois, tu pourras monter dans ma voiture.

— D'accord, Charles ! répondit l'enfant lui faisant un signe de la main avant de regagner en courant l'exploitation.

Dès le lendemain, il offrit à l'enfant une balade dans sa fascinante Alfa Roméo en lui faisant promettre de garder confidentielle leur promenade. Bientôt, estimant l'excursion trop longue Vittoria souffla :

— Je veux retrouver mon papa et Jean, mon frère.

Adoptant une sérénité dont il était pourtant dépourvu, Carlo lui caressa affectueusement la tête.

— Hier soir, j'ai fait connaissance avec ton papa. Il sait que tu t'ennuies pendant la récolte et il n'a pas le temps de s'occuper de toi. Donc, il est d'accord pour que tu viennes quelques jours en vacances. Ta maman aussi. Ensuite, je te ramènerai chez toi.

— Mais je n'ai pas d'habits ! Papa a oublié.

— Nous irons en acheter. Tu choisiras une belle robe et des chaussures de princesse.

— Bon d'accord ! répondit l'enfant conquise serrant contre elle ce doudou dont elle ne se séparait que rarement.

Carlo referma la portière sur la fillette enthousiaste à l'idée de rompre un quotidien ennuyeux. Il invitait, empruntait Vittoria. Juste pour quelques jours…

Habité par des pensées plus sombres encore que les ombres isolant à présent la ferme des Giordano, Sofiane appelait sa fille depuis des heures, au point que les sons peinaient à sortir de sa gorge nouée. En écho, Jean hélait sa petite sœur, des sanglots dans la voix. Un irrépressible tremblement colonisait à présent le corps fourbu de Slimani. *Où est ma petite fille ? Comment a-t-elle pu disparaître ? Nous étions si nombreux autour d'elle.* Le cœur serré par l'angoisse, Sofiane devait admettre l'impossible : Vittoria n'était plus ici. Hâtant le pas, il se précipita vers l'habitation de ses beaux-parents. Pour téléphoner à Ornella, éternellement indisponible, happée par son travail à l'usine. Son époux avait espéré retrouver seul leur fille pour lui épargner cette épreuve. Mais, il renonçait à ses espoirs et comprenait qu'admettre sa disparition favoriserait des recherches rapides et organisées.

— Il faut vite retrouver ma petite sœur, Papa. Elle doit se sentir si seule sans nous, exprima Jean en pleurs. À mon avis, elle s'est trop éloignée et s'est perdue.

Malgré l'affection de ses parents, la notion de solitude et d'abandon restait vivace dans l'esprit du garçon. Toutes les fibres de son corps le lui rappelaient, le glaçaient, exigeaient l'apaisement.

— Pas de panique, mon grand, nous allons la chercher, murmura son père. J'appelle la gendarmerie puis ta maman.

Plongée dans les profondeurs d'un dossier complexe, Ornella décrocha le combiné avec agacement avant de réaliser combien le temps s'était écoulé et que l'heure de regagner son domicile était dépassée depuis longtemps.

— Sofiane ? Désolée, je quitte mon bureau à l'instant. Es-tu à la maison avec les enfants ? Ont-ils pris leur douche ?

Le silence de son époux alerta la jeune dirigeante.

— Quoi ? Il y a un souci avec mes parents ? Papa est malade ? Il y a eu un blessé à la ferme ? Les enfants ? Que se passe-t-il ? Réponds-moi !

Ses pensées au bord de l'affolement paralysaient le père de famille. Trouver des mots à la fois précis et optimistes alors qu'il était loin d'appréhender la situation ainsi. À peine formula-t-il le prénom de leur fille suivi du mot « disparue » qu'Ornella lâcha le téléphone pour saisir son sac. Elle fonça dehors comme les passagers d'un bateau prêt à couler se jettent à la mer. Incrédule, affolée, elle lança son véhicule sur la route et parcourut, sans s'en apercevoir, les quelques kilomètres séparant Tonneins de

Clairac. Lorsqu'elle déboucha dans la cour de l'exploitation, elle aperçut la voiture des gendarmes et se sentit acculée à analyser le contexte, à intégrer la gravité de la situation et surtout à l'admettre. Elle aurait dû se précipiter à l'intérieur de la maison, mais une force la clouait sur son siège.

Sofiane la rejoignit et ouvrit la portière. Les mots et les reproches étaient inutiles, ils partageaient la même souffrance : leurs yeux parlaient pour eux. Lorsqu'il sentit sa femme capable de marcher, il l'aida à sortir de la voiture pour l'enlacer de ses bras tremblants. Appuyés l'un sur l'autre, ils regagnèrent la maison de Flavia et de Salvatore. D'abord, elle remarqua son fils, blotti dans un recoin de la cuisine, presque tapi. Au premier mot de sa mère, l'adolescent se précipita contre sa poitrine.

Les deux militaires la saluèrent.

— Bonjour madame Slimani. Sachez que nous ferons tout ce qui est possible pour retrouver votre fille, commença le plus gradé.

Cette courte phrase matérialisa la situation, officialisa la disparition de Vittoria alors qu'Ornella espérait encore une plaisanterie de l'enfant que l'on gronderait affectueusement. Suivit une série de questions sur les habitudes et le caractère de la fillette comme sur les personnes présentes au moment de sa disparition.

— À l'heure actuelle, je ne vous cache pas que nous devons envisager toutes les hypothèses, expliqua le caporal-chef embarrassé, se gardant de précisions qu'il estimait les parents incapables d'entendre, pour le moment. Nous allons donc commencer par la plus simple : Vittoria aurait suivi un animal et n'aurait pas retrouvé son chemin.

— Il fait nuit noire, elle va dormir dehors. Vittoria n'a que six ans ! s'étrangla Ornella.

— Je suis désolé, madame. Nous comprenons votre angoisse. Sachez que nous faisons le maximum, répéta le gendarme. À commencer par la fouille immédiate du bois voisin, mais comme vous l'avez dit, il fait nuit. Peut-être entendra-t-elle nos appels. Une battue plus étendue est prévue demain matin avec les militaires et beaucoup de volontaires du village. D'ici là, nous devrons attendre. Nous continuerons aussi à interroger les éventuels témoins qui auraient pu remarquer quelque chose d'inhabituel et toutes les personnes présentes ou ayant travaillé pour vous ces derniers jours. Courage madame et monsieur Slimani, les enfants ont souvent plus de ressources que nous l'imaginons.

Demain, si les recherches s'avéraient infructueuses, viendraient alors les questions concernant un éventuel enlèvement et une possible demande de rançon et celles, adéquates, d'ennemis potentiels.

Épuisé par de longues heures de veille et d'angoisse, abattu par la recherche nocturne et stérile de sa sœur, Jean avait cédé à la fatigue et dormait dans la chambre de ses grands-parents. Ornella et Sofiane n'avaient pas quitté la cuisine. Face à face, ils se noyaient dans les yeux de l'autre, pour y chercher soutien, force et espoir. Puis leurs têtes retombant sur leur bras, ils sombraient dans un sommeil rapide et violent les réveillant en sursaut. Aux premières lueurs de l'aube, Sofiane trouva la force de se lever pour préparer du café à l'italienne. Les puissants effluves tirèrent Ornella de sa torpeur.

— Il faut pouvoir recevoir les marcheurs, expliqua-t-il. Le jour se lève, ils seront bientôt là.

— Je vais appeler Tante Ida ; elle préviendra mes parents, répondit Ornella se levant, dans une forme d'automatisme dénué d'émotion.

Elle se dirigea vers la porte sans le regarder. Depuis combien de temps, l'un et l'autre n'éprouvaient-ils plus ce besoin d'échanger cet habituel et tendre baiser lorsqu'ils se croisaient ?

— 21 —

Incrédule et incapable de se concentrer sur un autre sujet, Raffaëllo décida d'interrompre provisoirement l'activité de son entreprise. Les clients comprendraient, attendraient. L'appel désespéré d'Ornella lui avait glacé le cœur. La disparition de sa nièce l'affolait, le révoltait et l'angoisse de sa sœur et de son beau-frère l'affectaient trop pour qu'il puisse diriger ses pensées vers un autre objectif. *Je veux les soutenir, les aider du mieux que je pourrai. Où es-tu, Vittoria ? Que s'est-il passé ?* Avec amertume, il réalisa combien le départ de Michèle, si douloureux soit-il, devenait soudain secondaire, mineur.

La battue n'avait rien révélé, pas plus qu'elle n'avait donné d'indices sur le lieu où pouvait se trouver la fillette. Le gendarme avait évoqué la piste de l'enlèvement, mais s'était retenu sur le mobile de la vengeance. Ce motif risquait d'accabler les parents et leur ôter toute forme de résistance aux événements. Il préférait procéder par étapes.

— Nous poursuivons l'enquête et mettons tout en œuvre pour retrouver votre fille. De votre côté, restez vigilants sur les informations qui pourraient vous parvenir et sur les personnes qui vous parleront. Même si vous les connaissez depuis longtemps. Dans la plupart des cas, ce type de rapt est commis par un proche.

Prostrée, échevelée, habillée des vêtements de la veille, le regard noyé au-dessus des vagues de tabac à la récolte interrompue, Ornella semblait entendre sans comprendre les conseils du militaire. D'ordinaire si dynamique, elle semblait à présent vide de toute énergie. La jeune femme qui depuis son plus jeune âge avait fait preuve d'une force de caractère éloignant les écueils se dressant devant elle semblait enfuie. Sur les pas de Vittoria, peut-être. À ses côtés et malgré sa propre détresse, Sofiane s'efforçait d'affronter cette épreuve. Pour eux deux. Pour Jean. Pour la famille. Et surtout pour se donner toutes les chances de serrer à nouveau leur enfant dans leurs bras. *Le retour de Salvatore et de Flavia va aider Ornella à supporter cette horreur. Et surtout, ils me permettront de faire mes propres recherches. Raffaëllo m'a proposé de venir avec moi.*

— Vittoria ! murmura-t-il soudain, le cœur battant. Reviens, ma chérie.

Comme lors de chaque bruit extérieur, Sofiane se précipita. Comme à chaque fois suivit la déception.

De retour de la gare, le véhicule de Raffaëllo s'immobilisa devant la maison. Salvatore en surgit, étreignit brièvement Sofiane sans proférer le moindre mot avant de foncer à l'intérieur.

— Mon trésor ! souffla-t-il attirant à lui sa fille pour l'enlacer. Je suis là. Nous allons retrouver notre Vittoria. Il ne lui arrivera rien de méchant.

— Papa ! Mon Papa ! Comment peux-tu l'affirmer ? Je voudrais tellement te croire.

— Parce que… je le sais, je le sens, murmura-t-il en la serrant plus fort comme lors de ce « jeu du câlin », au temps si proche où elle était petite.

Salvatore s'abstint d'évoquer ce rêve troublant et cette voix qui, même éveillé, lui soufflait ces paroles encourageantes. Qui lui parlait ? S'agissait-il seulement du fruit de son imagination, du besoin de se rassurer ? *Qu'importe, si cela me permet de faire face. Pour épauler Ornella et Sofiane, pour montrer à Flavia la route de l'espoir. Pour te retrouver, Vittoria.*

Au restaurant de Gilbert, les conversations ne tarissaient pas.

— La petite-fille de Salvatore Giordano, vous vous rendez compte ! Tout le monde la connaît, ici, cette gamine.

— Ça ne peut pas être quelqu'un de chez nous.

— Les gendarmes feraient mieux d'interroger les étrangers.

— Comme ce type avec sa grosse voiture italienne. Il passe si vite que je n'ai pas pu voir son visage.

Ces mots pétrifièrent Michèle. La fillette disparue était donc la nièce de Raffaëllo ! Et ce conducteur inconnu, pouvait-il être Carlo venu la rechercher ? Elle devait partir, s'éloigner. Vite. Auparavant, elle pensa à prévenir Paul, lui dire au revoir avant de se jeter à nouveau dans l'inconnu.

— Ah, monsieur Paul souhaite rester seul durant quelques jours, l'informa le patron souriant. Il m'a prévenu durant votre pause. Quelque chose à régler d'urgence. Verre en solo pour vous, ce soir Michèle. À ce sujet, vous a-t-il parlé d'un problème de santé ? Je lui trouve une bien mauvaise mine depuis quelques jours. Et les assiettes reviennent presque intactes en cuisine.

— Non, rien du tout, monsieur Gilbert, répondit la jeune femme frottant fort une table ne méritant pas une telle vigueur.

Contrariée, elle haussa les épaules. Depuis sa rupture avec Raffaëllo, elle s'était promis de ne plus s'attacher à un homme, pas plus qu'à tenter de deviner ses éventuels soucis. Quels qu'ils soient.

Comment Michèle aurait-elle pu deviner les raisons de l'isolement de Paul ? Il ne lui avait rien confié de ses problèmes de santé, aggravés par son manque total d'assiduité aux services médicaux. Sa promesse au médecin du centre hospitalier marseillais n'avait jamais été honorée, ainsi qu'il l'avait décidé. De cette nouvelle maladie, la science savait si peu en vérité que Paul s'était résigné à voir son état se dégrader. Lentement. Inéluctablement. *Bientôt, je devrai disparaître dans un endroit où personne ne me connaîtra et où l'on ne cherchera pas à me sauver malgré moi, ou à faire durer mon calvaire.*

À condition de se ménager ainsi qu'il le faisait depuis des semaines, il lui restait un peu de temps. Assez, l'espérait-il, pour enfin oser revoir son frère Victor, assez pour retrouver Carlo.

— As-tu quelque chose à voir avec la disparition de Vittoria ? Non, tu n'aurais pas osé ! Tu n'aurais pas touché à ta propre famille, marmonna Paul à l'adresse de ce cousin qu'il savait capable de ces violences évoquées le soir de leurs retrouvailles.

À l'évidence, comme lui, Carlo séjournait en Lot-et-Garonne, il l'avait compris en voyant passer le bolide dont la plaque d'immatriculation en Bouches du Rhône trahissait l'origine. Que cherche-t-il ? *Avant de partir, je dois le voir pour m'assurer qu'il ne commettra rien d'irréparable. Mais priorité à Victor, je ne peux pas remettre notre rencontre plus longtemps.*

Perplexe, nerveux, Raffaëllo tira une nouvelle fois sur sa cigarette et continua son étrange ballet d'hésitations devant la maison familiale. Les volutes de fumée bleue s'échappaient au-dessus de sa tête comme pour s'évader de ces lieux où le malheur avait fait halte sans invitation.

Le jeune maçon devait-il communiquer à la gendarmerie ces informations peut-être inutiles et qu'il considérait un peu comme une trahison ? Quelques semaines auparavant, il avait appris l'embauche au café-restaurant de Clairac d'une nouvelle et jolie serveuse à la chevelure flamboyante. Pensant d'abord la revoir afin de s'excuser pour son comportement de lui demander la raison de sa présence, une forme de fierté l'en avait dissuadé. *Que cherches-tu, Michèle ? Pourquoi n'as-tu pas quitté la région où tu ne possèdes aucune attache ?* Il sursauta, sourit et son cœur s'emballa : *pour moi ?*

Peu après leur rupture, Ornella avait informé son frère de son entrevue, à la manufacture, avec la jeune femme et de la fin de non-recevoir qui avait suivi. Encore sous l'effet d'une colère mêlée de déception, Raffaëllo avait refusé d'analyser cette démarche qu'il avait reléguée au passé. Aujourd'hui, il se mobilisait pour Vittoria, sa sœur et son beau-frère et ses parents accablés par la disparition de l'enfant. S'il devait choisir entre sa nièce et celle qui, par ses mensonges, l'avait fait rêver à un avenir aujourd'hui évaporé, le sang parlerait.

Dans le train sur le point de se lancer vers Bordeaux, Michèle savait n'avoir aucune autre solution, aucune autre mesure de protection que la fuite. *Je regrette monsieur Gilbert. J'aimais travailler avec vous. Me pardonnerez-vous ce départ inexpliqué ? Je n'avais pas le choix.* Par cette sorte d'évasion, elle se refusait à penser à son amour aussi fort que bref avec Raffaëllo et renonçait par conséquent à ses projets de rencontre avec la famille Giordano qu'elle n'avait pas réussi à réaliser.

Lorsque les gendarmes se présentèrent au bar du restaurant, monsieur Gilbert les informa de la démission soudaine de son employée.

— Je ne comprends pas son attitude. Michèle semblait se plaire parmi nous et les clients l'appréciaient. Pour preuve, elle avait accepté de continuer de travailler pour moi, en remplacement de ma serveuse en congé de maternité. Je suis très déçu et je me retrouve seul pour faire fonctionner mon établissement. Pourtant…

— Merci pour votre coopération, monsieur, l'interrompit le militaire qui se dirigea rapidement vers la porte. Si quelque élément vous revient en mémoire, contactez-nous.

La fourgonnette se dirigeait vers l'exploitation de Salvatore.

— Alors, chef ? Vous en pensez quoi ?

— Cette fille qui débarque dont ne sait où… Son départ subit… Tout cela me semble bien suspect.

— 22 —

— Je veux voir ma maman ! protesta Vittoria. Elles ne me plaisent plus tes vacances, Charles.

— Tu ne me trouves pas gentil ? s'inquiéta Carlo.

— Si, mais je veux mes parents. Je veux retourner dans ma maison.

Ces mots firent l'effet d'une lance dans le cœur de celui qui était son oncle et qui ne voulait pas le dévoiler. Pas encore.

— On va se promener ? J'ai une surprise pour toi.

— Je n'aime pas cet endroit et tous ces arbres qui me font peur. Et je n'aime plus tes surprises !

— Tu vas adorer celle-là, je te le promets. Allez, viens, lança-t-il en l'entraînant par la main jusqu'à la voiture.

Ils quittèrent la forêt landaise, à la fois proche et suffisamment éloignée du Lot-et-Garonne, de Clairac et de Tonneins pour laisser le temps faire son œuvre, afin de créer des liens avec l'enfant avant de gagner l'Italie.

Qu'importait la souffrance infligée à cette famille dépossédée de ce qu'elle avait de plus cher. *Après tout, elle l'a bien cherché !*

De plus, qui pourrait s'imaginer leur destination montoise ? Carlo se revit enfant lors de ce séjour scolaire qui avait pris, pour lui et dans cette forêt, des allures d'aventure. Il dédia une pensée attendrie à ce gamin toujours en quête de reconnaissance et prêt à tous les excès pour attirer l'attention. Certes, Raffaëllo l'accompagnait à cette époque, mais il ne devait sûrement pas se souvenir. Il était trop jeune. Demain, Carlo ferait découvrir à Vittoria ce tout nouveau parc animalier de Nahuques inauguré récemment. *Il paraît que les animaux s'y promènent en quasi-liberté. Ça va lui plaire. Elle se sentira bien avec moi,* pensa Carlo. *Puis nous irons manger une glace en centre-ville du côté du donjon de Lacatay ou sur les berges de la Midouze.*

Amusé, Carlo sourit : pour la première fois, il se sentait heureux à l'idée de faire plaisir à autrui.

À une centaine de kilomètres, le silence régnant aux abords de la ferme fut tranché par un léger bruit suivi d'un mouvement furtif qui arracha Ornella à ses noires ruminations. Pourquoi releva-t-elle la tête alors qu'elle semblait indifférente à toute stimulation de son entourage ? Crut-elle voir sa fille adorant se dissimuler dans la vague verte pour surgir comme un diablotin et provoquer le rire familial ? Avec indifférence, elle constata l'arrivée de voisins et amis venus prêter main forte en cette fin du mois d'août pour achever la récolte du tabac après cent jours de croissance et que la famille se sentait incapable d'assumer.

Immobile, le regard perdu, elle ne sut évaluer le temps qui s'était écoulé lorsqu'elle aperçut l'oiseau perché sur le bras du fauteuil voisin. Immobile également, la mésange l'observait. Vifs et mouvants, seuls ses petits yeux prouvaient qu'elle ne dormait pas. Lorsque les minuscules pupilles croisèrent celles d'Ornella, l'oiseau se lança dans un long pépiement puis battit des ailes avant de se poser sur l'accoudoir du siège occupé par la jeune femme n'osant plus bouger, de peur de le voir s'enfuir. Lorsqu'Ornella esquissa un geste infime, la mésange frémit. Elle sembla hésiter puis voleta jusqu'à son épaule, se rapprochant de son cou au point que la jeune femme perçut les battements fragiles du petit cœur.

L'irruption d'un véhicule inconnu troubla cette rencontre et, affolé, l'oiseau s'envola. Ornella s'apprêtait à regagner ses idées sombres, lorsqu'une silhouette, grande et mince, se dirigea vers elle. Éblouie par les rayons d'un soleil couchant, elle ne distinguait pas son visage. Dans un effort, Ornella se leva pour signifier son désintérêt à ce visiteur inopportun.

— Bonjour Ornella ! J'ai appris pour votre petite fille. Surtout, ne perdez pas espoir.

Ce timbre, cette voix douce et posée, cette allure lui rappelait…

— Monsieur Lambert ! Denis ! Je ne reçois pas de visite, vous auriez pu le comprendre.

— Bien sûr ! Je ne veux en aucun cas vous déranger, Ornella. Je suis juste venu vous dire que vous pouvez compter sur mon aide. Je vais assurer l'intérim à l'usine. Le temps qu'il faudra.

Contre toute attente, dans un élan, la jeune femme se jeta dans les bras amicaux et si rassurants afin d'y trouver ce soutien qu'aucun des membres de la famille ne pouvait lui donner tant ils avaient leur part de souffrances. Les heures de complicité professionnelle au fil des ans avaient, depuis longtemps, effacé la regrettable pulsion de Lambert à son égard.

Derrière les volets de sa chambre, Flavia observait la scène, hochant la tête.

— Si seulement la présence de cet homme sortait ma fille de sa torpeur, je lui en serais reconnaissante. À l'évidence, Sofiane n'y parvient pas, murmura-t-elle.

La culpabilité écrasait l'époux d'Ornella au point qu'il évitait de croiser le regard perdu de sa femme. Ce dernier se reprochant son absence de vigilance à l'égard de leur fille. Salvatore, qui l'avait compris, avait tenté en vain de soulager sa conscience.

— Tu n'es pas responsable, mon garçon. Vittoria est un feu follet impossible à garder derrière des barrières. Comme sa maman lorsqu'elle était enfant, elle a besoin d'espace.

— Je ne l'ai pas assez surveillée. Je m'étais trop habitué à la savoir derrière moi.

— Nous allons la retrouver, souffla Giordano. J'en suis persuadé.

Silencieux, presque fautif, Sofiane s'éloigna à pas lourds. Son beau-père prenait ses désirs pour des réalités, il ne pouvait l'en blâmer. À sa façon, il se protégeait.

Qui aurait pu comprendre l'origine des certitudes de Salvatore ? Lui-même ne se l'expliquait pas.

Alors que son mari rejoignait l'équipe des ouvriers volontaires, Flavia téléphonait à Chiara-Francesca séjournant dans sa maison de Rome : *ma mère doit être informée,* pensait-elle sans admettre combien elle avait besoin de la savoir auprès d'eux.

Stationné devant la gendarmerie de Tonneins, Raffaëllo hésitait à entrer : Michèle avait-elle réellement un rapport avec la disparition de sa nièce ? Sa propre démarche ne ressemblait-elle pas à une forme de vengeance à l'égard de celle qui l'avait fait rêver à un avenir à présent impossible ? Dans un soupir, il quitta son véhicule pour pénétrer dans la caserne. Une heure plus tard et à l'occasion de sa déposition, d'inconnue Michèle était devenue suspecte.

— Connaissez-vous son nom de famille, son adresse, ses relations ? avait demandé le caporal-chef.

Embarrassé, Raffaëllo dut admettre savoir si peu de celle qui avait embrasé ses sens. Comme par effraction.

À peine à l'extérieur, la culpabilité s'abattit sur les épaules du jeune homme : *pourquoi ai-je réagi ainsi ? Michèle va avoir des ennuis à cause de moi.* Lorsqu'il comprit qu'il avait bel et bien accompli une sorte de revanche, il éprouva une honte intense. *Je dois la retrouver, lui demander pardon. Pour mon attitude lors de la venue de Carlo, pour avoir refusé de l'écouter et pour la soupçonner d'avoir enlevé Vittoria qu'elle ne connaissait pas.*

Questionné, Gilbert ne put lui donner d'informations sur la destination de la jeune femme, mais il ne parvint pas à retenir :

— Tu étais un de ses amis, Raffaëllo ? Pourquoi ne t'ai-je jamais vu au restaurant ? Michèle semblait si isolée.

Contrarié par tant d'indifférence, Gilbert omit de lui parler de Paul, l'unique relation qu'il lui connaissait.

Le lendemain, Raffaëllo fut convoqué à la gendarmerie. La jeune femme avait été interpellée en gare de Bordeaux, à sa descente du train. Indifférente, elle n'avait pas imposé la moindre résistance. La revoir émut le jeune Giordano plus qu'il ne l'aurait imaginé. Et le navra quand le militaire l'informa de la garde à vue de Michèle.

— Votre rupture est un mobile tout à fait plausible : Madame Arnaud vous en veut et a pu vouloir nuire à votre famille. Pour se venger.

— Mais, elle ne la connaît pas ! Je n'ai pas eu le temps de la lui présenter ! s'exclama Giordano.

— Nous la gardons avec nous le temps d'éclaircir ses agissements et son emploi du temps, coupa net le militaire.

Avant de se retirer, Raffaëllo contempla la jeune femme. Sa pâleur, ses cheveux défaits et son regard résigné disculpaient à ses yeux celle qu'il aimait encore. À regret, il sortit, bien déterminé à mener sa propre enquête. Pour la tirer de cet endroit où elle n'avait pas sa place, où il l'avait précipitée. Pour lui demander pardon. Et pour retrouver Vittoria.

— 23 —

De la nuit sans sommeil de Carlo était né un sombre projet : Vittoria resterait auprès de lui. Définitivement. *Elle est encore si jeune. Avec le temps, elle s'habituera* à sa nouvelle vie, pensait-il. *Je m'occuperai bien d'elle.*

Afin de mener à bien son projet de famille réduite, il devait trouver une solution de garde pour Vittoria. Juste pour quelques heures. Pour faire ce que l'enfant devrait toujours ignorer.

S'il voulait devenir officiellement le tuteur de sa nièce, cette dernière devait se trouver dans une situation adaptée. Et il allait s'y employer.

— Les liens du sang ? Quelle blague ! grommela-t-il ! On se fait l'existence que l'on souhaite.

Carlo ne reculerait pas. Les rejets successifs de ses parents le confortaient dans sa décision. À présent, seule comptait sa soif de devenir un père de substitution pour l'enfant. *Je lui apporterai cent fois plus que ce Slimani dont personne ne sait les origines. La première chose à faire pour « ma pupille »* sera de lui rendre le nom des Giordano.

La promesse de quelques confiseries convainquit Vittoria à accompagner Charles jusqu'à la boulangerie, sur la place de la mairie de Mont-de-Marsan. Absorbée par son choix, la fillette désignait ses bonbons à la vendeuse pendant que Carlo découvrait les petites annonces épinglées sur le tableau, près de la porte. Un sourire étrange éclaira son visage pendant qu'il arrachait un feuillet offrant une proposition de garde d'enfant. Une autre annonce l'interpella et, cette fois, il pensa avoir trouvé la raison imparable pour plaire à la fillette. S'emparant du morceau de papier, il paya et saisit la petite main :

— Sortons, Vittoria ! J'ai une surprise pour toi.

— Je vais retourner chez moi ! s'exclama-t-elle soudainement enjouée. Maman et papa me manquent beaucoup. Et leurs câlins aussi.

— Pas maintenant. Mais tu vas adorer ce que je vais te montrer.

La curiosité l'emportant, la fillette accepta de suivre ce curieux Charles qui ne cessait de lui offrir des cadeaux jusqu'à cette maison landaise de l'avenue du maréchal Foch. Lorsqu'ils ressortirent, l'enfant portait avec application sa précieuse charge.

— Quel nom vas-tu lui donner ? demanda Giordano.

— Je vais l'appeler, euh… Tabac ! C'est joli comme nom, Tabac. Hein, Charles ?

Le chiot sembla apprécier car une langue rosée chatouilla la main qui le portait.

— Tu vas devoir prendre soin de lui.

— Tu crois que maman et Papa l'aimeront, mon Tabac ? Moi, je le trouve mignon. Ça, c'est un beau cadeau ! Merci tonton ! C'est comme si tu étais mon tonton, n'est-ce pas ?

— On peut dire ça, répondit Carlo désarçonné par la clairvoyance de Vittoria.

À la ferme Giordano, la récolte des larges feuilles vertes touchait à sa fin et la mise à la pente dans le séchoir s'achevait. À l'intérieur du colosse de bois noirci, elles allaient perdre 90 % de leur eau. Salvatore remercia amis et voisins venus en nombre pour l'épauler, mais le repas traditionnel ne se fit pas et chacun le comprit. Aucune nouvelle tangible de la petite disparue ne leur était communiquée. La gendarmerie déployait en vain tous ses efforts, enquêtant et auditionnant depuis plus d'une semaine. S'adressant à Raffaëllo, le militaire avait avancé quelques premiers constats positifs :

— Nous pouvons toujours espérer que Vittoria est en vie, déclara-t-il, se gardant de préciser « puisque nous n'avons pas retrouvé son corps ». Les chiens ont perdu sa trace sur le bord du chemin menant à la ferme de vos parents. Elle est vraisemblablement montée dans un véhicule. Ce qui élargit considérablement notre périmètre d'investigations. Nous avons lancé un avis de recherche dans toutes les gendarmeries du département.

— Et pour Michèle ?

— Madame Arnaud a été libérée ce matin. Les charges retenues contre elle sont abandonnées. Concernant votre nièce, je vous tiendrai informé. Dites à madame Slimani, que je passerai la voir dès que j'aurai de nouveaux éléments en ma possession.

Partagé entre deux urgences, le cœur de Raffaëllo battait si fort qu'un vertige le saisit. Dès que le militaire tourna les talons, il fila vers sa voiture, oubliant de passer voir sa sœur comme demandé.

— Mon Dieu, protégez notre Vittoria ! Gardez-la à l'abri de toute forme de violence, rassurez-la et aidez-nous à la retrouver, je vous en supplie ! murmura le fils Giordano pourtant peu coutumier des sollicitations divines.

Il se prit à regretter son manque d'assiduité à la messe dominicale et se promit d'y remédier si la fillette réapparaissait.

— Et toi, Michèle, où es-tu partie à présent ? Vers qui t'es-tu tournée, toi qui ne connais personne, ici ? Le restaurant ! Le patron semblait t'apprécier. Peut-être auras-tu éprouvé le besoin de te justifier auprès de lui.

Surgissant dans la salle de l'établissement, Raffaëllo provoqua un mouvement de stupéfaction parmi les clients du bar. Tous savaient l'épreuve subie par les Giordano et chacun se demandait comment les épauler sans trouver l'audace de le faire.

— Approche, mon gars, lança Gilbert. Je t'offre un remontant ?

— Non merci. Michèle ! L'avez-vous revue depuis son départ ?

— Oui. Elle est passée tout à l'heure pour prendre le reste de ses affaires et pour parler à monsieur Paul. Mais comme il s'était absenté, elle m'a exprimé ses regrets et elle est partie. Pour ne plus revenir, à mon avis. Son arrestation l'a affectée, elle semblait désorientée, sans but.

— Savez-vous où elle envisageait de se rendre ?

— Elle ne m'a rien dit à ce sujet. Attends ! Elle m'a parlé d'un car… Sans me donner la destination.

Raffaëllo se précipita vers la gare SNCF où il savait que certaines liaisons s'effectuaient par bus. L'un des véhicules s'apprêtait à s'éloigner lorsqu'il aperçut, à l'intérieur, la silhouette de la jeune femme cherchant une place assise.

— STOP ! hurla-t-il à l'intention du chauffeur qui s'exécuta, maugréant :

— Pouvez pas arriver à l'heure ? Des gens comme vous mettent tous les passagers en retard, reprocha-t-il avant de refermer la porte du véhicule sur le voyageur imprévoyant et de redémarrer.

Indifférent au patchwork d'un paysage ondoyant où surgissaient, tels des soldats au garde-à-vous, fermes et hameaux, Raffaëllo embarrassé et fébrile tentait de toucher la fuyarde par des excuses dont il usait à profusion. Craignant son refus de lui accorder ne serait-ce qu'un peu d'indulgence, il multipliait ses mea-culpa sans prêter la moindre attention aux voyageurs à l'écoute, distraction opportune offerte et gratuite qui raccourcirait leur trajet.

Lorsque le car s'arrêta au terminus, le conducteur se retourna, un sourire aux lèvres.

— Il me semble que vous avez oublié de descendre, les amoureux. Où pensez-vous aller comme ça ?

— Euh... À Tonneins, répondit Raffaëllo échangeant un baiser avec Michèle. Mais ce n'est pas grave, nous dormirons à Bordeaux et rentrerons demain.

En l'absence de bagages, le réceptionniste crut reconnaître l'un de ces couples de quelques heures.

— Pour l'après-midi ? La soirée ? demanda-t-il d'un ton laconique.

— Non, pour la vie ! lança Giordano.

— Mais rassurez-vous, nous partirons demain matin, corrigea Michèle repoussant sa chevelure flamme afin de libérer un visage opalin qui émerveilla le préposé. *Cette femme est une beauté ! Ce n'est pas à moi qu'il arriverait pareille rencontre,* pensa-t-il admiratif en leur tendant un trousseau de clés.

— Premier étage, je vous ai donné une chambre côté jardin. Vous y serez plus tranquilles, souffla-t-il l'air complice.

Dans l'intimité de la chambre, à l'abondance des mots avait succédé une conversation plus précise par les caresses, d'abord prudentes et tendres pour devenir impatientes, osées et exigeantes. À l'évocation de leur peur rétrospective de s'être perdus, le désir des ex-amants décuplait. Les menaces de Carlo n'avaient plus d'effets sur leur attirance, sur cette nécessité absolue de ne former qu'un. La colère de Raffaëllo et la soumission de Michèle devenaient désormais insignifiantes, remisées loin derrière eux. Tel le phénix, leur couple renaissait de ses cendres pour un feu de longévité, un brasier de passion qu'ils alimenteraient avec le plus grand soin pour ne pas le laisser mourir.

— 24 —

Hier si dynamique, toujours à l'affût du moindre progrès et réactive à toute problématique professionnelle ou personnelle, Ornella semblait aujourd'hui détachée de la plus infime forme de communication. Désarmée, éprouvée, sa famille ne parvenait pas à la soulager et respectait sa peine qui s'avérait aussi la leur. Seul Denis Lambert parvenait parfois à la faire émerger de ce gouffre sans fond où elle s'était plongée avec l'envie d'y mourir. Pour oublier. Les vivants et les morts. Car les recherches de la gendarmerie demeuraient infructueuses et aucun nouvel élément ne faisait avancer l'enquête.

Par moments, rugissait dans la poitrine oppressée de la jeune femme, un torrent impossible à canaliser qui surgissait dans un long et furieux sanglot de douleur et d'angoisse.

— Ma chérie, mon trésor, répétait Salvatore alarmé obligeant sa fille à se lever pour la bercer dans ses bras.

Nous allons retrouver notre Vittoria. Il ne peut en être autrement. Garde confiance.

Une nouvelle fois, ce matin même, la voix entendue au moment de la disparition de sa petite-fille s'était montrée rassurante. Un timbre étrange et familier à la fois ne circulant pas réellement par l'audition, mais qui était pourtant si clair.

— Vittoria va bien. Je veille sur elle. Ne t'inquiète pas.

— Comment puis-je en être sûr ? Et qui es-tu pour prétendre le savoir ?

Le silence fut la seule réponse à ses doutes et convainquit Salvatore : *j'entends ce que j'espère, c'est tout. Et pourtant…*

L'arrivée de Flavia sortit Giordano de ses pensées. Jadis si fragile, son épouse faisait preuve d'une force dont il la croyait incapable. Assumant les contacts avec les ouvriers agricoles, la préparation des livraisons, les relations avec les personnes venues témoigner leur solidarité, elle libérait son mari afin de lui permettre de soutenir leur fille et de rester disponible. Au cas où… où quoi ?

Solitaire, Sofiane s'abrutissait de travail, refusant tout contact, même familial. Salvatore puis Flavia avaient bien tenté de le soutenir, mais une violence maladroite les avait rapidement dissuadés. À bientôt trente-cinq ans, le jeune homme ne savait pas faire : *comment rester passif à attendre comme le fait Ornella ?* songeait-il. *Si je trouve celui qui nous a pris notre enfant, je le tue de mes mains.* Seule la présence de Jean lui apportait quelque réconfort. À chaque fin de journée, Sofiane suppliait sa femme de regagner avec lui leur maison de Sainte-Livrade. À chaque nouveau refus, il rentrait chez eux avec Jean. La nuit, parfois, se gardant de réveiller son fils, il sortait pour prendre le chemin du camp de Bias, comme pour revenir à l'époque de sa rencontre avec Ornella. Comme pour effacer le drame présent par un autre dépassé.

La disponibilité fidèle et attentionnée de Denis Lambert surprit Salvatore avant de le rassurer. L'ancien directeur de l'usine tonneinquaise tentait de réveiller l'intérêt de sa fille pour ce qui l'avait passionnée. Dès la fermeture de la manufacture, il regagnait l'exploitation pour un bilan avec celle qui occupait toujours le poste de responsable à défaut des fonctions. Lorsqu'il saisissait une opportunité, il parvenait à échanger quelques mots avec elle et profitait d'un mutisme vite revenu pour évoquer les événements du jour, espérant trouver la voie d'un soupçon d'intérêt de sa part :

— Le lancement de nos Gitanes internationales et des Fines 120 concurrencera-t-il la production des Américaines de RJ Reynolds ? À mon avis, il faudra envisager de réduire la culture de tabac brun pour s'orienter vers celui qui permettra la confection de cigarettes blondes. Le Burley et le Virginie s'y prêtent bien. Une réunion est prévue avec les planteurs afin d'évoquer une nouvelle diversification. Y participerez-vous, Ornella ? osa Lambert espérant provoquer une réaction de sa part. Il fut aussi tenté de lui expliquer qu'il travaillerait bientôt à Londres mais, estimant cette information inappropriée, il renonça.

— Où est votre femme, Denis ? répondit-elle d'une voix fragile, posant enfin son regard dans le sien. Voilà des jours que vous êtes à Tonneins.

— Je... Nous ne sommes plus mariés. Il semblerait que je ne lui apportais pas ce qu'elle désirait. Et... je pense qu'elle avait raison.

— Cela arrive.

— J'ai pris un congé et j'ai donc tout mon temps pour vous aider, vous épauler, Ornella.

— Et votre enfant ?

— …

Les hésitations de Denis interpellèrent la jeune femme. Pour la première fois depuis la disparition de sa fille, s'éveillait en elle une sorte d'intérêt prudent. Ni l'un ni l'autre n'osait rompre un silence devenu lourd de suppositions et qui sembla durer une éternité.

— Peu après notre divorce, mon ex-femme est tombée malade. Elle est décédée, reprit-il d'une voix blanche. Aurore vit avec moi, depuis.

— Je l'ignorais ! Pourquoi ne me l'avez-vous pas dit ?

— Pour quoi faire ? soupira Denis. Vous aviez votre vie, votre travail, vos projets. Néanmoins, sachez, Ornella, que vous êtes toujours restée très importante à mes yeux.

Parce qu'il trouvait l'information inappropriée et surtout parce qu'Ornella ne le lui avait pas demandé, Lambert ne précisa pas que, durant son absence, Aurore se trouvait à Londres, auprès de sa tante et de ses cousins.

Pour l'épouse Slimani comptait une seule pensée, un seul espoir, obsessionnel, viscéral : retrouver Vittoria, la serrer dans ses bras. Elle était prête à renoncer à tout ce qui n'était pas sa fille. À l'exclusion de Jean.

Ce soir encore, elle dormira à la ferme familiale, dans sa chambre d'enfant, seule, pour y trouver consolation et résistance. Ce soir, Sofiane rentrera à Sainte-Livrade avec Jean, sans protester tant il se sentait impuissant à résoudre leur drame, à soutenir son épouse. Là-bas, résigné et après s'être assuré du sommeil de son fils, une nouvelle fois, il rejoindra le camp de Harkis de Bias. Pour y retrouver ses compagnons de violence, ses frères et sœurs d'internement, pour s'assurer de leur pardon de les avoir délaissés au profit d'un amour faiblissant.

Ce même soir, déterminé à obtenir ce qu'il avait décidé, Carlo allait passer à l'action. Jusqu'où était-il capable d'aller ? Lui-même ne saurait le dire. Il aviserait sur place. Sans pitié inutile.

Dès son arrivée à la petite maison montoise, en bordure de forêt, la jeune baby Sitter séduisit Vittoria au point que Carlo put partir sans qu'elle lui porte plus d'attention. À l'évidence, la fillette appréciait une présence féminine. Comment allait-il régler ce détail ? *L'important est que « ma petite Vittoria »* soit bien, là et maintenant. Plus tard, j'aviserai. Question d'organisation. Et s'il faut une femme, eh bien j'en trouverai une *!*

Sans plus attendre, il lança sa voiture sur la route vers Sainte-Livrade. Loin d'être un problème, les deux heures de trajet représentaient pour lui l'opportunité de peaufiner son plan doublé d'une sécurité supplémentaire : le manteau de la nuit, le cacherait des regards indiscrets.

Lorsqu'il dépassa le panneau de fin d'agglomération, il entrevit enfin la petite maison à étage d'Ornella et de Sofiane. Identique, modeste et chaleureuse. Pour la famille Slimani.

— Tu n'as vraiment aucune ambition, ma pauvre Ornella. Te marier avec cet étranger, oser prendre son nom ! Et cette baraque indigne de tes fonctions à la S.E.I.T.A., madame la directrice, ricana Carlo. Vraiment déprimant ! Je vais te faire le grand ménage, moi.

Dépassant l'habitation, il avisa un petit chemin où il gara sa voiture, éteignit les phares et coupa le moteur.

S'accordant quelques minutes de concentration, il s'éloigna de quelques mètres, le temps d'une cigarette, pour réfléchir à la meilleure façon de procéder. Sans états d'âme tant l'enjeu de son raid primait sur son acte futur. Presque immédiat. Il revint vers l'arrière de son véhicule pour en ouvrir le coffre d'où il sortit un bidon ventru et lourd. Un rire dément le secoua alors, une joie interdite lui procurant une excitation inconnue. Comme une sorte de vengeance sur les hommes, sur le passé, sur la vie. Dans cet état second proche de la folie, il se dirigea vers la petite demeure endormie dont il aspergea la base. Vérifiant qu'aucune lumière n'était encore allumée, il ricana : *ta nuit risque d'être plus longue que prévue, Slimani. Et tant pis pour toi, Ornella. Quand on prend les mauvaises décisions, on paie.* Puis il jeta sa cigarette.

Après un crépitement bleuté et hésitant, les premières flammes prirent de l'assurance dans la réserve de bois blottie contre la façade avant de courir frapper à la porte telles d'indésirables visiteuses. Le foyer se développait, rampait, léchait les murs, grignotait les volets du premier étage, cherchait une ouverture. Sous la morsure de l'incendie, les plaintes des persiennes et la chaleur expulsèrent Sofiane de son sommeil dans un réveil affolé.

— Le feu ! La maison brûle ! Il faut sortir ! Vite ! s'exclama-t-il avant de se rappeler l'absence volontaire d'Ornella et la disparition de leur fille. Restait…

— Jean ! Réveille-toi ! Mais surtout, ne sors pas ! cria-t-il. Laisse bien la porte de ta chambre fermée pour ne pas attirer le feu ! J'arrive !

Derrière la fumée, l'assaut incendiaire ne cessait de croître pour s'étendre aux objets les plus proches, embraser voilages, tapisseries, mobilier. Chaleur et fumée, s'alliant dans un projet macabre, avaient déjà envahi l'escalier, en quête d'une proie à partager avec les flammes voraces.

— Papa ! Au secours ! appelait le garçon. Il fait très chaud ! J'ai peur ! Nous allons mourir ! Maman !

— Calme-toi ! Je monte te chercher, hurla Sofiane jetant une couverture sur sa tête pour se protéger. Surtout, n'ouvre pas avant que je te le dise.

À peine l'époux d'Ornella eut-il gravi quelques marches que, telle une allumette, l'escalier s'embrasa dans une sorte de soupir monstrueux à l'haleine brûlante pour s'effondrer de toute sa hauteur, engloutissant Slimani dans un mortel festin.

— Papa ! hurlait Jean terrorisé. Réponds-moi !

Seuls les rugissements du feu firent écho à son appel au moment où une force titanesque renversa la porte qui s'abattit sur le plancher de la chambre, pour allumer sur le parquet une multitude de chandelles. Derrière la fumée, affolé, Jean comprit qu'il ne lui restait qu'une issue : la fenêtre donnant sur l'arrière de la maison. Il devait sauter du second étage. Sans hésiter. Sans attendre Sofiane. La peur le paralysait. Le souffle lui manquait. Hésitant, il pensa à son deuxième père, espérant qu'il avait pu se sauver et pourtant convaincu du contraire : jamais il ne l'aurait abandonné. Dans un brouillard gris, suffocant, le garçon cherchait un air respirable sans le trouver. Dans un ultime effort que lui accordaient ses poumons saturés de fumée, il parvint à ouvrir fenêtre et volets et prit son élan.

Lorsqu'il atteignit le sol, un gouffre noir, profond et tentateur, l'engloutit tout entier.

Alors que l'ambulance des pompiers transférait le jeune rescapé à l'hôpital de Marmande, les soldats du feu luttaient contre cet ennemi qui, ils l'avaient compris, n'avait rien de spontané. Face au vent, les lances à eau se concentraient sur les zones les plus virulentes de cet ennemi incandescent qui avait dévoré l'habitation comme s'il s'agissait d'une brindille.

Une palette de bleus s'efforçait de colorer le ciel et quelques oiseaux tentaient de rompre le silence par un premier chant discret et vite tu, absorbé par d'épaisses fumées brunes, une odeur de brûlé et des murs noircis témoignant de ce lieu de vie où rôdait à présent la mort.

Comme un mauvais présage, la sonnerie du téléphone arracha Salvatore à sa courte nuit parsemée de rêves étranges. *Vittoria ! Ils ont retrouvé Vittoria ! Mon Dieu, faites qu'elle soit vivante !* supplia-t-il, décrochant le combiné d'une main tremblante.

— Bonjour monsieur ! Gendarmerie nationale !

L'annonce pétrifia Giordano.

— Êtes-vous bien Salvatore Giordano ? … Monsieur ?

— Oui, c'est moi ! répondit ce dernier d'une voix faible tant l'angoisse le serrait de ses tenailles.

— Madame Slimani, votre fille se trouve-t-elle chez vous en ce moment ?

— Oui, Ornella a besoin de nous. Elle est restée dormir ici.

À ces mots, il lui sembla percevoir le soulagement du militaire.

— Que se passe-t-il ?

— Nous nous rendons chez vous immédiatement, se contenta de répondre l'homme avant de raccrocher.

Le temps de s'habiller à la hâte, d'avaler un café et de prévenir son épouse, un bruit de moteur suivi de l'irruption d'un fourgon le jetèrent dans la cour. Flavia se chargerait de réveiller leur fille plongée dans la torpeur artificielle d'un somnifère.

— J'ai une mauvaise nouvelle pour votre fille, madame Slimani, commença le militaire au visage grave. Pour votre famille également.

La tentation de tourner les talons pour se réfugier chez lui et d'en verrouiller la porte saisit Salvatore, pour ne pas entendre, pour refuser une réalité qu'il devinait déjà épouvantable.

— Expliquez-moi, je la préviendrai. À ma façon, parvint-il à articuler.

— Je comprends, mais c'est impossible, monsieur : votre fille doit être présente pour entendre. Il s'agit de…

— Ma petite-fille ? l'interrompit Salvatore prêt à recevoir toute la violence de l'annonce afin de la transformer en une nouvelle supportable pour les siens.

— Non, monsieur Giordano. Il s'agit de monsieur Slimani et de son fils, Jean.

Sans un mot, le cœur battant, Salvatore s'effaça pour laisser le militaire entrer. *Ils n'ont pas retrouvé le corps de Vittoria. Elle n'est pas morte,* se prit-il à penser avant de réaliser l'incongruité de son raisonnement. Perdue dans un fauteuil, telle la coupable devant le billot, les yeux rouges d'avoir trop pleuré, Ornella attendait la sentence.

— Je suis désolé, madame Slimani, hésita le gradé. Il s'est passé un événement grave. Votre maison s'est consumée durant cette nuit. Les pompiers ont fait le maximum.

— Où sont mon mari et mon fils ? Je veux les voir. Le reste m'est égal, l'interrompit d'une voix ferme la jeune femme soudainement en éveil.

— Votre garçon a réussi à se sauver en sautant du deuxième étage. Il est blessé, les secours l'ont transféré à l'hôpital de Marmande puis à Bordeaux.

— Et… Sofiane, mon gendre ? demanda Salvatore pour éviter à sa fille de poser la question, pour repousser l'épouvantable évidence.

— Je suis désolé, madame. Votre époux n'a pas survécu. D'après les premières constatations, il aurait tenté de rejoindre votre fils à l'étage et l'escalier se serait effondré sous lui.

— 25 —

Conscients de l'aide que Denis Lambert pourrait apporter à leur fille, Salvatore et Flavia avaient proposé à ce dernier de loger dans l'annexe destinée à héberger les ouvriers agricoles. La chambre était modeste, mais elle présentait l'avantage de jouxter la maison. D'abord hésitant, Denis avait accepté afin de rester auprès de la jeune femme accablée. Sa douleur, immense, le touchait au plus profond de son être.

— Son enfant disparue depuis des jours, son mari décédé, son fils hospitalisé. Comment Ornella réussit-elle à garder un peu de raison ? Je dois la soutenir du mieux que je peux, décida-t-il avant de regagner sa voiture.

Les kilomètres défilaient au compteur, permettant au directeur de la manufacture de tabac de Bordeaux de faire le point sur les événements bousculant son existence et dont le facteur déclencheur portait le nom d'Ornella. Il se revit, quelques années auparavant, acceptant ces nouvelles responsabilités au sein de l'usine bordelaise située dans l'ancien hôtel des fiacres. Il avait saisi l'opportunité de s'éloigner du Lot-et-Garonne et de celle qui hantait ses nuits sans espoir puisqu'elle aimait un autre homme. Résigné à commencer une vie rangée auprès d'une épouse éduquée et de bonne famille, la naissance de leur enfant fut son unique réel bonheur dans cette union ressemblant trop à un accord. Lequel n'était pas parvenu à faire naître l'amour. Laure s'était lassée la première. La procédure de divorce contraria sa belle-famille qui le renia dès que possible. Ce qui généra un réel soulagement chez Lambert qui n'y avait pas trouvé sa place. La maladie puis le décès brutal de Laure coupèrent court à cette démarche. Luttant contre une culpabilité irrépressible, le jeune veuf s'opposa à ses beaux-parents lorsqu'ils exprimèrent le souhait de se charger de l'éducation de la fillette.

— Vos responsabilités et votre travail acharné ne vous laisseront pas le temps de vous occuper d'Aurore, avait commencé son beau-père. Une si jeune enfant demande une disponibilité dont vous n'avez jamais fait preuve.

— Notre petite-fille ne manquera de rien avec nous. Nous lui consacrerons toute notre attention, renchérit sa belle-mère, retenant à grand-peine un chapelet de reproches.

S'efforçant de conserver un calme de façade, souffle coupé par cette déclaration, Denis respira profondément avant de se lancer.

— Aurore est ma fille ! décréta-t-il d'une voix ferme. Elle restera auprès de moi et, ne vous inquiétez pas, je l'éduquerai et lui donnerai tout l'amour qu'un papa peut offrir à son enfant. Bien entendu, vous pourrez lui rendre visite selon vos souhaits.

Avec l'aide de sa sœur, Élisabeth, Denis trouva un équilibre pour la fillette et pour lui. Jusqu'au jour où l'annonce de la disparition de l'enfant d'Ornella circula jusqu'à son bureau bordelais par le biais du réseau interne des manufactures. Dans sa tête se réveilla une sensation d'urgence qui balaya cette satisfaisante stabilité. *Je dois me rendre là-bas ! Ornella a sûrement besoin d'aide,* pensa-t-il sans même prendre en compte la présence de la famille Giordano.

Quelques heures suffirent à Lambert pour traiter rapidement les dossiers en cours et transmettre les consignes à son plus proche collaborateur qui assurerait l'intérim durant le congé exceptionnel qu'il avait sollicité. Par ailleurs, il avait tu l'approche par l'un des dirigeants de leur concurrent américain, dont le domaine d'activité était le commerce interentreprises([15]) de produits, les tractations étaient en cours.

Cette entreprise lui offrait une carrière à sa mesure et des avantages qui auraient alléché plus d'un candidat. En proie à un lourd conflit de loyauté vis-à-vis de la S.E.I.T.A, il avait décidé de prendre quelques jours de réflexion avant de se rendre sur place. Au siège londonien, il observerait, questionnerait avant de prendre cette importante décision. *Qu'attend de moi, cette société ? Veut-elle profiter de mes connaissances pour progresser ou bien espère-t-elle se servir de moi pour infiltrer la S.E.I.T.A. sans l'exprimer ?*

À présent, Lambert repoussait cette éventualité de départ vers la Grande-Bretagne. Hier encore, hormis ses scrupules professionnels, rien ne le retenait en France puisque Aurore partirait avec lui. Depuis longtemps, Ornella était devenue un inaccessible rêve, un mirage, un

15 - Ventes en gros.

souvenir. Aujourd'hui, elle avait besoin de lui. Il ne faillirait pas et endosserait le rôle d'ami, de soutien. Pas plus.

— Je vais repasser à l'usine, Ornella. Et je reviendrai vous voir ce soir ou demain. Pour avoir des nouvelles, ajouta-t-il afin d'éviter le sujet des obsèques de Sofiane.

Lambert motivait ses fréquentes visites par la nécessité d'informer la jeune directrice de la manufacture du suivi des dossiers. Ornella n'en avait cure, mais appréciait sa présence. Denis l'empêchait de sombrer dans la folie. Avec lui, elle se permettait de pleurer sur sa fille toujours introuvable et s'obligeait à croire en ses paroles rassurantes. Elle lui parlait de Jean, revenu à l'hôpital marmandais, mais hors de danger, qu'elle visitait chaque jour avec Salvatore ou Flavia. L'adolescent s'était brisé la jambe et le bras gauches et souffrait de blessures et de brûlures minimes qui guériraient bientôt. Quant à ses poumons, ils avaient réussi à expulser les fumées toxiques inhalées lors de l'incendie. Dans ses échanges avec Lambert, Ornella n'évoquait pas Sofiane. Le chagrin de l'avoir perdu s'avérait trop immense pour le laisser s'exprimer tout son saoul. Un jour, elle ferait face à son deuil. Pas maintenant, car elle devait penser à Vittoria. Pour elle. Pour lui.

Alors qu'il amorçait son retour vers la manufacture de Tonneins, Denis Lambert aperçut un véhicule dont la couleur attirait le regard et qui s'apprêtait à le croiser sur l'étroite route au point que les deux chauffeurs durent se rabattre afin de gagner quelques centimètres sur les bords herbeux. Lors du croisement, le conducteur le toisa au point que Lambert perçut dans son regard une forme de défi inexpliqué. *Curieux bonhomme ! Que vient-il chercher ici ?*

— Gare-toi, mec ! l'apostropha-t-il par la vitre ouverte. Tu te crois à Bordeaux ! Et si t'es pas content, retourne chez toi !

Cette attaque verbale de la part d'un inconnu dont la plaque d'immatriculation accusait un département lointain choqua Lambert en même temps qu'elle l'interpella. Se dirigeait-il vers la ferme des Giordano ? Tenté d'opérer un demi-tour, il se ravisa, estimant que sa réaction pourrait être interprétée comme une absence de tact et, à terme, déranger la famille en deuil. Il hocha la tête et renonça, refoulant un étrange pressentiment.

Entre nuage de fumée et vrombissement de moteur, Carlo stoppa son véhicule et, tout naturellement, attendit que quelqu'un vienne l'accueillir. Au moins par curiosité.

— Toujours aussi rustiques, les parents ! grommela-t-il. Sûrement trop occupés à pleurnicher sur ce Slimani et ce gamin dont je les ai enfin débarrassés, pour s'intéresser aux visiteurs. Faut bien que quelqu'un se charge du sale boulot. Quant à ma sœur, c'est... un dommage collatéral nécessaire.

Le dédain à la bouche, la morgue dans les yeux et une forme de défi permanent dans les gestes, il redémarra son bolide. Via un regard méprisant, tout indiquait sa difficulté à endiguer cette violence innée. Tout sauf Vittoria qu'il se sentait capable d'aimer comme un père. Tendrement. Pour quelles raisons ? Il ne se posait pas ce type de questions.

Quelques jours auparavant et à quelques kilomètres de l'exploitation de Salvatore et de Flavia, s'était déroulée une scène quasi identique.

Moult tergiversations et plusieurs allers et retours infructueux furent nécessaires avant que Paul ose se présenter à la ferme tenue par Victor. Lentement, il sortit de son véhicule, observant les lieux à la fois semblables à ses souvenirs et modernisés. Sourire de bienvenue accroché sur un visage hâlé, l'agriculteur avait sauté de son tracteur pour venir à la rencontre de cet inconnu. Musclé et souple, brun de poils comme de peau, rompu aux efforts, il s'approchait d'un pas décidé. Tout dans son attitude prouvait à Paul combien il paraissait étranger. *Ne l'ai-je pas toujours été ? Ici, ailleurs, partout, je n'ai pas su trouver ma place.* Le choc entre ses désirs et la réalité l'atteignit de plein fouet. *Ai-je donc tant changé ou bien le temps m'a-t-il effacé de la mémoire de mon petit frère ? À moins qu'il l'ait voulu ainsi ? Ce que je peux admettre.*

Aussitôt s'imposèrent les images du passé : Paul mesura combien sa colère envers Salvatore était infondée et surtout injuste. Avec le temps, il comprenait les préoccupations de son oncle, soucieux d'achever leur éducation et de les accompagner dans leur vie ainsi qu'il l'avait promis à Giani rendant son dernier souffle. À l'évocation de son père, une bouffée de tristesse accentuée par une culpabilité irréversible fit vaciller Paul qui s'appuya sur la portière ouverte.

— Bonjour ! Que puis-je faire pour vous ? demanda Victor essuyant la graisse mécanique de ses mains sur un vieux chiffon. Je peux vous aider ? Qui cherchez-vous ?

— Je crois bien l'avoir trouvé, répondit Paul, souffle court et voix brisée.

Interdit, Victor l'observait : de taille moyenne, voûté, l'inconnu ne semblait pas coutumier des travaux physiques. Cheveux bruns parsemés de fils d'argent, tempes déjà grises, visage pâle accusant une évidente fatigue, l'homme était maigre sans être chétif. Dans un mouvement permanent des lèvres, il semblait retenir ses mots, dans une allure presque coupable. *Qui est-ce ? Pourquoi ne se présente-t-il pas ? Le travail m'attend,* pensait Victor. Soudain, un éclair dans le regard de cet étranger le pétrifia et son cœur s'emballa.

Paul surprit ce changement d'attitude et opina :

— Oui, c'est moi, ton frère !

— Paul ? Tu es Paul ? Comment est-ce possible, après tout ce temps ? Je te croyais mort ou au moins disparu.

Les genoux de l'aîné tremblaient, ses mains transpiraient et son cœur palpitait alors que de grosses perles de sueur glaçaient son front. Victor perçut ce malaise qu'il mit sur le compte du bouleversement né de ces retrouvailles inespérées.

De son côté, Victor luttait contre deux lames d'émotion contraires, violentes, sans savoir laquelle finirait par le submerger, lui dictant la conduite à tenir face à cet étranger ressemblant si peu à celui qui avait partagé sa vie d'enfant. Devait-il accepter ce bonheur inopiné ou extérioriser enfin les reproches colonisant son cœur depuis si longtemps ? *Les regrets appartiennent au passé et ce qui est fait ne pourra pas changer,* réalisa le jeune agriculteur.

— Viens, Paul ! Allons boire un verre à l'intérieur, il fait si chaud. Nous avons beaucoup de choses à nous dire, décida-t-il, jetant son chiffon sur le garde-boue du tracteur.

Les deux frères pénétrèrent dans la maison de pierre de leurs parents restaurée avec soin par Victor. Frais et confortables, les murs blanchis éclairaient des portraits familiers au visiteur. Ce plongeon dans le passé réveilla en lui de douloureux souvenirs semblant s'être concentrés sur le départ sans retour de leur père et le vide abyssal qu'il avait généré. De son côté, le jeune exploitant appréciait l'absence de Martine, son épouse, vendeuse dans un magasin de poterie et décoration et de ses enfants scolarisés.

— Assieds-toi, Paul ! J'ai des bières bien fraîches que je réserve aux visiteurs.

En proie à un malaise colonisant son corps fourbu et qu'il s'efforçait de dissimuler, ce dernier obtempéra aussitôt.

— Plutôt un verre d'eau, Victor, je ne bois plus d'alcool, précisa-t-il.

— Pas de problème, je n'en consomme pas ! Trop de dégâts, précisa le cadet évitant d'évoquer leur mère, victime de son addiction.

Aucun des deux frères n'osait revivre la tragique disparition de leurs parents, pas maintenant. Pas encore. Pour rompre un silence devenu pesant, Paul osa :

— Et la famille ? Es-tu marié ? Je devine des enfants, ici, dit-il en désignant les jouets abandonnés sur le sol de la vaste salle.

— Oui, nous en avons deux, répondit-il un sourire aux lèvres : Alessandro et Serena. Ils sont à l'école. Notre fils a neuf ans, et sa sœur six.

— Ainsi je suis tonton ! ne put retenir Paul, enthousiaste, avant de réaliser qu'il aurait dû s'en informer bien avant.

Son visage émacié, sa faiblesse évidente n'avaient pas échappé à Victor qui s'efforçait de cacher son inquiétude. *Il finira bien par me dire de quoi il souffre.*

— Tout va bien pour vous, alors. J'en suis très content. Comme je suis heureux de te revoir, frérot. Pardonne-moi mon silence, si tu le peux.

— Je… Je te promets d'essayer, souffla le cadet.

Au lieu du sourire attendu, le visage de Victor se rembrunit. Devait-il informer Paul de la disparition de Vittoria ? Était-il encore de leur famille après ces années de petite mort ? *Tout le monde en parle, il le saura forcément. Peut-être a-t-il aperçu quelque chose.*

Paul écouta le récit de son frère sans l'interrompre. Qui pouvait en vouloir à une enfant ?

— 26 —

Malgré la proposition de Victor, Paul décida de regagner l'hôtel-restaurant où il avait toujours sa chambre réservée. Le bourg de Clairac semblait en ébullition et les bavardages allaient bon train. Lorsqu'il demanda les clés, monsieur Gilbert l'accueillit avec enthousiasme. Sans y être prié, il l'informa des événements survenus durant son absence.

— … Et ne cherchez pas Michèle. Elle est partie avec son amoureux. Vrai qu'ils s'aiment, ces deux-là ! Un petit gars de chez nous, en plus. Tant mieux, elle restera par ici. J'espère qu'elle reprendra son travail chez moi. Les clients l'apprécient.

— Et qui est l'heureux élu ?

— Raffaëllo, l'un des fils Giordano, pardi ! Mais vous ne devez pas le connaître. Un bon gars, travailleur et honnête.

Un frisson d'angoisse parcourut l'épine dorsale de Paul. Au même instant, le bolide décrié par nombre de Clairacais stationna devant l'établissement. Aussitôt, tous les regards convergèrent vers la rue et les conversations cessèrent. À l'intérieur du véhicule, le conducteur semblait consulter une carte routière. Paul reconnut la silhouette de Carlo : *que vient-il faire ici ? Il n'aurait pas fait le voyage sans but précis. Aurait-il retrouvé la trace de Michèle ? Ou bien a-t-il un rapport avec la disparition de Vittoria ? Il n'aurait pas osé, elle est de son sang.*

— Avec sa grosse bagnole, ce type finira par renverser quelqu'un, grommela Gilbert. Ferait mieux de retourner dans son Marseille.

— Comment savez-vous qu'il vient de Marseille ?

— Il y a qu'à regarder le 13 de sa plaque.

Paul resta en retrait : Carlo ne devait pas le savoir ici. Pas avant qu'il découvre les raisons précises de son retour en Lot-et-Garonne. D'ores et déjà, elles ne lui paraissaient pas identiques aux siennes, Carlo rejetant sa famille. Quant à Michèle, en homme de la nuit, le visiteur l'avait sûrement remplacée. Paul reposa sa clé et sortit par la porte latérale à l'abri du regard de son étrange cousin. Il se glissa dans sa voiture de location au moment où celle de Carlo redémarrait. S'appliquant à suivre l'Alfa Roméo à distance raisonnable, il laissait parfois une ou deux automobiles s'insérer entre eux. Aucune difficulté pour celui qui avait espionné tant de fois lors de ses activités au service des Giordano de Turin. À son insu, Carlo l'invitait à une traversée sylvestre qu'il aurait appréciée en d'autres circonstances. Ils dépassèrent Houeillès puis Lubbon et Saint-Justin en direction de la préfecture landaise.

— -Que manigances-tu, Carlo ? murmura Paul. Connaîtrais-tu quelqu'un à Mont-de-Marsan, toi qui ne gardes aucun ami ?

Traversant la ville montoise, Paul qui s'attendait à présent à filer vers les Pyrénées ou peut-être l'Espagne songea à ses médicaments restés à l'hôtel. *Ils ne me guériront pas, de toute façon,* pensa-t-il dans un haussement d'épaules. Une fois passé le panneau de fin d'agglomération, l'Alfa Roméo ralentit pour bifurquer vers une petite route bientôt avalée, à quelques centaines de mètres, par une pinède aux troncs droits et longs pointant vers le ciel. Sur la droite se cachait une discrète maison landaise devant laquelle Carlo stationna. En retrait, à l'ombre d'un groupe de chênes dont le feuillage constituait une cachette amie, Paul arrêta son véhicule et patienta. Peu de temps après, une jeune fille sortit et récupéra un vélo adossé à la façade. En quelques coups de pédales, elle dépassa le véhicule du guetteur sans y prêter attention. Tant de promeneurs se plaisaient à parcourir les plantations de pins, sans compter les résiniers.

À l'affût du moindre mouvement, il se faufila vers la maison. La vitre de la première fenêtre lui révéla une pièce sommairement meublée d'un lit et d'une armoire. Dans ce qui semblait une deuxième chambre, abandonné sur un tapis bordant un lit d'appoint, un jouet attendait le retour éventuel d'invisibles petites mains. Par la dernière ouverture, face à une cuisinière antique, Carlo était occupé à réchauffer quelque plat. *Pour combien de personnes ?* se demanda aussitôt Paul déçu de ne pas trouver d'autres indices de la présence de l'enfant. Un brusque malaise doublé d'une vague de fatigue intense mit un terme à son espionnage et le décida à regagner sa voiture pour s'y reposer quelques minutes avant de reprendre la route vers Clairac. Il devait voir Victor afin d'en savoir plus sur la disparition de la fillette. Il devait aussi revoir Salvatore. Voilà la véritable urgence.

Derrière la maison, à l'abri des regards, Vittoria jouait avec son chiot :

— Fais attention, Tabac ! Il y a des bêtes qui piquent fort, là-bas. Charles m'a interdit d'y aller parce que c'est dangereux. Alors pour toi, c'est pareil.

Les deux frères se rendirent à l'exploitation de leur cousin. Victor se montrait incrédule face aux hypothèses prudentes avancées par Paul. Lequel espérait le pardon de celui qui avait remplacé Giani, leur père, et qu'il avait si mal compris au point de déserter la ferme et de fuir son autorité rigoureuse, mais bienveillante. Comme il s'en blâmait, à présent !

Mais l'heure n'était pas aux remords, du moins pas à ceux-là, pas maintenant. Le décès de Sofiane, les blessures de Jean et la disparition de Vittoria constituaient des épreuves quasi insurmontables pour la famille de Salvatore et de Flavia. Ils se devaient de les soutenir en trouvant les mots qui soulagent, les attitudes qui permettent l'espoir en un avenir semblable à une impasse. Quant à Victor, il guettait toujours le moment opportun où Paul lui confierait ses évidents soucis de santé.

— Comment parviennent-ils à supporter tous ces malheurs ? demanda Paul. Et notre cousine Ornella, comment va-t-elle ?

— Comme tu peux l'imaginer. Mobilisée par les recherches de Vittoria, elle a lutté pour garder la tête froide. Mais l'effroyable mort de Sofiane a fini par la rattraper. Sa disparition l'accable, l'emporte dans une douleur totale, l'expulse du monde ordonné qui était le sien. Seule, l'aspiration de revoir sa fille vivante l'oblige encore à une faible résistance. Et il y a Jean qui a besoin de soins et d'affection. Sans compter qu'ils n'ont plus de maison où se réfugier. Loger à l'exploitation, près de la famille, est la meilleure solution pour eux, pour tous.

La présence de leurs petits cousins réchauffa les cœurs pétrifiés de Flavia et de Salvatore. Les entraînant à l'écart, ils s'obligèrent à narrer les événements pour Paul. Ce difficile exercice leur permit d'exprimer, hors de la présence d'Ornella, une douleur et une angoisse trop longtemps retenues.

Rentrée de Rome le matin même, Chiara les rejoignit, en quête d'informations :

— Vous êtes le frère de Victor, n'est-ce pas ? demanda-t-elle surprise de ne déceler aucune ressemblance entre les deux hommes et considérant que le nouveau venu avait hérité des gènes maternels. Je suis Chiara-Francesca, la maman de Flavia et la grand-mère d'Ornella et de Raffaëllo. Heureuse de faire votre connaissance. En dépit des circonstances.

Chiara s'était abstenue de nommer Carlo et Paul comprit qu'il ne s'agissait pas d'un oubli. Dans un pauvre sourire figé, Ornella reçut les condoléances de ses cousins et les informa des obsèques de Sofiane prévues le lendemain.

Grandes ouvertes, les portes de l'église de Clairac s'apprêtaient à accueillir Sofiane pour son dernier voyage. Dans un recueillement respectueux d'où émergeaient quelques chuchotements, amis, collègues et connaissances entouraient le fourgon où reposait l'époux d'Ornella. À l'arrivée de la famille, la foule recula pour lui céder une place que personne ne lui enviait. Droite et fière, le regard fixe au-delà du présent, dans un passé perdu ou dans un avenir tragique, Ornella s'avançait, vacillante. Sur un signe du curé, les employés des pompes funèbres s'apprêtaient à porter le cercueil jusque devant l'autel. Salvatore, Raffaëllo, Victor et Paul s'interposèrent.

— Nous l'accompagnerons. C'est notre rôle ! lâcha Salvatore d'une voix éteinte.

Inquiet de la charge à soutenir, Victor esquissa un signe discret vers son frère. Dans un bref mouvement de la tête, Paul le rassura. Les mâles de la famille escortèrent cet homme apprécié de tous, et éloigné de la religion par les violences subies, vers une bénédiction qu'il aurait peut-être demandée uniquement pour plaire à celle qui avait été toute sa vie, sa deuxième vie.

Imperméable aux regards compatissants posés sur elle et avec une raideur inquiétante, Ornella menait le cortège, juste derrière le corps de celui qui avait fait vibrer le sien. Par ses battements désordonnés, son cœur l'interrogeait sur la route à emprunter : celle de Sofiane perdu à jamais ou le chemin incertain menant à son enfant perdue ?

À l'écart, dissimulé par l'assistance, des lunettes noires cachant une partie de son visage, se tenait un Carlo soucieux de passer inaperçu. Lorsque le cortège pénétra dans l'église, il refusa de s'y associer. Dieu l'avait renié depuis longtemps, il le savait. *À quoi bon rester là au risque de me faire repérer. Je sais où ira le reste de la smala, une fois que ce type pourrira au cimetière.* Traversant le bourg déserté, il conduisit jusqu'aux abords de la ville en direction de l'exploitation de ceux qui avaient été ses parents. Lorsqu'il était encore un enfant.

Au terme d'une attente écourtée par la plongée dans un imprévisible sommeil, Carlo sursauta : des voitures s'engageaient dans la cour de la ferme. Paul repéra aussitôt celle de Carlo et son affolement n'échappa pas à son frère. Lequel posa une main rassurante sur son épaule.

Insensible à toute forme de surprise, agréable ou non désirée, aucun des Giordano ne songea à reprocher sa présence à Carlo. Se passant d'invitation, il leur emboîta le pas vers la maison. Lorsqu'il eut franchi le seuil, il se dirigea vers la salle à manger où, dans un fauteuil, la jambe allongée sur un tabouret et immobilisée par un plâtre, se tenait déjà un enfant qu'il n'identifia pas. Des pansements lui masquaient le visage et des bandages couvraient ses mains, l'un de ses bras disparaissait sous une gangue rigide et blanche.

Soudain, il la vit, là, se dirigeant vers le jeune blessé.

Quoi ? Ornella ? Comment est-ce possible ? Abasourdi, Carlo peinait à réaliser. Sa sœur, mère de Vittoria, avait donc échappé à l'incendie. Certes abattue, mais vivante, Ornella se tenait non loin de lui sans venir le saluer. Elle allait récupérer Vittoria, il lui fallait partir, fuir. Avec la petite. Vite. Pourtant, il s'astreignit à garder un calme apparent lorsque Flavia s'approcha de lui pour lui annoncer la disparition de sa nièce. Avant de s'en aller, il ne put résister à la tentation d'ajouter à la souffrance de sa sœur :

— Salut madame la directrice ! La malchance est sur toi, on dirait ! Je t'avais dit que tu avais fait le mauvais choix avec ce type. Voilà ce qui se passe lorsque l'on a de mauvaises fréquentations, souffla-t-il.

— Laisse-la tranquille ! s'interposa aussitôt Flavia. Elle a perdu son mari et son enfant.

— Quel enfant ? joua-t-il.

— Sa petite fille a disparu depuis des jours. Tout le monde le sait. Personne ne la trouve, c'est épouvantable.

— Je ne suis pas le monde, mais ton fils. Rappelle-toi « Maman » !

— Va-t'en ! Tu ne changeras jamais et tu n'as plus ta place parmi nous, lança Chiara venue à la rescousse.

— Ah, j'avais oublié ! Me chasser devient une habitude chez vous. Alors, Ciao maledetta famiglia([16]) ! Plus rien à faire ici. Je vous souhaite le pire ! rit le fils indigne avant de tourner les talons et de claquer la porte sur lui.

Carlo avait mieux à faire. D'urgence. L'Alfa Roméo disparut dans un épais nuage de poussière et un furieux vrombissement de moteur. Rencontrer la famille et constater la survie d'Ornella avait gommé le peu d'hésitations qui retenait encore Carlo. Le pied sur l'accélérateur, il maugréa :

— Nous allons gagner l'Italie ou même la Sicile, Vittoria et moi. En passant par Marseille, le temps de régler mes affaires au « Scorpio ». Ensuite, mon second saura gérer sur place et moi à distance.

En quittant la ferme, il avait glissé discrètement un papier à Paul, indiquant juste un numéro de téléphone. Victor avait surpris le geste. *Quel lien ont mon frère et Carlo ? J'espère que Paul ne se laisse pas embarquer dans quelque histoire louche.*

De son côté, Paul avait pensé confier ses soupçons à Victor avant de se raviser. Ses recherches à la maison de Mont-de-Marsan n'avaient rien révélé de concret. Il n'avait aucune preuve de la présence de Vittoria auprès de Carlo, si ce n'était ce jouet sur le tapis. Mais il s'agissait d'une maison de location et l'objet pouvait appartenir à un enfant l'ayant oublié. Mieux valait approfondir avant d'en parler. Dès qu'il regagna sa chambre, il composa le numéro :

16 - Salut, maudite famille.

— Salut, c'est Paul.

— Ciao, mon gars ! Quel cinéma, cet enterrement ! Et basta, la famiglia !

...

L'absence de réponse surprit Carlo qui enchaîna :

— Comme l'a si bien dit celle qui serait ma mère, je dois ficher le camp. Et cela me convient tout à fait. Rien ne me retient ici.

— D'accord ! Donne-moi ton adresse et j'arrive te dire au revoir. Tu me communiqueras aussi tes coordonnées de l'endroit où tu envisages de t'installer. J'aurais peut-être l'occasion d'y faire un tour, qui sait, maintenant qu'on s'est retrouvés.

— OK. Je te dirai. Mais... pour aujourd'hui, je préfère qu'on se voie dans un bistrot. Mont-de-Marsan, tu connais ?

— Vaguement, répondit Paul le cœur battant.

— Le café, face au théâtre municipal. C'est en centre-ville. Vingt heures, ça te va ?

Quelques verres amoindrirent la méfiance de Carlo et Paul en profita pour le questionner habilement, mais, bientôt, il n'y tint plus :

— Bon, venons-en au fait, Carlo ! C'est toi le kidnappeur de Vittoria, n'est-ce pas ? Te rends-tu compte de ton geste ? Pense à cette petite que tu prives de sa mère.

— J'aime cette enfant comme ma propre fille. Elle est de mon sang et ne manquera de rien auprès de moi. Quant à toi, Paulo, fais gaffe : si tu envisages de me dénoncer, tu joues avec ta vie. Mais entre parias on est solidaires, pas vrai ?

Si tu savais combien ma vie est déjà bien compromise, cousin, tu te méfierais, pensa Paul avant de le rassurer d'un sourire censé être complice.

— Après tout, ce n'est pas mon problème, lâcha-t-il d'un ton blasé. Tu es assez grand pour savoir ce que tu fais. Prends soin d'elle, c'est tout ce que je te demande. Quant à moi, je pense regagner Paris dans les jours qui viennent. Les affaires, tu connais…

L'état de santé de Paul se dégradait, il le savait, il sentait qu'il était déjà bien tard pour lui. Mais il voulait retourner, mourir peut-être, entouré de soins, à l'hôpital de la Salpêtrière à Paris, dans ce service conseillé par le médecin de Marseille. Qui d'autre serait susceptible de veiller sur lui ?

Auparavant il rendrait sa fille à Ornella, quelle qu'en soit la manière et quoi qu'il lui en coûte. Il avait si peu à perdre.

— 27 —

Tel un courant néfaste menaçant de l'engloutir à jamais dans son tourbillon, d'étranges et stériles réflexions colonisaient depuis des jours et sans relâche l'esprit de Salvatore. Ce nouveau caractère sombre, impatient et parfois rude ne surprenait pas ses ouvriers disposés à supporter bien davantage tant ils réalisaient le destin implacable s'abattant sur la famille Giordano.

À mots comptés, il leur rappela les tâches à exécuter avant de s'isoler au-delà des rangs de tabac en quête de cet hypothétique et nécessaire apaisement qui lui permettrait de découvrir une nouvelle voie menant à leur chère petite Vittoria. Il l'espérait de tout son être, pour eux et surtout pour Ornella. Cigarette aux lèvres, yeux clos, il aspira comme un noyé pour emplir ses poumons de cette fumée au parfum tentateur qu'il garda comme une consolation pour la laisser visiter son corps et calmer son esprit.

— Quel détail avons-nous oublié et qui pourrait orienter la police ? marmonna-t-il.

Soudain, semblable à un parasite venu aspirer son sang, s'insinua un soupçon douloureux qu'il rejeta aussitôt. Les paroles du gendarme lui revenaient en mémoire : « en matière de disparition nous enquêtons d'abord au niveau des proches. Et les résultats de nos recherches sont parfois surprenants, vous n'imaginez pas ». Explication qu'il avait jugée inadaptée et quasi injurieuse dans le contexte.

— Non ! C'est impossible ! Tu n'aurais pas permis cela, Seigneur ! lança-t-il au ciel avant de céder à un vertige et tomber à genoux sur la terre foulée par la récente récolte.

Combien de temps dura cette prostration, il n'aurait su l'évaluer, mais lorsqu'il se releva, ses idées s'ordonnaient pour le mener à cette conclusion : *Je dois parler à Carlo ! Juste pour m'assurer qu'il n'a rien à voir avec la disparition de ma petite-fille.*

Insidieux autant que douloureux, revenaient les doutes. Giordano revit la réaction quasi indifférente de son fils aîné à l'annonce de la disparition de Vittoria, son attitude méprisante à l'égard de sa mère et de sa sœur. Vis-à-vis de son père, il n'avait pas osé.

Salvatore réalisa ne posséder aucun moyen de le joindre, ni adresse, ni numéro de téléphone. À l'évidence et depuis longtemps, l'un et l'autre n'avaient pas éprouvé le besoin de garder un lien. Ce constat effraya le chef de famille autant qu'il lui fit honte. *Non, il est impensable que ce garçon ait commis pareil acte envers l'enfant de sa propre sœur,* se répéta-t-il comme pour s'en convaincre.

Au terme de spéculations hasardeuses, il finit par se rappeler avoir vu Paul et son fils aîné échanger quelques mots.

— Je file voir Victor ! lança-t-il à l'intention de Flavia se dirigeant vers lui dans l'espoir de partager cette charge émotive devenue si lourde au fil des jours, dans le besoin de regagner l'abri de ses bras protecteurs.

Le jeune exploitant ne cacha pas son antipathie envers ce cousin dédaigneux et insensible, plus prodigue de conseils et de critiques que d'efforts, mais ne fut pas en mesure de renseigner Salvatore :

— Nous n'avons pas échangé un mot, Carlo et moi. Ce qui m'a bien arrangé, je te l'avoue. Mais je sais qu'il a parlé à Paul.

— Oui, je l'ai remarqué. Puis-je voir ton frère ?

— Désolé, Paul a préféré loger à l'hôtel Gilbert. Pourtant, il y a de la place, ici. À mon avis, les souvenirs sont trop lourds pour lui, ajouta-t-il sans évoquer ses propres questionnements sur son frère.

— Merci, mon garçon, répondit Salvatore le gratifiant d'une tape amicale sur l'épaule.

Victor le regarda s'éloigner : *comme il a changé ! Je ne lui ai même pas demandé s'il avait des nouvelles de ma petite cousine. Et je pense qu'il ne souhaitait pas en parler.*

Monsieur Gilbert accueillit chaleureusement Salvatore, lui témoignant soutien et amitié :

— Nous sommes tous avec vous, les Giordano. Au moindre besoin, fais-nous signe et nous répondrons aussitôt. Tu peux compter sur les gars d'ici, tu le sais, mon ami.

Pour toute réponse, un lourd sanglot gronda dans la poitrine de Salvatore luttant pour ne pas le laisser s'échapper de sa gorge. Incapable de parler, il remercia d'un signe de tête, le temps de retrouver suffisamment de sang-froid afin de le questionner.

— Désolé, monsieur Paul n'est pas dans sa chambre répondit le patron consultant le tableau des clés situé derrière lui.

— Il ne t'a rien dit sur ses projets, comme quitter Clairac ces jours prochains, par exemple ?

— Non, mais ses bagages sont toujours ici. Veux-tu me confier un message à son intention ? Je le lui remettrai dès son retour.

— Dis-lui seulement d'appeler chez moi au plus tôt, se contenta de répondre Giordano avant de tourner les talons. Merci, Gilbert, on se revoit bientôt.

Impuissant, l'hôtelier regarda s'éloigner un Salvatore abattu par trop d'épreuves. Voûté, ployant sous la charge émotionnelle et l'angoisse, le sexagénaire semblait vieilli de dix ans. En quelques jours, ses cheveux s'étaient teintés de gris et son optimisme apprécié de tous s'était éteint.

Aussi déçu qu'impuissant, Salvatore cherchait une autre voie pour avancer, pour comprendre la vraie raison de la visite de ce fils ingrat que la famille répugnait au point de disparaître des années durant. À sa sœur plongée dans le drame et la douleur, il n'avait pas adressé la moindre parole de réconfort, bien au contraire. Pas plus qu'il n'avait paru surpris. Voilà ce qui tracassait Giordano.

Je vais appeler Ida et Alfredo. Si Carlo vit toujours à Turin, ils essaieront de trouver sa trace, de se renseigner, pensa-t-il déjà prêt à regagner l'Italie si nécessaire. *C'est la seule piste en dehors des renseignements que pourrait me fournir Paul.*

Pressant le pas et en quête de nouvelles hypothèses, Salvatore ressassait des pensées devenues obsessionnelles.

Carlo pourrait-il être réellement mêlé à la disparition de notre petite-fille ? Aurait-il un rapport plus ou moins direct avec l'incendie de la maison d'Ornella et de Sofiane ? Mais pour quelles raisons, Grands Dieux ? Il a sa vie en Italie dont nous ne savons rien. Pourquoi, alors, se montre-t-il si froid, si étrange, si brutal ? Mais… non, c'est impensable, conclut-il repoussant l'inacceptable.

Ce soir-là, Paul ne rentra pas à Clairac. Ni le jour suivant. Salvatore s'impatientait, échafaudait mille théories qu'il se garda de communiquer à son épouse déployant envers Ornella toute sa réserve d'amour maternel si peu employée durant son enfance. Les nuits blanches se succédaient le laissant sans forces et bientôt sans espoir lorsque le téléphone sonna. Le cœur de Giordano fit quelques embardées quand il saisit l'appareil :

— Salvatore, c'est moi, Ida. Alfredo et moi avons retrouvé la trace de Carlo. Il ne vit plus à Turin, mais a regagné la France. Depuis au moins trois ans.

— En es-tu certaine ?

— Oui, il a confié son adresse française à un gars qui tient un café, tout près du Lingotto[17] et qu'il voulait embaucher dans son établissement, une boîte de nuit située à Marseille. Le « Scorpio », elle s'appellerait. Je n'ai pas l'adresse exacte.

— Merci Ida ! Je me débrouillerai pour la trouver.

— Que se passe-t-il ? Tout le monde va bien ?

— …

— Salvatore ! Ton silence en dit trop. Nous sommes de la même famille et avons le droit de savoir, le sermonna sa sœur.

17 - Usine Fiat à Turin.

— Tu as raison et je regrette d'avoir oublié de vous prévenir.

Salvatore narra à sa sœur les événements vécus ces dernières semaines et le barrage érigé de ses émotions s'effondra pour laisser un flot de larmes et d'angoisse déferler. Adossée au mur, Flavia surprit la conversation et joignit ses pleurs à ceux de son mari bien après qu'il eut raccroché. L'entourant de ses bras, elle murmura :

— Leur as-tu dit pour tes doutes au sujet de Carlo ?

— Comment sais-tu ?

— Je suis ton épouse, mio caro([18]).

— Non, je préfère vérifier avant, répondit-il, un pâle sourire glissant sur son visage préoccupé.

Au terme de la visite quotidienne de Raffaëllo et de Michèle fut pris une décision censée éclaircir cette zone d'ombre. Sans en aviser la gendarmerie et dès le lendemain, père et fils gagneraient la cité phocéenne. Privilégiant l'effet de surprise, ils avaient renoncé à joindre Carlo par téléphone.

18 - Mon chéri.

— 28 —

Le départ de Salvatore et de Raffaëllo réveilla chez Flavia ce sentiment d'inquiétude perçu lors de ces années de guerre lorsque son époux avait gagné le maquis et après la mort de leur fils Andréa. Elle s'ébroua pour repousser ces souvenirs risquant de l'emporter sur un terrain incertain. Aux deux gendarmes venus faire le point sur la progression de l'enquête, elle tenta d'expliquer l'absence de son époux :

— Mon mari a dû rejoindre la famille à Turin, mentit-elle. Sa sœur avait besoin de lui.

Pensif, le militaire s'étonna de ce départ subit à un moment si tragique et l'observa attentivement avant de dire :

— Madame Giordano, si vous avez connaissance du moindre élément susceptible de faire avancer les recherches, vous devez nous en informer aussitôt. Dans l'intérêt de votre petite-fille et de sa sécurité, rappela-t-il pesant ses mots.

Dans un hochement de tête, Flavia approuva et promit de transmettre toute information future y compris celles qui lui arriveraient de Turin.

— De notre côté, nous recherchons un véhicule étranger aperçu ces jours-ci. Une Alfa Roméo ! Il s'agirait de celui de votre fils aîné, selon certains témoignages. Nous aurions besoin de l'entendre.

— Je regrette, Carlo a assisté aux obsèques de mon gendre puis est reparti très vite, souffla-t-elle soucieuse de ne pas évoquer les relations familiales délicates avec son garçon. Et, euh... il vient de déménager, je ne sais pas encore son adresse.

— Essayez de l'obtenir, s'il vous plaît. Au plus tôt ! Nous aimerions également connaître les coordonnées de la sœur de monsieur Giordano. Des collègues italiens iront l'entendre sur place. Il ne faut négliger aucune piste.

D'une main tremblante et coupable, Flavia saisit une enveloppe et nota au dos les coordonnées de ses belle-sœur et beau-frère. Consciemment, elle risquait de donner une direction erronée aux investigations. Pourtant, elle devait laisser à Salvatore et à Raffaëllo, le temps de gagner Marseille, le temps de voir Carlo, le temps de repousser ces soupçons insupportables pour des parents.

Alors que père et fils approchaient de la cité phocéenne, Paul surveillait toujours les allées et venues de Carlo à Mont-de-Marsan. Lorsqu'il le vit charger l'Alfa Roméo, il saisit l'imminence d'un départ accompagné de sa « protégée ». Implacable, la fatigue pesait sur le guetteur au point de l'obliger à des pauses multiples incompatibles avec une surveillance active. *Je serai incapable de les filer jusque dans le*

Piémont, en Lombardie et peut-être même plus au sud, vers la Sicile où Carlo se vante d'amitiés puissantes et douteuses. Par le biais d'un léger malaise, Paul songea à ses indispensables médicaments qu'il devrait garder dans sa voiture. Pour tenir. Encore un peu.

Salvatore et Raffaëllo ne consacrèrent qu'une attention relative à la « Bonne mère », cette Basilique Notre-Dame de la Garde, protectrice de Marseille et chère aux Marseillais. Perchée au sommet de sa colline, la fidèle veilleuse coiffée de la statue de la vierge à l'enfant, était visible pour qui levait la tête. Le phare Sainte-Marie guida les visiteurs jusqu'au Vieux-Port.

— D'après l'informateur d'Ida et d'Alfredo, l'établissement de Carlo se situerait dans le quartier de l'Opéra, se souvint Salvatore.

— C'est tout près d'ici, s'exclama Raffaëllo, les yeux rivés sur le plan de la ville.

Passant d'une rue à l'autre, négociant parfois des demi-tours plus ou moins risqués, ils dépassèrent l'Opéra municipal. Délaissant la Canebière, ils virèrent vers le nord du 1er arrondissement et s'égarèrent.

— S'il vous plaît, Madame, pourriez-vous nous indiquer où se trouve le « Scorpio club » ?

L'attitude de la passante les renseigna sur la réputation controversée, voire sulfureuse, de l'établissement avant de leur indiquer, dans un accent chantant, les rues à emprunter, celles en sens interdit, celles qu'elle aimait…

— Je vous remercie, madame, l'interrompit Raffaëllo faisant discrètement signe à son père de démarrer.

La façade noire et brillante du « Scorpio » se révéla enfin dans une rue des plaisirs de la nuit, fleurie de bars et de restaurants fermés à cette heure. Salvatore cacha son exaspération.

— Ce garçon est pour moi un mystère total, marmonna-t-il. Dirige-t-il seulement ses affaires de manière honnête ?

Agacé, Raffaëllo le ramena à leur objectif. À cet instant, peu importait le jugement sur le numéro un de la fratrie, seules comptaient la confrontation avec Carlo et les éventuelles informations qui en découleraient. Leur déception fut à la hauteur de leurs espoirs lorsqu'un certain Aldo, responsable intérimaire de la boîte, annonça le départ du patron pour Turin ou Milan, il ne savait plus trop.

— D'ailleurs, j'attends son appel pour régler les affaires courantes. Il me fait une totale confiance.

Aldo jouait l'important, copiant les manières de Carlo qu'il avait observées, des années durant. Salvatore s'impatientait. Raffaëllo posa un regard froid sur l'homme, respecta quelques secondes d'un lourd silence avant d'expliquer d'une voix grave, quasi alarmante :

— Écoutez-moi attentivement, Aldo. Nous voulons joindre mon frère ! C'est très important. Alors voici le numéro de téléphone de notre hôtel. Dès qu'il vous appellera, prévenez-nous. Je compte sur vous ajouta-t-il lui serrant fort le bras. Nous repasserons demain et j'espère recevoir des nouvelles très rapidement.

— 29 —

Sournoise, pesante, l'impatience oppressait une Flavia se morfondant du silence de Salvatore. À l'inquiétude de leur départ avait succédé une peur incompréhensible. Était-ce pour son époux et son fils, partis si rapidement vers l'inconnu, si empressés de trouver une vérité trop bien cachée ? Ou bien l'absence des bras réconfortants de son homme où elle se blottissait à chaque période délicate de leur vie ? À moins que cela ne soit cette sensation d'impuissance à soutenir sa fille, là, maintenant ? Une fois encore, cette honte toujours vivace, tapie au fond de sa conscience, se réveilla et elle se revit face à Ornella enfant qu'elle ne savait, ne voulait pas aimer. Pourtant, aujourd'hui, les vannes de l'affection avaient cédé et elle s'efforçait de combler les lacunes de cette période. Mais, là, il s'agissait d'une bien autre épreuve : la mort de Sofiane et la disparition de Vittoria les laissaient tous désarmés, échafaudant maintes hypothèses avant de les réfuter comme pour ne pas y inviter le destin. *Salvatore a promis de m'appeler, il le fera,* pensa-t-elle. *Et moi, je dois soutenir notre fille. Sans négliger mon petit-fils.*

De manière spontanée, le garçon se confiait plus volontiers à Chiara, cette femme aux allures de grand-mère et qui l'était devenue. Dès leur première rencontre, celle-ci avait fait preuve à son égard de cette bienveillante patience dont il ressentait un cruel besoin. Elle lui avait donné l'envie d'une existence plus sécurisante, le dirigeant vers l'acceptation à défaut de l'oubli. La tendre détermination d'Ornella lui avait rendu une évidente joie de vivre toujours refrénée par les souvenirs habitant encore certaines de ces nuits et qu'il taisait. Ce bel équilibre de vie venait de s'effondrer. Jean se trouvait à nouveau orphelin de père et sa maman visitait les profondeurs de la douleur et les ravins de l'angoisse. Au point d'oublier que son fils souffrait, lui aussi. Dans son cœur et dans sa chair.

Mamie Flavia ! Je voudrais voir Maman, réclama-t-il agacé de ne pouvoir se déplacer.

Je ne sais pas si…

S'il te plaît, j'ai besoin de lui parler, insista l'adolescent dans un sanglot alors que de grosses larmes roulaient sur son visage. Je ne peux aller la retrouver, ajouta-t-il désignant sa jambe immobilisée et son bras plâtré.

Dans un soupir, Flavia gagna la terrasse couverte où, immobile, le regard perdu dans des suppositions tantôt optimistes, tantôt noires, Ornella passait ses journées, blottie dans le fauteuil de son père, guettant inlassablement le retour de sa fille. Les accoudoirs tremblaient sous la pression des doigts blanchis par l'étreinte et censés donner force et inspiration à Salvatore : il retrouverait son enfant. Il le devait.

— Garde confiance ! Elle reviendra, crut-elle entendre.

— Comment le sais-tu ? murmura Ornella sans esquisser le moindre geste.

Car la voix lui parlait de l'intérieur, elle le savait sans le comprendre et s'y accrochait sans plus y réfléchir. Pourquoi tenterait-elle de l'identifier quand ses propos la rassuraient, lui convenaient, la soulageaient. Pour un temps si court avant que la peur s'insinue à nouveau dans ses veines, jusque dans son cœur de mère.

Lorsque Flavia posa la main sur son épaule, Ornella sursauta.

— À qui parlais-tu ? s'inquiéta-t-elle.

— Je veux des nouvelles de ma fille, je veux savoir si elle est en bonne santé, si personne ne lui a fait de mal, si on veille sur elle la nuit. Si on la rassure après un cauchemar, gémit la jeune veuve.

Désarmée, Flavia hésita puis saisit les mains de sa fille, la contraignant à se lever, pour la prendre dans ses bras, pour la bercer comme elle aurait dû le faire lorsqu'elle était si jeune.

— Jean a besoin de toi. Nous devons aussi penser à lui.

— Tu as raison, soupira Ornella. Mon fils doit se sentir bien mal et je ne sais pas le rassurer.

À cet instant, la veuve Slimani réalisa combien le jeune garçon avait été, dès le premier jour et bien avant Vittoria, le lien entre elle et Sofiane. Depuis, au fil du temps, l'homme avait doucement quitté son cœur de femme pour se contenter d'habiter son cœur de mère. Honteuse, elle ne parvenait pas à le pleurer comme elle l'aurait dû, tant ses angoisses occupaient toute la place. Ses pensées, se mobilisaient sur la localisation de sa fille, oubliant même la guérison des blessures de son fils.

Ornella luttait pour garder sa raison et Flavia le comprit.

— 30 —

À la tombée du jour et à quelques kilomètres de là, un homme cheminait lentement vers l'exploitation de Victor. Son allure retenue, ses arrêts fréquents trahissaient ses hésitations. Sec, le dos courbé, une tonsure révélant un crâne blanc, il psalmodiait quelque inintelligible conversation avec lui-même. À moins que ce ne soit vers le Tout-Puissant. Qui l'entendrait le traiterait de dément, mais il était seul. Comme toujours. Comme il aimait. Comme le devait un moine. Sa robe de toile brune battait contre ses jambes pâles et maigres et ses sandales ne protégeaient pas ses pieds des pierres coupantes affleurant le sol inégal. Pour autant, ces lésions le laissaient indifférent à la douleur. Tout son être n'était que questionnement. Sur les raisons de son passage, sur l'accueil qui lui sera réservé, sur ce qu'il attendait.

Lorsque, derrière un bouquet d'arbres, se révéla la ferme, le moine tressaillit avant d'interrompre sa progression :

— Mon Dieu, guidez-moi, donnez-moi la force, lâcha-t-il, les mains jointes et les yeux tournés vers le ciel.

Reprenant sa marche, il aperçut bientôt un homme à la stature solide, à la forte nuque brunie par un soleil souvent implacable et dont les bras s'occupaient à l'arrosage des fraises, des tomates et autres cultures. Devinant une présence, Victor se retourna aussitôt : il craignait le retour de Carlo et souhaitait celui de Paul. Pour retenir le deuxième, pour faire parler l'autre et l'y contraindre au besoin.

— Bonjour mon père. Soyez le bienvenu. Comment puis-je vous aider ? Cherchez-vous quelqu'un en particulier ou un lieu ? Si vous attendez quelques minutes, je vous offrirai de quoi vous désaltérer. Reposez-vous sur ce banc en attendant.

Le sourire de l'inconnu valut consentement. Alors qu'il procédait à une rapide inspection de ses cultures, Victor se demanda ce que cherchait cet homme. *Peut-être l'abbaye de Clairac toute proche ? En ce cas, je lui indiquerai la direction afin qu'il passe la nuit à l'abri. Il semble fourbu par une longue marche. Je le conduirai au besoin.*

Deux verres d'eau fraîche furent nécessaires au religieux pour conter un pèlerinage en forme de pénitence qui surprit le fermier. Quel acte répréhensible pouvait donc avoir accompli un moine vivant, chaque jour de l'année, quasiment cloîtré ? Et à quoi bon s'épuiser à cette épopée stérile alors que les bras manquaient pour aider la terre à nourrir hommes et bêtes ? *Ces gens d'église vivent en dehors du temps,* songea-t-il sans pour autant cesser de le questionner, de l'écouter, de se laisser surprendre par ses propos mesurés cachant mal un souci de censure que le jeune homme tentait d'identifier. À l'évidence, le poids de ces évitements semblait peser sur la carcasse du voyageur. Pourtant, tel un fil s'échappant d'une bobine, la conversation fila et Victor s'étonna de son propre intérêt envers celui qui n'était qu'un étranger une heure auparavant. Les connaissances du visiteur glissant de la religion jusqu'aux références agricoles convainquirent Victor de lui proposer un hébergement dans la petite annexe réservée aux ouvriers saisonniers.

Un immédiat soupir de soulagement accompagna la réponse du moine et conforta son hôte : l'homme dissimulait un pan de sa vie vraisemblablement délicat, voire honteux. *Il a le droit de garder ses secrets. Peut-être, au fil des jours, acceptera-t-il de se délester de cette charge.* L'agriculteur se refusa à analyser cet attachement naissant et inattendu envers celui dont il se sentait si proche et qu'il ne connaissait pas la veille.

Active, volontaire, s'adaptant sans la moindre difficulté aux divers travaux de la ferme, la silhouette en robe de bure déployait une force de travail surprenante. Alessandro et Serena sur les talons, l'homme connaissait la culture maraîchère comme celle du tabac. Au point que Victor lui proposa un soir :

— J'ai besoin de quelqu'un de disponible et polyvalent et vous m'avez prouvé vos aptitudes durant ces derniers jours. Où donc avez-vous acquis ces connaissances, Père Luc ?

— Dans une autre vie.

La brièveté de la réponse réactiva dans la tête de Victor le feu de la curiosité. S'imposa aussitôt la nécessité de ralentir ses interrogations pour revenir à l'essentiel.

— Accepteriez-vous au moins de rester quelques jours supplémentaires auprès de nous ? Ce qui m'aiderait vraiment et nous permettrait de mieux nous connaître.

— Je ne sais…

— Ma femme vous apprécie et les enfants se plaisent en votre compagnie. Quant à moi, je n'ai que des compliments au sujet de votre travail, répéta-t-il. Mais, peut-être souhaitez-vous regagner votre monastère, dès à présent ?

— …

— Bien, je vous laisse le temps d'y réfléchir.

— Inutile. J'accepte à une condition.

— Laquelle, Père Luc ?

— Je ne veux pas de salaire.

— Vous ne voulez pas être payé pour votre travail ?

— Je ne demande que le gîte et le couvert. Et l'amitié de votre famille.

Afin de conclure cet étrange marché, Victor invita le père Luc à dîner au grand plaisir d'Alessandro et de Serena. À nouveau, Victor modéra son besoin d'en connaitre davantage sur ce moine atypique. *Il semble s'appliquer à occulter cette partie de sa vie. Ne brusquons rien,* conclut-il. Provisoirement.

À la ferme de Salvatore, la collecte d'informations restait peu fertile et, faute d'éléments nouveaux, la gendarmerie se faisait de plus en plus discrète. Flavia peinait à garder cette attitude optimiste indispensable afin de soutenir et rassurer sa fille. Lors de leur conversation téléphonique de la veille, Salvatore s'était montré assez laconique. Il avait promis de la rappeler avec de meilleures nouvelles dès ce soir. Sans lui confier qu'il ne reviendrait à la maison qu'après avoir débusqué Carlo, après lui avoir parlé et avec une piste sérieuse pour retrouver leur petite-fille.

Jean semblait retrouver cette résilience acquise par les douloureuses expériences passées. Une sorte d'instinct de survie, d'obligation ultime de ne pas se retourner au risque de tomber au plus profond de lui-même. En l'absence de Salvatore, le garçon veillait à soutenir celle qui était devenue sa mère dès le premier jour de leur rencontre, sur cette route déserte, lorsque les ombres de la nuit habillaient chaque mouvement d'une effrayante menace.

Aux yeux du garçon, le soutien de Denis Lambert présentait un avantage dans leur situation puisqu'il permettait à Ornella d'atténuer pour un temps ses inquiétudes, de se reposer et de se tenir auprès de son enfant restant. Chaque soir, après un rapide repas avec la famille Giordano, Denis s'entretenait avec Ornella avant de regagner discrètement son logement à la ferme. Pour ne pas imposer sa présence. Du haut de ses treize ans, Jean avait deviné cette relation privilégiée entre eux qu'il attribuait à une amitié sincère et professionnelle.

À l'instant où l'adolescent s'apprêtait à demander l'assistance de sa mère pour regagner son lit, il entendit l'arrivée d'un véhicule. Aux aguets, il regretta à nouveau de ne pas pouvoir se précipiter à la fenêtre et dut se contenter de saisir les bribes d'une conversation : un homme à la voix ferme demandait à voir Ornella. La terreur de recevoir une nouvelle fatale paralysa la jeune femme qui ne parvint pas à quitter son fauteuil ni à faire le moindre pas pour accueillir le visiteur. Flavia s'avança vers le militaire sans réussir à dire un mot. Comme si le silence pouvait limiter le cours des événements que le gendarme s'apprêtait à leur communiquer. D'un geste brusque, elle l'encouragea à entrer dans la salle.

— Bonjour madame Giordano. Puis-je parler à Madame Slimani également ?

— Oui… Je suis là, souffla l'appelée, émergeant d'un angle sombre de la pièce.

La manière dont le gendarme l'observait provoqua un frisson glacé à la base du cou de la jeune veuve. Un poids invisible compressait sa poitrine, rendant sa respiration haletante et son visage devint subitement livide. *Il vient pour m'annoncer… Non, je ne veux pas !*

Quelques longues secondes furent nécessaires au caporal-chef pour trouver les mots justes, pour ne pas alarmer ces deux femmes, pour ne pas leur donner de faux espoirs.

— Bien… Je voulais vous avertir que nous sommes sur une piste : nous avons arrêté un suspect. Il est actuellement entendu à la gendarmerie.

Pétrifiée, incapable de poser la moindre question, son cœur menaçant d'interrompre sa course irrégulière tant il était sollicité ces derniers jours, Ornella attendait des précisions que le messager tardait à lui fournir.

— Qui… Qui est-ce ? souffla-t-elle enfin.

— Je ne peux vous communiquer son identité avant que nous ayons effectué plusieurs vérifications. Mais vous aurez l'occasion d'en savoir plus, très bientôt.

— Et ma petite fille ? Où se trouve-t-elle ? parvint-elle à demander au risque de voir cette épouvantable nouvelle habitant ses cauchemars s'abattre sur elle, sur toute la famille depuis des jours à l'affût de la plus petite forme d'espérance.

— Désolé, madame Slimani, à l'heure actuelle nous n'avons encore rien de concret.

Partagée entre l'envie de hurler sa colère contre les militaires dont l'enquête piétinait et le besoin de croire son enfant toujours en vie, Ornella cherchait désespérément une planche de salut où s'accrocher pour ne plus dériver.

Une angoisse montant crescendo l'assaillit au moment où elle suivit des yeux la voiture bleue des gendarmes qui disparut bientôt au loin. Figé, posé sur l'horizon, son regard semblait scruter l'invisible, pour tenter de le décrypter, pour forcer le destin à prendre pitié, pour épargner Vittoria.

— 31 —

Une énième fois, le moine épuisé répondit aux questions de son interlocuteur sans pour autant parvenir à le convaincre. Dans l'étroit bureau, les gendarmes se relayaient auprès de leur suspect sollicitant repos et nourriture.

— Nom et adresse ? reprit l'un d'eux.

— Je vous l'ai déjà dit : je suis le père Luc. Je vis à l'abbaye Notre-Dame de Belloc à Urt, dans les Basses-Pyrénées, devenues Pyrénées-Atlantiques depuis peu. Notre communauté bénédictine appartient au diocèse de Bayonne.

— Nous contrôlerons. Dans ce cas, pour quelle raison vous trouvez-vous en Lot-et-Garonne ? demanda l'un des militaires se gardant d'ajouter… mon père envers un individu dont rien ne confirmait l'état religieux.

— J'effectue une sorte de pèlerinage. À pied, sans autres subsistance et abri que celui offert par les rencontres sur le chemin. Si vous ne voulez pas me donner de quoi manger, laissez-moi au moins boire un verre d'eau.

Coutumiers d'autres formes de langage chez leurs prévenus, cette modeste demande troubla les gendarmes et le caporal-chef donna l'ordre d'apporter de quoi soulager la faim et la soif du moine.

— Comment avez-vous connu Victor Giordano ? Et que faisiez-vous chez lui ?

— Le hasard ou une intervention du Tout-Puissant, lâcha-t-il le regard perdu dans une attitude que les militaires interprétèrent comme une courte prière. J'avais besoin d'un toit où me reposer, il cherchait une aide, reprit-il calmement.

— Connaissez-vous l'autre famille Giordano, celle de Salvatore ?

— Non, je suis un pèlerin, répéta-t-il. Pas de famille et pas de lien si ce n'est celui avec Dieu, souffla-t-il le regard baissé sur ses mains jointes.

Peu banale, la situation emportait les hommes sur les rivages de la honte, compliquant cet interrogatoire inédit et initiant un doute irraisonné. Face à eux, les inquisiteurs, se justifiait un religieux.

— Nous allons vérifier vos déclarations.

Aucun d'eux n'osa lui demander les raisons de sa vocation et l'âge où elle s'était imposée à lui comme une évidence. La sérénité de l'homme d'église et son attitude lasse, mais digne, impressionnaient les gendarmes voyant fondre leurs doutes avec soulagement.

— Bien ! Nous vous gardons avec nous le temps d'authentifier vos déclarations et de compléter notre rapport. Ensuite vous serez libre de rejoindre votre abbaye ou d'achever votre travail à la ferme de Victor Giordano.

Sans un mot, sans soulagement apparent et sans y être invité, le père Luc se leva pour se diriger lentement vers la salle de détention qui l'hébergeait depuis des heures.

Soudain, alors que les bâtiments agricoles de la propriété de Victor surgissaient derrière les arbres, le Père Luc s'agenouilla sur le bord herbeux du chemin pour une urgente et nécessaire prière :

— Pardonnez-moi, Seigneur, pour mes péchés. Pour ceux commis il y a longtemps et pour les plus récents. Donnez-moi la force de mener à bien mon projet, ensuite vous ferez de moi ce que vous souhaiterez.

— 32 —

Dans le quartier du Vieux-Port, Salvatore et Raffaëllo stationnèrent leur véhicule devant le petit hôtel niché près d'une placette ouvrant sur la rue des moulins où ils avaient réservé leurs chambres. Le ventre creux, les deux hommes se mirent en recherche d'un restaurant modeste et typique de cette ville inconnue. Pour se restaurer enfin et pour digérer leur déception de ne pas avoir trouvé Carlo.

Attentif, un plan en main, Salvatore les guidait.

— Redescendons pour prendre cette célèbre Canebière.

— Curieux nom !

— Il viendrait du provençal « canabé » qui veut dire Cannabis ou chanvre si tu préfères. Autrefois, la ville était un comptoir de chanvre utilisé pour la fabrication des élingues et des cordages.

Le Palais de la Bourse abritant le musée de la Marine et d'Outremer, les majestueux immeubles jalonnant le célèbre boulevard, la Gare Saint-Charles et ses escaliers monumentaux fascinèrent les modestes agriculteurs lot-et-garonnais. L'espace de quelques minutes, ils en oublièrent leur quête. Juste quelques instants avant que Salvatore déclare :

— Nous ne rentrerons pas chez nous sans obtenir, au moins, le lieu où se cache ton frère. Dès demain, nous repasserons au « Scorpio ». Cet Aldo devra nous dire ce qu'il sait.

— Je n'ai qu'un frère et il est parti au royaume des anges, grommela Raffaëllo. La vie est injuste et le destin s'est trompé de victime.

Cette tirade toucha Salvatore en plein cœur, réveillant sa douleur et ses regrets vis-à-vis d'Andréa, son garçon qui ne deviendra jamais un homme. Son visage au perpétuel sourire, cette affection innée, lui manquaient tant.

Au terme d'une nuit agitée et peuplée d'appels de Vittoria pour l'un et de traque du coupable pour l'autre, père et fils achevaient un déjeuner rapide avant de gagner à pied le quartier de l'opéra tout proche et le « Scorpio ».

— Crois-tu vraiment que cet Aldo se montrera plus coopératif ? douta le jeune Giordano.

— Il ne faut rien négliger. L'avenir nous sera peut-être favorable. Enfin !

Cette réponse optimiste étonna Raffaëllo avant de lui ouvrir la voie d'un possible écarté jusqu'à maintenant : retrouver sa nièce, la rendre à Ornella, rejoindre sa famille si éprouvée, revoir Michèle. Le cœur plus léger, les deux hommes marchaient vers leur objectif en savourant les rayons déjà chauds du soleil matinal lorsqu'ils furent happés par une force les bousculant, les propulsant violemment à l'intérieur d'un fourgon dont les portes claquèrent derrière eux. L'effet de surprise passé, face aux coups qui redoublèrent, ils s'efforcèrent de se protéger par une riposte puissante et unie. Le véhicule démarra en trombe pour s'engager dans une ruelle déserte aux façades lépreuses. La manœuvre jeta les uns contre les autres, assaillants et assaillis qui peinèrent à se relever lors du freinage brutal. Le hayon arrière s'ouvrit aussitôt :

— Fin de la promenade, les Giordano ! C'est l'heure ! lança une voix que Salvatore crut reconnaître, juste avant de percevoir une intense douleur lorsque la lame pénétra son abdomen, juste avant de sombrer dans le néant.

— Papa ! hurla un Raffaëllo hagard se ruant sur l'agresseur qui, couteau en main, semblait l'attendre, rictus aux lèvres.

La distance, pourtant minime entre eux, ne se laissa pas franchir et le second Giordano chuta sous les coups des acolytes.

La petite rue s'était habillée de sa cape nocturne doublée d'un profond molleton de silence, lorsque Raffaëllo reprit connaissance. *Depuis combien de minutes, d'heures, de jours, suis-je ici ? Que s'est-il passé ?* Le cerveau embrumé par les coups, le jeune homme peinait à analyser les faits. De régulières plongées dans un gouffre sombre effaçaient ces insupportables douleurs en projetant le blessé dans un sommeil sans rêves. À chaque « réveil » il tentait de se situer, de comprendre et soudain :

— Papa ! crut-il hurler alors qu'aucun son ne franchissait sa bouche tuméfiée.

Rester là, réfléchir, se concentrait-il, refusant à son corps l'oubli de cette providentielle inconscience. Au prix d'efforts surhumains, il parvint enfin à tourner une tête lourde de chocs et qui battait à tout rompre. Pour distinguer, tel un fœtus gisant à trois mètres de lui, une forme allongée, recroquevillée sur sa souffrance. Une silhouette inerte.

— 33 —

À l'affût derrière les arbres et harassé par une trop longue veille, Paul tentait de stimuler une vigilance donnant ses premiers signes de lassitude. En dépit de son souhait de gagner Paris avant que cette maladie, laissant dubitatif l'ensemble du monde médical, décide pour lui du moment où s'achèverait la lutte, il n'avait pu renoncer : *je ne peux agir comme si je ne savais pas. Malgré toutes les recherches, moi seul connais le coupable de l'enlèvement de Vittoria. S'il arrivait malheur à ma petite cousine, Ornella ne s'en relèverait pas,* avait-il réalisé au moment où, bouclant son sac de voyage, il s'apprêtait à quitter définitivement l'hôtel de Clairac. Ce sursaut de conscience l'avait ramené à cette maison dans les Landes. À bon escient puisque Carlo y chargeait sa voiture alors qu'une petite voix venue de la maison, protestait, exigeante :

— Je ne veux pas partir en Italie avec toi, Charles ! Je veux ma maman, mon papa et mon frère !

— Tu feras ce que je déciderai ! répondit Carlo d'une voix ferme. D'ailleurs, il est temps que tu commences à obéir, ajouta-t-il délaissant ses préparatifs pour rejoindre l'enfant qui se mit à hurler :

— Laisse-moi ! Je ne t'aime pas.

— Si tu ne te calmes pas, j'attache Tabac à une corde et je le tue !

— Tu es vraiment... trop méchant, souffla la fillette étreignant le chiot.

Ébranlé par la déclaration vindicative de l'unique personne envers qui il ressentait de l'affection, Carlo s'éloigna. Pour s'apaiser, pour fumer, pour réfléchir au moyen d'éveiller l'intérêt de l'enfant envers lui et ses projets. À peine extrait de sa poche, le paquet de cigarettes lui rappela la S.E.I.T.A. et les champs de tabac haïs de sa jeunesse, mais surtout Ornella qui menaçait ses plans. Tenté d'envoyer la pochette aussi loin que ses forces le lui permettraient, il se ravisa, geste en suspens, à la vue de la fillette portant son chien.

— Où comptes-tu aller ainsi, jeune fille ?

— Je pars retrouver ma famille. Elle doit se demander où je suis. Ça fait longtemps. Et puis, j'emmène Tabac parce que, lui aussi, il ne t'aime pas. Au revoir Charles, ajouta-t-elle en tournant les talons.

Son élan interrompu par une gifle, l'enfant chuta lourdement sur le sol et le chiot s'éloigna en jappant.

— C'est moi qui commande ! Mets-toi ça dans la tête et rentre immédiatement ! Je viendrai te chercher lorsque nous serons prêts à partir. En attendant, Tabac restera attaché.

Furieuse, Vittoria se releva pour se jeter sur Charles avec l'énergie du désespoir. De son poste d'observation, Paul ne put admettre plus de violence et se précipita vers son cousin.

— Cesse de maltraiter cette enfant, Carlo !

— Tu devais t'occuper de tes propres affaires, Paul ! Je t'avais pourtant prévenu. Vittoria est à moi, elle est ma fille maintenant.

Carlo se rua sur Paul qui ne supporta pas la charge et tomba en hurlant :

— Sauve-toi, Vittoria ! Vite ! Cours le plus loin possible ! Carlo ne te rendra jamais à tes parents !

Conscient de son manque de vigueur face à la colère de son cousin, Paul avait pour seule ambition de tenir, de gagner un temps aussi long que possible au profit de la petite fuyarde. Il lutta de toutes ses forces si précieuses qui, bientôt, le quittèrent. Impuissant, il suivit des yeux la course de son adversaire se jetant sur les traces de l'enfant. De loin en loin, les appels furieux de Carlo lui prouvaient sa recherche infructueuse. Soudain s'éleva une plainte d'abord faible qui forcit en hurlements pour muer en de multiples lamentations de douleur, de terreur. Dans un regain de courage, Paul se redressa et tituba jusqu'à la lisière de la forêt. Gisant à quelques mètres derrière les premiers pins, le visage et le corps couvert de dizaines d'abeilles furieuses, Carlo suffoquait, les yeux hagards et la bouche ouverte dans laquelle se précipitaient les attaquantes. Chaque nouvelle piqure semblait attiser la danse folle des insectes. Impuissant, Paul ne pouvait que rester à l'écart. Il devait rester vivant pour recueillir Vittoria. Face à cette punition fatale, il se surprit à éprouver une sorte de soulagement coupable. Carlo se trouvait condamné par cette nature si souvent méprisée. Lorsque l'essaim furieux abandonna sa victime pour regagner la ruche que Carlo avait heurtée dans sa course, Paul s'approcha du corps bouffi en quête du moindre filet d'air. Le regard affolé du blessé le décida à s'approcher, plus près afin de percevoir le faible murmure :

— Vittoria ! Cherche-la. Elle va se perdre.

Puis un rictus se dessina sur ses lèvres lorsqu'il pensa à sa mère et à son père : non pour leur demander pardon, mais pour se réjouir des éventuelles souffrances que sa disparition pourrait leur causer.

Lorsque la main tremblante de son cousin agrippa sa manche, Paul promit :

— Je retrouverai Vittoria…

Par pitié envers l'agonisant, il retint la fin de sa phrase : *et je la ramènerai à ses parents.*

Le corps endolori, Paul se releva, regard dirigé vers la forêt : Vittoria devait déjà être loin. Il libéra Tabac qu'il espérait suivre sur les traces de l'enfant, mais, dans une course effrénée, le chien disparut aussitôt.

— 34 —

Une nouvelle fois, la sonnerie du téléphone brisa un repos si fragile pour les habitants de l'exploitation. Pour Ornella, ces appels nocturnes semblaient autant de fenêtres ouvertes sur un mur. Lorsque la voix demanda à parler à madame Giordano, une lame d'angoisse perça le cœur de Flavia, hachant sa respiration :

— Je… suis… Flavia Giordano, réussit-elle à articuler, souffle court.

— Madame Giordano, vous m'entendez ? Ici l'hôpital de La Timone à Marseille.

— Oui… Vittoria ? Elle est vivante ? Que lui est-il arrivé ?

— Vous trouvez-vous seule, actuellement ?

— Non… Ma fille est près de moi, murmura-t-elle, jetant un regard inquiet à une Ornella tremblante.

Semblant chercher les mots adaptés, l'infirmière reprit.

— Désolée, je ne sais rien de celle que vous appelez Vittoria. Il s'agit de votre époux, monsieur Salvatore Giordano. Et de votre fils Raffaëllo.

— …

— Madame Giordano, vous êtes toujours là ?

N'écoutant plus ce qui s'annonçait trop difficile à entendre, Flavia avait glissé lentement vers le sol et Ornella avait protégé sa chute avant de saisir le combiné.

— Ma mère a fait un malaise. Je suis Ornella, sa fille. Comment vont mon père et mon frère ? Que s'est-il passé ?

Pétrifiée, Ornella apprit les blessures de ses parents, l'évidente agression, les lésions subies par arme blanche. Elle cherchait ses mots pour s'informer, pour minimiser, pour espérer au moment où la main de Flavia se posa sur son bras.

— Je vous rappelle dans cinq minutes. Donnez-moi votre nom et le numéro de téléphone où vous joindre !

Celle qui fut directrice de la manufacture de Tonneins, celle qui le redeviendrait peut-être un jour, dut faire appel à toutes ses ressources mentales pour mobiliser ses membres et son cerveau engourdis par l'annonce. *Il ne s'agit pas de Vittoria. Et on nous aurait avertis s'il lui était arrivé quelque chose de très grave,* pensa-t-elle, aussitôt honteuse de hiérarchiser les drames. Se tournant vers sa mère titubante au visage ravagé par l'inquiétude, elle la guida vers une chaise et s'assit près d'elle pour rappeler La Timone. Les deux hommes venaient de quitter le bloc opératoire et se trouvaient en soins intensifs.

— Je vais prendre le premier train pour Marseille ! lança une Ornella émergeant des brumes de l'angoisse où elle flottait depuis la disparition de sa fille et la mort de son époux.

— Non, il vaut mieux que tu restes ici. À attendre Vittoria. Je vais appeler Chiara et nous nous y rendrons ensemble.

Soucieux de ne pas affoler les visiteuses déjà fortement traumatisées, le médecin-chef de service les reçut dans son bureau et prit le temps de leur fournir des explications fidèles quoique mesurées. Il résuma l'état de ses deux patients, évitant à dessein d'évoquer leurs possibilités d'avenir.

— Concernant Salvatore, son cœur n'a heureusement pas été touché, mais les blessures de l'abdomen sont profondes. Certains organes ont souffert. Il a subi une longue et délicate intervention chirurgicale et son pronostic vital est encore réservé. Je suis désolé de ne pouvoir vous en dire plus actuellement.

À tout moment, l'époux de Flavia pouvait basculer vers le néant ou choisir le futur.

— Dans la force de l'âge, votre fils Raffaëllo, plus légèrement atteint, devrait se rétablir d'ici quelques semaines.

— Pouvons-nous les voir ? demanda Chiara. Un instant seulement pour qu'ils nous sachent près d'eux.

— Je regrette, mesdames, nous devons éviter le moindre risque de contamination.

Le regard perdu de Flavia, épouse et mère des blessés, l'émut tant il imaginait sa propre réaction dans une situation identique, où les siens seraient les victimes : dans un soupir, il leur proposa de les apercevoir à travers la vitre de leur chambre.

Un stupéfiant instinct de survie gardait Salvatore en ce monde. Il s'accrochait à ce fil ténu le reliant à la vie sans le savoir. Mais le pronostic de sa guérison restait encore incertain, plusieurs jours après l'attaque.

Raffaëllo récupérait des forces timides, mais encourageantes. Surgissaient alors les souvenirs de cette soirée où ils avaient frôlé la mort, accompagnés d'insolubles interrogations. Pourquoi cette violence envers ceux qui ne connaissaient personne dans la cité phocéenne ? Qui pouvait leur en vouloir au point de tenter de les tuer ? Pour quelles raisons ? Ces mêmes questions lui furent posées par les enquêteurs de la police. À lui seul, car Salvatore était bien trop occupé à lutter contre un trépas tentateur.

Vorace, la mort aime souvent couvrir de sa pèlerine ténébreuse plusieurs candidats à la fois... Paul la fuyait autant qu'il lui était possible. Non par peur de la voir le happer, mais pour avoir le temps de retrouver l'enfant enfuie, certainement terrorisée. Pour la ramener à sa mère, il lui fallait encore un peu de temps.

— Où te caches-tu, petite ? murmura-t-il cherchant la direction à prendre dans cet océan de pins aux cimes devenues vagues sous l'effet du vent.

Imaginer la fillette seule à la nuit tombante l'alarmait : comment se débrouillerait-elle ? Sans nourriture et dépourvue du moindre vêtement chaud. Elle s'était sûrement perdue comme il risquait de s'égarer à son tour. La mort dans l'âme, il rebroussa chemin pour tenter de gagner sa voiture et chercher du secours.

Pétrifiée, Ornella n'osait plus décrocher le téléphone. *Non, ne plus écouter, refuser toutes mauvaises nouvelles, les tenir à distance, les chasser* pensait-elle. Denis Lambert prit l'initiative.

— Allo ? Je suis bien chez Flavia et Salvatore Giordano ? demanda l'interlocuteur surpris par cette voix inconnue. C'est Paul…

— Oui, bonjour Paul. Je suis Denis, Denis Lambert, un ami d'Ornella, ajouta-t-il après une hésitation, son regard posé sur la jeune femme.

Sans l'analyser, cette présentation plut à la veuve Slimani, la rassura. Lorsqu'il désigna l'appareil, elle acquiesça.

— Paul ? C'est moi, Ornella. Dis-moi, demanda-t-elle d'une voix blanche.

— Vittoria ! Je l'ai vue ! Mais elle s'est enfuie.

— Elle est vivante ? Comment va-t-elle ? hurla Ornella propulsée par une vigueur dont elle se sentait incapable cinq minutes plus tôt.

— Elle semblait en bonne santé. C'est Carlo qui l'a enlevée. Mais il est mort et Vittoria s'est sauvée. Je ne la retrouve pas.

Au comble de l'excitation, Ornella arpentait la pièce sans parvenir à penser rationnellement. Serrer son enfant dans ses bras, l'embrasser, lui dire combien elle l'aimait était devenu son obsession. Rien d'autre ne comptait. Elle partirait sur l'heure vers Mont-de-Marsan. Denis lui proposa de la conduire et elle accepta. Soudain, elle réalisa : *Jean, qui s'occupera de Jean* ? Son fils ne pourrait rester seul. Certes, l'infirmière passait deux fois par jour, mais ce serait insuffisant et, lui aussi, avait besoin d'une présence auprès de lui pour le rassurer. Reprenant son piétinement frénétique, Ornella passa en revue tous les proches susceptibles de l'aider à résoudre cette difficile équation affective. Il y avait Victor, très occupé par son exploitation. Michèle, absente pour des raisons qu'elle ignorait, devait rentrer prochainement.

— Michèle ! Elle ne sait pas ! Nous avons oublié de la prévenir pour Raffaëllo ! s'exclama Ornella. Jamais elle ne nous pardonnera. Je l'appelle tout de suite.

— Elle comprendra, tempéra Lambert posant une main rassurante sur l'épaule de la jeune femme. Préparez-vous, je file à Tonneins pour lui expliquer et je reviens vite.

Denis Lambert prit aussi l'initiative d'appeler le service de la Timone afin que la compagne de Raffaëllo puisse recevoir des informations concernant le blessé. Rassurée, Michèle lutta contre l'envie de rejoindre son amoureux hors de danger, y renonçant pour venir en aide à celle qui deviendrait sa belle-sœur. Peut-être…

Dans un ronronnement régulier, la puissante voiture de Lambert avalait la route que, tel un gigantesque interrupteur, les arbres jouaient à éclairer puis à éteindre. À ses côtés, muette et perdue dans ses pensées, Ornella s'efforçait à grand-peine de garder la tête froide. Une petite voix, toujours la même, si douce et si puissante à la fois l'encourageait : *Vittoria ne craint rien. Elle est en de bonnes mains. Garde confiance !*

— Facile à dire ! murmura la veuve Slimani.

— Oui, Ornella ? s'étonna le conducteur.

— Rien ! Je réfléchissais tout haut.

— Vous pouvez également vous confier à moi : je suis votre ami.

Sans l'avouer, celle qui fut aux commandes de l'une des plus importantes manufactures de tabac françaises se sentait funambule au-dessus d'un précipice d'incertitudes. Après le décès de son époux, elle n'était pas parvenue à croire son enfant en vie et en bonne santé. À présent, elle craignait de ne plus la revoir.

— Paul pourra peut-être nous en dire plus, souffla Lambert inquiet pour la jeune femme. Il nous renseignera au moins sur la direction empruntée par Vittoria. J'ai pris la liberté de prévenir la gendarmerie qui envoie une patrouille sur place.

Ornella tourna la tête vers cet homme si prévenant, si différent de celui ayant cédé à ses pulsions à une époque, si lointaine, lorsqu'elle travaillait sous son autorité. Il avait changé, se montrant serviable et attentionné, gardant la distance nécessaire pour la rassurer, la soutenant sans le moindre petit geste équivoque ou la plus petite parole indélicate. Involontairement, ni l'un ni l'autre n'évoqua la mort de Carlo, comme s'il s'agissait d'une information secondaire.

Bientôt, ils aperçurent les panneaux indiquant la direction principale de Mont-de-Marsan. « Au centre de la préfecture des Landes, autrefois ville fortifiée et dont il reste quelques vestiges, se réunissent les rivières du Midou et de la Douze qui se marient en une troisième, la Midouze », expliquait l'affichage consulté lors de leur halte. Ce qui laissa Ornella totalement indifférente. Plus loin, se révéla un fléchage plus discret vers leur destination, leur but, leurs espoirs. Féru d'Histoire, Denis se prit à espérer revenir un jour sur ce territoire des Landes de Gascogne, accompagné d'une Ornella oublieuse de ces mauvais tours du destin. Ensemble, ils découvriraient l'ancien port fluvial au terme d'une promenade sur les rives montoises. À cet instant, face à eux et à vive allure, filait une camionnette aux couleurs d'azur délavé qui se déporta sur la gauche. D'un brusque mouvement de volant, Denis se rabattit plus encore sur la droite au risque de verser dans le fossé alors que le combiné Volkswagen redressait sa trajectoire. Lorsqu'il passa, près, tout près d'eux, Ornella remarqua les petits rideaux à l'arrière du véhicule en masquant l'intérieur. Quant à Lambert, il entrevit une jeune femme aux longs cheveux dont le visage était à demi masqué par de grosses lunettes de soleil. Comme pour s'excuser, la conductrice ralentit avant de se retourner pour répondre à quelqu'un l'interpellant de l'arrière.

— Cette imprudente doit habiter dans son petit camion, murmura Denis. Les jeunes sont fans de ce mode de vie, depuis le mouvement hippie. Même en période d'inflation où le prix du carburant devient une folie, il reste encore quelques irréductibles. Pas de contraintes ! Vive la liberté ! Parfois, je les envie.

— Peut-être, mais elle devrait être plus attentive à sa conduite, même si son enfant cherche à attirer son attention lorsqu'ils roulent.

Son instinct de mère avait interprété le type d'urgence motivant une telle prise de risques.

Malgré les informations de localisation données par Paul et après plusieurs tentatives les menant nulle part et générant un fort stress, ils se renseignèrent auprès de commerçants de la ville montoise. Enfin, le patron d'un bureau de tabac-presse leur confirma avoir aidé un « monsieur mal en point qui avait besoin de téléphoner. Il tenait à peine debout, le pauvre ». Sur les conseils de l'homme, ils s'engagèrent dans un chemin pierreux s'ouvrant sur le pignada. La maison landaise nichée à l'orée de la forêt se révéla enfin. Devant, la présence de plusieurs véhicules bleus de la gendarmerie dont les portières claquaient de concert provoqua une immense espérance au cœur serré d'Ornella.

Un peu à l'écart, gisant sur une civière posée à même le sol, Paul tendit un visage livide dans leur direction. Il avait refusé son transfert immédiat vers l'hôpital de Mont-de-Marsan afin de parler avec sa cousine et, à force d'obstination, retenait une vie impatiente de s'échapper. Dans un soupir de soulagement, il esquissa un geste lent les invitant à approcher. Lambert saisit le bras d'Ornella dont le regard se perdait vers la forêt. À regret, elle se détourna pour se pencher sur son cousin.

— Es-tu blessé, Paul ? murmura-t-elle dans un effort. Où est partie ma petite fille ? Comment allait-elle ? Avait-elle peur ? Pourquoi s'est-elle sauvée ?

Aussi vite que son cerveau pouvait les initier, Ornella accablait Paul de questions. Le malade tentait d'y répondre malgré la lassitude l'enveloppant tout entier de ses griffes crochues, l'attirant déjà vers un néant annoncé, programmé par cette maladie inconnue qui le dévorait. Mais il n'était pas encore prêt à lui céder. Le souffle court, il narra les événements survenus ces dernières heures. Lorsqu'il désigna, à quelques pas d'eux, le corps inerte de Carlo, Ornella et Denis ne lui accordèrent ni regard ni compassion. La justice divine avait effectué son travail. Les services compétents pouvaient bien l'emporter. S'efforçant de calmer une impatience légitime, Ornella se retenait d'exiger de son cousin ces informations concernant Vittoria, les seules qui lui importaient. Un militaire interrompit ces confessions afin d'entendre le témoin et de retracer les événements avant le départ de la battue destinée à retrouver les traces de l'enfant. D'ici quelques heures, la nuit et le passage d'animaux gommeraient les chances de la retrouver, il fallait faire vite.

Lorsque Paul fut libéré de cette pénible et indispensable audition, et avant que les infirmiers ne le hissent enfin dans l'ambulance, il fit signe à Denis Lambert, occupé à observer la jeune femme qui arpentait sans cesse les clairières toutes proches. Elle évitait de trop s'éloigner tant elle craignait ne pas entendre cette phrase dont elle rêvait : « Elle est là ! Nous l'avons repérée. Elle va bien ! ». Mais cette déclaration resta muette et Vittoria introuvable.

— 35 —

Entre-temps, à Marseille, Flavia et Chiara veillaient sur leur famille hospitalisée qu'elles refusaient de quitter, même pour regagner Clairac. Un petit meublé situé dans une ruelle adjacente à l'établissement hospitalier leur offrait une totale indépendance et ce point d'ancrage indispensable pour laisser s'échapper leurs émotions, pour pleurer tout leur saoul afin de continuer, demain, à visiter les blessés.

Chaque jour, la cicatrisation faisait son office sur les plaies de Raffaëllo. Chaque jour, en secret, le jeune homme réclamait celle qui faisait vibrer son cœur, celle qu'il avait été si près d'abandonner par bêtise, par ignorance. Le temps des hésitations était révolu. Son bonheur était à portée de main, là sur terre, à Tonneins, maintenant et avec Michèle. Il le saisirait à la première occasion pour ne plus le laisser s'échapper.

Souvent, il interrogeait Flavia sur l'état de santé de Salvatore en essayant de masquer une inquiétude susceptible d'amplifier la charge mentale de sa mère. Celle-ci lui répondait par des propos tamisés, le gardant d'émotions fortes. Un matin, considérant qu'il pouvait enfin recevoir la vérité brute, cette dernière lui révéla des informations plus réalistes, faisant inconsciemment resurgir de la mémoire traumatique du jeune homme certains éléments de l'attaque et qu'il tut.

— Ton père lutte de toutes ses forces, mon chéri, conclut-elle d'un ton souhaité rassurant. Nous devons garder confiance, en sa volonté de rester avec nous et dans les compétences des médecins qui le soignent.

— Maman, à partir d'aujourd'hui, je veux que tu me donnes des nouvelles de Papa, chaque jour sans que je les réclame. Les bonnes comme les mauvaises, sans rien me cacher, d'accord ? Je suis capable de les entendre et j'en ai aussi le droit. Nous étions ensemble ce soir-là.

Dans une étreinte, où chacun s'appliqua à insuffler à l'autre résilience et protection, mère et fils laissèrent leurs larmes parler pour eux et leurs espoirs grandir. Suivit un long et lourd silence que Chiara, émue, respecta. Flavia finit par le rompre afin d'évoquer Vittoria. La trace de sa petite-fille avait été repérée dans les Landes. En compagnie de Carlo, ce fils maudit qu'elle finissait par haïr tant il lui semblait la représentation du mal à l'état pur. Des nuits durant, Flavia avait tenté de comprendre les motivations de son fils sans lui trouver la moindre excuse. *Pourquoi mon Andréa a-t-il perdu son innocente vie alors que, par ses agissements, Carlo mérite le pire des châtiments ?* se prit-elle à penser avant que son cœur de mère se révolte contre de telles réflexions. Mieux valait soutenir Ornella donnant des nouvelles au fur et mesure de l'avancée des recherches qui, pour le moment et à son grand désespoir, restaient vaines.

À Tonneins, dès qu'elle avait appris l'agression de Raffaëllo et de son père, Michèle avait jeté quelques affaires dans un sac fatigué de trop d'errances afin de rejoindre son amant, de le soutenir, de lui montrer leur avenir commun. Avant de sauter dans le premier train la rapprochant de la cité phocéenne et de celui qui, tel un oiseau, occupait le nid de son cœur, elle avait décidé de se rendre chez les Giordano, pour prendre des nouvelles, pour les avertir de son départ. L'arrivée inopinée de Denis Lambert et les arguments de ce dernier avaient rendu ses aspirations caduques et déclassé ses urgences.

— Partez avec Ornella ! Accompagnez-la, Denis ! avait-elle réagi en apprenant que la fillette avait été repérée dans le département des Landes. Jean a besoin d'une assistance. Je resterai auprès de lui, ajouta Michèle d'une petite voix. Allons-y dès maintenant. Voyez, mon sac est déjà fait. Et, s'il vous plaît, dites à Ornella combien je pense à elle et que tous mes vœux vous accompagnent, ajouta-t-elle !

— Merci beaucoup Michèle ! Je mesure combien cette aide est un sacrifice pour vous. Merci de tout cœur ! Montez, je vous conduis à la ferme.

Michèle s'attachait à prendre soin de l'adolescent, usant de moult plaisanteries pour dissiper l'inévitable gêne induite par le déshabillage et les toilettes. La simplicité naturelle, l'humour parfois un peu forcé de la jeune femme finirent par rassurer le garçon assimilant Michèle à une grande sœur, douce et compréhensive. Quotidiennement, cette dernière échangeait par téléphone avec Flavia et parfois avec Raffaëllo recouvrant peu à peu une forme favorable. Pourtant, ses efforts teintés d'optimisme ne trompaient pas la jeune femme qui percevait son angoisse liée aux chances de survie de Salvatore.

Michèle assurait également le relais des informations entre Ornella dans les Landes, Flavia et Chiara à Marseille, Victor et le père Luc. Lequel semblait étrangement affecté par les drames touchant cette famille inconnue de lui, quelques semaines auparavant. Mais la sollicitude envers autrui ne constituait-elle pas l'un des premiers préceptes religieux ?

Avec l'aide de Victor, il se chargea des obsèques plus que discrètes de Carlo dont personne ne se soucia tant il le méritait peu.

À l'hôpital de la Timone, chaque fin de matinée, Flavia guettait le passage du médecin dans les chambres de Raffaëllo et de Salvatore. Sur les charbons ardents, elle ne luttait pour refréner ce tremblement d'angoisse colonisant tout son être qu'au contact discret de la main de Chiara sur la sienne. Le geste apaisant d'une mère pour son enfant, de cette mère retrouvée.

Le médecin pénétra dans la chambre et saisit une chaise, montrant ainsi à son patient sa disponibilité et son écoute :

— Bonjour Raffaëllo : Permettez-moi de vous appeler par votre prénom ainsi que nous le faisons entre personnels soignants. Ceci pour éviter les confusions avec votre père, Salvatore, ajouta-t-il en observant les deux femmes. Par ailleurs, votre patronyme me rappelle un autre patient que j'ai soigné il y a quelque temps. Excusez cette digression sans rapport et revenons-en à vous.

Le bilan médical concernant le jeune homme arracha un soupir de soulagement général et les deux femmes se précipitèrent pour embrasser leur fils et petit-fils, face à un médecin s'appliquant à masquer son trouble.

— Si votre état continue à s'améliorer, Raffaëllo, reprit-il, une sortie sera peut-être envisageable d'ici quelques jours. Mais je suppose que la famille restera sur place.

La réponse s'avérant inutile, le silence introduisit le passage redouté à l'autre blessé Giordano, toujours en soins intensifs.

— Sans être totalement hors de danger, votre époux se rétablit tout doucement, madame Giordano. Médicalement, du moins. Les blessures profondes et les organes touchés cicatrisent bien. Au niveau de son moral, de son envie de résister, nous devinons une certaine chute de motivation, une sorte de lassitude à lutter. Nous faisons tout notre possible, mais Salvatore a besoin de se savoir attendu, de vous sentir encore plus près de lui pour continuer à guérir.

Agacée par cette explication en forme de reproche, Flavia protesta, argumentant une présence fidèle, un soutien de chaque instant au fil des jours qui fit sourire le médecin-chef.

— Je propose de transférer Salvatore dans une chambre double où vous vous installerez également, Raffaëllo. Ainsi, votre père sentira-t-il sa famille resserrée autour de lui, pendant ses visites et par la présence de son fils. Et, oui, Madame Giordano, vous pouvez vous laisser gagner par l'espoir, raisonnable, mais réel.

Pendant ce temps, s'étoffait l'enquête de police, se succédaient les auditions d'éventuels témoins. Les résidents de la rue et du quartier où père et fils Giordano avaient été agressés étaient méthodiquement interrogés : les volets fermés recelant souvent de discrets spectateurs soucieux de ne pas être sollicités et peu diserts sans y être contraints. Affolé face aux corps gisant sur le pavé, l'un d'eux s'était décidé à appeler les secours. Les recherches orientèrent les policiers vers la rue Corneille foisonnante de bars et de boîtes de nuit qu'ils visitèrent à grand renfort de fonctionnaires dépourvus de complaisance…

Dans le bureau où il assurait l'intérim de son patron, avec l'autorité excessive et dédaigneuse de ceux qui ne le méritent pas, Aldo aperçut les éclats bleutés d'un gyrophare. Le véhicule surgissait à l'angle de l'immeuble pour se garer sur le trottoir, face à l'entrée du « Scorpio ». L'homme haussa les épaules, un sourire éclaira son large visage aux traits ingrats pour se fondre en une grimace dubitative. Coutumier de fréquentes descentes de police, celle-ci n'aurait pas dû l'inquiéter outre mesure, mais le mutisme de Carlo avait fini par éveiller chez lui une forme de méfiance, générer une sorte d'avertissement. *J'aurais mieux fait de faire comme les gars qui m'accompagnaient et me tirer après avoir réglé le compte de ces deux types. Me mettre au vert, le temps que l'affaire se tasse, au moins,* réalisa la brute. Ouvrant le coffre-fort, il en préleva quelques liasses de billets qu'il glissa rapidement dans les poches de son costume sombre. D'un tiroir de la table de travail de Carlo, il sortit le Manurhin MR 73, vérifia qu'il était bien chargé avant de le glisser à l'arrière de la ceinture de son pantalon. Ce pistolet fétiche gardé par Carlo Giordano comme une assurance-vie devenait la sienne.

Pourtant, après le refus de se livrer, au terme de sommations infructueuses et d'un échange de tirs blessant plusieurs policiers, terrorisant le personnel, la main de la justice armée d'une balle atteignit en plein front le voyou qui s'abattit sur la scène du cabaret pour sa dernière figuration. Pour le commissaire menant l'assaut, Aldo emportait avec lui toutes les pistes menant à Carlo Giordano.

— 36 —

À des kilomètres de distance, oublieuse volontaire de ces événements traumatisants, Vittoria profitait de l'abri de ce van avalant bitume et habitations, ce cocon où elle pouvait jouer, manger et dormir lorsque l'envie lui prenait. Et, surtout, sans craindre que ce Charles surgisse pour la brutaliser. Pour l'enfant, voyager ne représentait pas un problème puisque cela l'éloignait de cet homme bizarre devenu méchant qui lui avait menti pour l'obliger à le suivre, qui refusait de comprendre le besoin de retrouver ses parents. Soulagée d'avoir récupéré la fillette en fuite, la jeune femme chantonnait en conduisant. Peut-être pour mieux analyser les événements survenus ces dernières heures.

C'était moins une. Heureusement que j'étais tout près et que Vittoria m'a tout de suite fait confiance. En fait, elle n'avait pas vraiment le choix. C'était moi qu'elle ne connaissait pas ou ce type qui l'avait enlevée. Pourtant, le demi-tour fait par Vittoria pour libérer son chiot a bien failli nous coûter cher. On a eu de la chance. J'entendais ce gars qui lui hurlait de fuir pendant que l'autre lui tapait dessus. C'est grâce à lui que la petite a pu me rejoindre, qu'on a pu courir et se sauver.

Bordeaux avait fermé ses yeux électriques et Garonne sommeillait dans un courant assagi entre ses rives, lorsqu'elles traversèrent la préfecture girondine. Plus tard, au cœur d'une nuit noire, la conductrice céda aux messages de fatigue émis par tout son être et stationna son véhicule devant l'église d'un village. Saisissant sa lampe torche, elle se glissa à l'arrière pour rejoindre l'enfant sur l'unique matelas. Adossée à la paroi du camion, comme acculée par quelque danger imminent, la fillette dormait, Tabac à ses pieds. Avec précaution, elle s'allongea à son tour, hésitante, puis passa son bras autour du petit corps qui, du creux de ses rêves, soupira d'aise.

La lumière du jour filtrant à travers les rideaux trop légers réveilla Vittoria. Elle s'assit et, silencieuse, resta à observer celle qui l'avait sauvée des griffes du vilain Charles. Les pattes de Tabac franchissant la barrière de son anatomie réveillèrent la dormeuse qui ouvrit les yeux et sourit, consciente de l'importance de ce premier contact matinal se devant rassurant :

— Je m'appelle Vittoria Slimani et toi ?

Interdite par cette question directe, la jeune femme hésita :

— Moi… c'est… Soleil.

— Drôle de nom ! Ils ont eu une idée bizarre quand tu étais bébé, tes parents.

— Ah bon ? Tu trouves qu'il ne me va pas ? demanda l'intéressée, passant ses doigts dans sa chevelure.

— Si ! Tes cheveux bouclés sont dorés : on dirait des rayons de soleil. J'aime bien ton prénom, décida Vittoria l'observant attentivement.

Soleil était gentille et tendre et, surtout, Soleil aimait les chiens en général et Tabac en particulier. Enfin, Soleil lui avait promis de l'aider à retrouver sa famille au retour de leur petit voyage vers la mer.

La présence de l'enfant à ses côtés, ses bavardages innocents comblaient la jeune femme sans attaches amoureuses et sans ces contraignants liens familiaux qu'elle avait rompus dès qu'elle avait senti souffler le vent de la liberté. Seul le présent lui importait. Elle jouissait de l'immédiat et s'offrait ce qui lui faisait plaisir comme si demain s'avérait sans intérêt et plus qu'incertain. Enfin, presque toujours.

Le passé, elle l'avait enseveli quelques mois auparavant. Avec cet enfant porté en son sein et qui n'était pas venu. L'avenir, elle refusait d'y penser. Certains soirs, au moment de s'endormir, elle regrettait son geste, se prenant presque à s'attendrir lorsqu'elle croyait percevoir quelques gazouillis venus d'un autre monde. Heureusement, cet homme rencontré à l'hôpital l'avait soutenue, encouragée à relever la tête. Chaque matin, l'enivrante sensation de liberté s'imposait de nouveau, légère et rafraîchissante, gommant incertitudes et regrets. *Je refuse de porter des chaînes, même les plus douces,* se répétait-elle bien souvent. Pour un bout de chemin, Vittoria l'accompagnerait et elle s'en trouvait heureuse. Pour combien de temps exactement ? Ce n'était pas son problème. Comme prévu, elle avait protégé et sorti Vittoria d'une mauvaise situation, face à cet oncle Charles, cette brute menaçante, voilà l'important. Et elle veillerait sur la fillette le temps qu'il faudrait, le temps qu'on lui demanderait.

Les arènes de la ville de Saintes se dévoilèrent au regard surpris de l'enfant, gambadant sans gêne parmi les illustres ruines, son chiot sur les talons. L'amphithéâtre, l'arc de Germanicus, les thermes et l'aqueduc la stupéfièrent au point de générer une foule de questions auxquelles Soleil ne sut pas toujours répondre :

— Dis, Soleil, à quoi servent toutes ces vieilles pierres ? Je trouve que ces maisons écroulées sont un peu moches. Pourquoi on ne les répare pas ? Mon tonton Raffaëllo sait le faire, je lui demanderai. Il sera d'accord.

Insensible à l'attrait historique des vestiges de l'ancienne capitale de la province d'Aquitania, Vittoria manifesta une faim impérieuse que Soleil approuva d'un rire. Aussi les bords de Charente accueillirent-ils un urgent pique-nique satisfaisant estomacs humains et canins. Le présent, toujours le présent.

La nuit naissante poussait le soleil, le chassait derrière la ligne d'horizon pour peindre le ciel de violet. Saintes semblait bien loin et la fatigue commençait à enlacer la conductrice de ses bras sournois.

— Eh bien, « ma Vivi » ! Que dirais-tu d'une bonne pizza cuite au feu de bois ? Regarde !

Tel un ressort mu par une main invisible, la fillette émergea d'une torpeur liée au bercement du véhicule et se redressa, écrasant au passage une patte de Tabac qui jappa son mécontentement. Le camion itinérant aux odeurs alléchantes et surtout la pizza remportèrent un vif succès. Le feu de camp qu'elles allumèrent sans se préoccuper des consignes de sécurité contre les incendies occulta toutes ses craintes vespérales et garda les ombres à l'écart.

— Dis, Soleil, elle est encore loin, ta mer ? réclama la fillette devenue impatiente au fil du voyage qu'elle estimait maintenant très long et ennuyeux. J'ai toujours envie de courir et Tabac aime tout le temps se promener.

— Non, « ma Vivi ». Si tout se passe comme prévu, nous atteindrons l'océan dès ce soir, expliqua la jeune femme d'une voix chantante. Nous arrivons dans la grande ville de Nantes. Et je vais te montrer un beau château.

— Un vrai ? Un comme dans les histoires que Maman me lit avant de dormir ? demanda l'enfant, soudainement assombrie. Papa et Maman me manquent beaucoup. Ils s'appellent Sofiane et Ornella. Tu les connais, mes parents ?

— Non. Ah ! Voilà le château des Ducs de Bretagne. Sais-tu qu'il a reçu beaucoup de rois et de reines, dans le passé ?

— Il est très beau et très grand ! Est-ce qu'il y a des princesses dedans ? Je veux les voir.

— Désolée, Vivi, elles sont parties depuis longtemps. Viens, répondit Soleil coupant le moteur. Je vais te montrer les fortifications. Autrefois, elles étaient entourées d'eau. Ainsi les ennemis ne pouvaient pas poser leurs échelles contre les murs. C'est une vraie forteresse. Et le château se cache derrière, bien protégé.

Soudain, Soleil réalisa que la fillette n'écoutait plus le flot d'informations qu'elle prenait tant de plaisir à lui donner. Inconsciemment, la jeune femme se remémorait sa propre enfance nantaise. Il y avait très longtemps. Nostalgique, elle renonça à évoquer la conversion de l'édifice en prison pour les ennemis du roi, puis en arsenal avant de redevenir un lieu de détention pour, cette fois, les adversaires de la Révolution française.

Dis, comment s'appelait la plus belle des princesses ? reprit la fillette la rejoignant dans les douves asséchées.

— Euh… Anne ! Anne de Bretagne. Elle était reine de France.

Au terme d'une longue promenade au pied du château et de quelques marques d'impatience de la part de sa protégée, Soleil donna le signal du départ et l'enfant regagna le van avec enthousiasme, précédé de Tabac jappant sa joie.

Par le pont de La Roche-Bernard enjambant la Vilaine, le véhicule franchit le fleuve qui se jetterait bientôt dans l'océan Atlantique. À bord, la fillette s'était assoupie et Soleil renonça à lui faire admirer la baie.

— Nous voilà arrivées à Vannes ! En Morbihan ! lança Soleil d'une voix enjouée qui expulsa l'enfant de son sommeil.

— Drôle de nom ! s'exclama Vittoria. Mais tu m'as dit qu'on allait voir ta Bretagne.

— Morbihan signifie « petite mer » en breton, ma Vivi ! Ce qui veut dire que nous sommes bien en Bretagne. Encore un peu de patience et tu apercevras les immenses plages, les vagues et on pourra même se baigner.

— Mais… Je n'ai pas de maillot !

— Moi non plus ! Pas de problème, je connais un endroit tranquille où nous n'en aurons pas besoin. Où personne ne nous verra.

Enthousiaste à l'idée de cette baignade bienvenue après un si long périple, la fillette sauta de joie sur le couchage, provoquant un balancement dangereux du véhicule. Puis elle se demanda si Tabac savait nager. Et, surtout, elle avait retenu qu'après la Bretagne, elle rejoindrait sa famille. Soleil avait promis.

Discret, le jour déclinait doucement. Au large, des dégradés orangés enflammaient l'horizon alors qu'une cape violette s'étendait lentement au-dessus des flots. Alanguie sur le sable, Soleil appela l'enfant et son chien qui couraient sur le rivage. Cette image émut la jeune femme qui se leva d'un bond : *non ! Je ne peux m'attendrir ! Je dois juste faire ce qui est prévu.*

Au terme de quelques respirations profondes censées calmer ce trouble inattendu, Soleil héla l'enfant qui dirigea vers elle un regard contrarié :

— Pourquoi tu m'appelles toujours Vivi ? Mon nom, c'est Vittoria, Vittoria Slimani. Ma maman et mon papa l'ont choisi quand j'étais un tout petit bébé et je le trouve beau.

Interloquée par cette précision enfantine la ramenant aussitôt dans la réalité, Soleil cacha son malaise derrière un sourire.

— Tu as raison, Vittoria. Pour moi, Vivi veut dire que je t'aime beaucoup.

— Pas autant que mes parents, souligna la fillette.

— 37 —

Depuis son retour infructueux des Landes, Ornella parcourait les franges tentatrices de la folie. L'espérance de serrer à nouveau son enfant dans ses bras semblait se tarir doucement au profit d'une inquiétante apathie. À ses nuits blanches succédaient des plongées dans une impérative inconscience favorisée par les somnifères. Durant ses rares phases d'éveil, la jeune femme réalisait que les gendarmes avaient perdu la trace de sa fille. *Je ne la reverrai plus. D'abord Sofiane, puis mon enfant. Non ! Je ne pourrai pas le supporter. Autant mourir*, pensait-elle lorgnant le tube de cachets posé sur sa table de nuit. *Jean, je ne peux abandonner Jean : il n'a plus que moi*, se ravisait-elle à nouveau.

Pourtant, les militaires continuaient leur enquête sur la piste de ce van immatriculé 56 aperçu aux abords de cette forêt où s'était déroulée la lutte entre Paul et Carlo. L'information transmise à leurs homologues morbihannais avait permis de repérer les allées et venues d'un véhicule de type fourgon conduit par une femme plutôt jeune. Pas d'enfant assis auprès d'elle. La piste semblait maigre, mais non négligeable. Ils vérifieraient dès que possible. Pour s'en assurer, il faudrait contrôler la conductrice qui demeurait introuvable.

Paul avait aidé la police autant qu'il lui était possible. Néanmoins, il restait indésirable chez Flavia et Salvatore où logeait Ornella depuis l'incendie de son habitation, depuis la mort de son époux. Cette dernière ne lui pardonnait pas son silence au moment où il avait compris que Carlo avait enlevé sa fille. En quête de coupable, la mère éplorée lui avait jeté ses reproches au visage et son total mépris. Tête baissée, la honte pesant sur ses épaules devenues bien fragiles, il comprenait le besoin vital pour Ornella de trouver un responsable. Sur les conseils d'un médecin enfin consulté, Paul admit que son état de faiblesse nécessitait une présence auprès de lui. Aussi, accepta-t-il la proposition renouvelée de son frère Victor et de Martine, son épouse, de regagner la maison familiale, ce havre qu'il avait fui, autrefois.

Accompagnée de Jean, qu'un fauteuil roulant rendait plus autonome, Michèle visitait chaque jour celle qui, dans son cœur, était déjà sa belle-sœur avant de le devenir officiellement. Si Dieu le permettait. Si Raffaëllo revenait auprès d'elle. Il le lui promettait, le lui répétait lors de leurs conversations téléphoniques quotidiennes. Parfois, Ornella s'agaçait de la combativité de la jeune femme, de son sourire, de cette sollicitude dont elle n'avait aucune envie. Malgré les efforts de Michèle, elle se sentait horriblement seule et perdue dans un monde qui n'était plus le sien. Ce matin, Denis s'était absenté sans lui donner la raison de ce départ imprévu qu'elle assimilait à un contretemps survenu à la manufacture de Tonneins. Minimes ou graves, ces aléas fréquents à la S.E.I.T.A. n'interpellaient plus la nouvelle Ornella, n'éveillant en elle aucune curiosité et aucune culpabilité nées de son abandon de poste : l'usine de tabac, jadis si passionnante, ne la concernait plus.

En raison de l'état psychologique d'Ornella et de l'absence du reste des autres membres de la famille, Denis Lambert s'était proposé au titre de représentant des Giordano vis-à-vis de la gendarmerie. Noyée dans son monde d'hypothèses maniaques, Ornella lui en savait gré. Lambert la préviendrait si un événement survenait. Néanmoins, ce dernier s'efforça de taire à la jeune femme les réelles motivations de son départ envisagé. *Surtout ne pas lui donner de fausse joie, elle ne le supporterait pas,* pensait-il, quittant la maison des Giordano. Avant de filer vers le nord-ouest, il devait revoir le brigadier-chef qui lui avait communiqué des informations ouvrant une modeste porte vers l'espoir. Chaque détail de leur conversation d'hier lui revenait en mémoire. La trace de Vittoria aurait été repérée sur la côte morbihannaise, du côté d'Auray. Un enfant s'était fait remarquer lors d'une chute sur les pavés dans le petit port de Saint-Goustan. Ses cris avaient alerté des promeneurs.

— Comment savez-vous qu'il s'agit bien de Vittoria ? demanda Lambert. Les gamins trébuchent tous les jours, cela n'a rien d'extraordinaire.

— Elle a donné son nom à la dame qui l'a aidée à se relever. Et des prénoms de ce genre sont plutôt rares en Bretagne.

— Était-elle accompagnée ? Cela me semble impossible autrement. Une fillette de six ans ne peut vivre seule. Durant plusieurs jours. Il y a forcément quelqu'un auprès d'elle. Une personne bienveillante, je l'espère.

— Monsieur Lambert, je comprends votre besoin de nourrir les espérances de madame Slimani, mais les interrogatoires sont la mission de la gendarmerie ou de la police et non la vôtre. Par conséquent, je compte sur vous pour ne pas divulguer la nature des éléments que nous venons d'aborder : cela pourrait nuire aux investigations de nos collègues morbihannais.

— Bien évidemment, répondit Denis cachant un agacement aussitôt perçu par le militaire. Quelqu'un veille-t-il sur Vittoria ? Rassurez-moi seulement.

— En réponse aux questions posées par la personne qui l'a aidée à se relever, l'enfant a désigné une jeune femme assise en terrasse et qu'elle appelait Soleil. Étrange nom. À présent, rentrez chez vous, s'il vous plaît, monsieur Lambert. Je vous tiendrai informé dès que j'en saurai plus. Je dois me rendre à la morgue pour entendre les conclusions du médecin légiste sur la mort de Carlo Giordano. Effroyable manière de quitter cette terre.

Denis sembla obtempérer. D'un hochement de tête, il remercia le militaire et sortit de la caserne du pas résigné des personnes en situation passive de victime collatérale. Toutefois, il savait comment agir pour soulager celle qui habitait son cœur depuis si longtemps sans pouvoir le lui dévoiler. Plus encore qu'après cet élan passionné qui avait gâché ses chances, quelques années auparavant, dans ce bureau où, fou d'amour et de désir, il avait tenté d'exprimer son attirance envers sa jeune collaboratrice. Je n'ai aucune excuse, se répétait-il lors de ces réminiscences. La meilleure preuve de son attachement serait de lui ramener son enfant, son trésor de maman. S'imposa alors le visage de sa propre fille séjournant toujours à Londres, sous la garde affectueuse de sa tante et en compagnie de ses cousines. L'espace d'un instant, il éprouva une forme de remords puis se ressaisit : *je lui expliquerai et ma petite Aurore comprendra.*

Dans le bâtiment annexe où il logeait depuis qu'il soutenait Ornella, Lambert jeta quelques affaires dans un sac de voyage avant de se rendre auprès de la jeune mère pour l'avertir de son départ dont il ne divulgua pas le motif. Cette dernière ne réagit pas à l'annonce, ce qui conforta Denis dans sa décision d'en dire le moins possible.

La dégustation d'une énorme glace n'était parvenue que partiellement à atténuer la douleur du genou de Vittoria, pourtant soigné et protégé par un pansement.

— J'ai mal, Soleil ! Ma maman sait comment faire, elle !

— Eh bien, moi aussi, j'ai ma recette secrète !

— Ah ! C'est quoi ?

— Nous allons assister à une grande fête. Et tu verras comme tu vas oublier ton « bobo ». Allez, ma Vivi, cap sur Lorient ! Tu vas adorer, je te le promets.

Au rythme des bombardes, Lorient frissonnait, sous les airs des cornemuses. La ville palpitait de l'impatience de ses visiteurs et de l'enthousiasme de ses groupes : le Festival interceltique battait son plein. Des chanteurs bretons et leurs voisins celtes venus de Cornouailles, d'Écosse, d'Irlande, du Pays de Galles, de Galice et de l'île de Man déclinaient balades, favorisant gavottes([19]) et An Dro([20]). Au parc du Moustoir, accompagné d'un orchestre gigantesque et de plusieurs pipe-band, ces ensembles de sonneurs de cornemuses et de batteurs originaires d'Écosse, Alan Stivell, chantre de la culture bretonne et défenseur de sa langue, présentait pour la première fois « Tir na nOg », sa symphonie celtique. Sa dernière œuvre soulevait les poitrines, retenait les souffles et libérait des larmes émues.

D'abord surprise et attentive, Vittoria se lassa bientôt du concours des bagadoù, ces orchestres bretons formés de bombardes, de grandes cornemuses de type écossais et de caisses claires écossaises, tambour ténor et basse. Son attention s'envola, se fatigua dans l'attente, décevant une Soleil fascinée par l'ambiance celte.

Pour la première fois depuis le début de leur périple, Soleil songea au terme de leur relation devenant, à certains moments, contraignante. Demain elle téléphonera à son contact, lequel tardait à lui fournir les instructions attendues. Elle devait réfléchir à cette issue, au départ de la fillette. *Demain, j'y penserai demain.*

---

19 - Danse traditionnelle populaire française.
20 - Danse bretonne collective en rond ou en chaine.

— 38 —

Un soubresaut de noyé sortit Giordano de sa torpeur. Gagner l'Eden éternel, Salvatore ne pouvait s'y résoudre. Abandonner sa famille s'avérait une blessure supérieure à celles portées à son corps meurtri. Fut-il provisoire, pour lui le paradis se situait ici-bas, auprès des siens. De ce constat lucide, toutes ses forces se mobilisèrent sur l'objectif : saisir ce fil fragile le reliant à la vie et emprunter ce chemin de traverse qu'il espérait voie de guérison. Un jour après l'autre, il suivait cette mince ligne qui s'élargissait lentement pour lui laisser entrevoir les visages aimés penchés sur lui. Leur expression se voulait optimiste et joyeuse, mais ne le trompait pas sur la nature de la distance restant à parcourir vers la guérison. Soudain, il ouvrit les yeux et son regard se posa sur celle qui l'accompagnait depuis si longtemps dans les bons et les mauvais jours : Flavia s'efforçait de sourire en dépit des larmes ruisselant à son insu sur ses joues avant de lui embrasser la main. De l'autre côté, un grand gars attendait qu'il le voie enfin :

— Salut P'pa ! Bienvenue parmi nous !

Cette voix, ces quelques mots d'où sourdait un soulagement heureux déclenchèrent une avalanche de souvenirs de violence, d'incompréhension, de peur colonisant tout ce corps renouant doucement à la vie.

— Raffaëllo, mon grand ! souffla Giordano. Tu es vivant, nous sommes toujours là, tous les deux ! Comment vas-tu mon fils ? Je nous ai crus morts.

— Tout va bien, beaucoup mieux, l'interrompit Flavia. Tu dois rester calme, mio caro([21]). Nous aurons tout le temps pour reparler de cet… « accident ».

— Non, Maman ! protesta Raffaëllo. Papa se rétablira mieux si tu utilises le véritable mot : agression, c'est bien de cela dont il s'agit. Je suis sûr que cette idée ne fera qu'accroître sa détermination. Hein P'pa ? En plus, nous faisons chambre commune, tous les deux. On va pouvoir échanger, réveiller nos mémoires pour retracer les événements. Se soutenir mutuellement.

Comme à regret, les traits tirés par trop d'heures d'angoisse, le corps légèrement courbé vers l'avant, Flavia retira sa main de celle de son époux et se leva :

— Je vais chercher Chiara. Ma mère attend dans le couloir en raison du nombre de visiteurs limité à deux. Et le personnel ne plaisante pas, ajouta-t-elle d'un ton qu'elle voulait léger.

— À présent, j'aimerais avoir toute ma famille autour de moi. C'est ainsi que je guérirai le mieux pour entrer chez nous, mais avant, je veux qu'on m'explique ce qu'il s'est passé pendant mon… euh, mon absence.

---

21 - Mon chéri.

Flavia sortie, Raffaëllo hésitait, sélectionnant les événements survenus par ordre d'importance, écartant provisoirement ceux susceptibles d'altérer le moral du blessé, puis renonçant. Compagnon de souffrance et de terreur rétrospective, il se refusait à cacher le moindre détail à son père qui avait partagé avec lui l'épouvantable guet-apens. Salvatore avait décidé de revenir à la vie, il méritait la vérité, si dure soit-elle. Suspendu, le temps ne compta plus entre les deux hommes si proches, plus solidaires encore que père et fils.

Lorsqu'il apprit que Vittoria restait introuvable, Salvatore tenta de se lever, pour rejoindre son Ornella chérie, pour la serrer dans ses bras, pour la rassurer, pour lui dire que son père allait la rechercher, qu'il la ramènerait. Ses forces nouvelles, encore modestes, ne l'y autorisèrent pas et il dut se contenter de téléphoner à celle qui était toujours son « trésor ».

— 39 —

Au volant de son véhicule et dans un état second, Denis Lambert luttait contre la vague de fatigue l'envahissant peu à peu, sournoisement. Il avait parcouru quasiment d'une traite la distance depuis Clairac et abordait la ville de Vannes endormie dans l'ombre de ses remparts à cette heure tardive. *Il fait nuit, je ne gagnerai rien à tâtonner jusqu'à Auray que je ne connais pas. Mieux vaut attendre quelques heures et en profiter pour me reposer un peu. Ainsi j'aurai les idées plus claires,* réalisa-t-il à contrecœur. En quête d'un bar d'où il pourrait appeler Ornella, Denis fit halte au cœur de la ville, sur le port où une bande de jeunes fêtait quelque anniversaire ou réussite estudiantine ou professionnelle. Au comptoir, Denis composa le numéro et laissa sonner le téléphone. En vain. Puis il rappela sans que la voix espérée ne réponde. Où pouvait se trouver Ornella ? Déçu, inquiet, il gagna un fauteuil en terrasse. L'éclairage public lui dévoila La

Rabine[22] assoupie, bercée par le cliquetis des drisses des bateaux au moindre souffle d'Éole.

En passionné de technologie, il ne résista pas et se dirigea à nouveau vers le comptoir afin de questionner le patron du café qui le renseigna volontiers à cette heure où les clients se faisaient plus rares.

— Vous n'êtes pas d'ici vous ! en conclut l'homme, torchon sur l'épaule et accent du pays vannetais aux lèvres. Pourtant, avec votre peau claire et vos cheveux blonds, vous pourriez.

— Exact ! Je viens du Sud-Ouest.

— C'est loin ! Je ne vois pas trop où c'est.

— En dessous de Bordeaux, vers Agen, se força à répondre Denis. Racontez-moi à quoi sert un bassin à flots.

Surpris, l'homme l'observa : tout le monde savait cela.

— Gast[23] ! Un bassin à flot, c'est un bassin fermé par une écluse ! Lorsque le port est soumis aux marées. Ça maintient un tirant d'eau minimal indispensable au franchissement de la porte-écluse et ça permet aux bateaux de ne pas se cogner pendant la haute mer ni de s'échouer à basse mer. Allez, Yec'hed mat[24] ! ajouta-t-il en servant un verre à ce voyageur aux abords réservés et plutôt sympathique pour un non breton.

Au moment de regagner sa voiture, Denis Lambert se surprit à rêver la découverte de la ville au bras de celle qu'il aimait en secret et qui l'accepterait enfin. Ensemble, ils observeraient ce port de la Rabine, destiné à la fois à la navigation de commerce, à celle de la plaisance et au transport des passagers vers les îles du golfe du Morbihan. Tous

22 - Mot d'origine bretonne signifiant « allée plantée d'arbres ».
23 - Juron breton utilisé pour exprimer la surprise.
24 - Se prononce « yermat » et s'utilise quand on trinque ; c'est le « tchin-tchin » breton.

les deux, et même avec leurs enfants respectifs, ils franchiraient la porte Saint-Vincent ouvrant sur la vieille ville pour y découvrir les musées et y déguster quelques galettes de blé noir. Lambert se secoua, comme pour se débarrasser d'un mirage incongru.

— J'aimerais tellement retrouver Vittoria et réveiller la joie de vivre perdue de sa maman, murmura-t-il en lissant sa barbe de quelques jours aux reflets roux. Elle pourrait enfin regarder vers l'avenir.

Involontairement, il avait éludé dans ses rêveries la disparition tragique de Sofiane, laissant derrière lui veuve et orphelins. À cette évocation et de cette omission révélatrice surgirent quelques secondes de honte coupable avant que Lambert retrouve sourire et détermination. De cette épouvantable tragédie, il ne portait aucune responsabilité si ce n'était celle, actuelle, de venir en aide à la jeune femme. Et, en dépit des événements dramatiques survenus au sein de la famille Giordano, il ne pouvait ignorer l'opportunité de prouver son affection, amicale à minima, à Ornella et l'obliger à la considérer. Pour qu'elle porte sur lui un regard différent. Peut-être.

— Je ferme dans dix minutes, monsieur. Vous savez où passer la nuit ? demanda le patron du café. Si vous le souhaitez, je peux vous conseiller un petit hôtel. Pas tout le confort moderne, mais vous y serez bien.

Denis regagna sa voiture toute proche afin d'y retirer bagages et lampe de poche puis revint sur ses pas et s'engagea dans le quartier historique. En d'autres circonstances, les rues moyenâgeuses et leurs maisons à pans de bois l'auraient passionné. Dans le halo électrique, émergeant de l'angle d'une maison à colombages et côte à côte, les deux bustes sculptés de Vannes et sa femme semblèrent l'encourager à progresser. Leurs visages réjouis, leur expression heureuse paraissaient lui dire de persévérer dans sa voie, d'espérer en l'amour.

Cauchemars persistants et réveils réitérés peuplèrent la courte nuit de Denis où incertitude et doute rivalisaient avec détermination et espérance. Lorsqu'il se leva, le visage d'Ornella lui apparut comme le premier jour où il l'avait rencontrée. Jeune fille ambitieuse et passionnée.

Je vais te montrer le chemin d'un nouveau bonheur, te permettre de retrouver la combativité qui te caractérisait, je te le promets. Au prix d'un rejet de ta part, si nécessaire, pensait-il en enfilant un jean et un tee-shirt qui auraient surpris les ouvriers de la manufacture tant il leur ressemblait alors.

À des centaines de kilomètres du pays breton, Ornella avait fini par céder à cette petite voix insistante qu'elle ne pouvait identifier, mais qu'elle devinait bienveillante. Était-ce celle de sa conscience ? Ou celle de quelqu'un qui la connaissait si personnellement, qui voulait l'aider ? L'entendre à nouveau avait arraché la jeune femme à cette torpeur annihilant la moindre de ses décisions, la plus petite envie. Ce murmure familier et pourtant irréaliste l'enjoignait à participer aux recherches de son enfant. *Réagis ! Reprends-toi et retrouve ta fille !*

Ainsi, Ornella émergea d'une nuit sombre aux fonds trop séducteurs dont elle savait ne plus pouvoir remonter si elle cédait à la tentation. Penaude d'avoir fermé les yeux sur l'action au profit de cet espace sans âme au temps suspendu où elle s'était réfugiée, elle se dirigea d'un pas lent vers la salle de bains. Dans le miroir, elle rencontra une femme inconnue, sans âge, ébouriffée et maigre dont le regard terne l'affola.

— Non ! Tu ne peux plus te laisser aller ainsi ! À quoi sers-tu, toi la mère de l'enfant disparu ? lança-t-elle d'une voix ferme à son reflet. Cesse de te lamenter sur ton sort et pense à Vittoria. Tu n'as pas fait grand-chose pour elle, jusqu'à présent. Alors, bouge ! L'impossible t'attend. Depuis quand cela t'impressionne-t-il ?

Sans plus s'interroger sur l'origine de ce triste, mais réel constat, elle se doucha à l'eau froide. Longtemps. Pour faire réagir ce corps engourdi et cet esprit endormi par le chagrin, pour activer son retour dans le présent. Comme pour se débarrasser de cette glue entravant mouvements et pensées depuis des jours. Cette fois, elle ne s'interrogea pas sur l'origine de ses réflexions. Inutile puisqu'elle confirmait.

La jupe fleurie, si fréquemment portée lors de ses activités directoriales à la S.E.I.T.A. et qu'elle venait d'enfiler, glissa le long de ses jambes pour former un petit tas de chiffon sur ses chevilles, conséquence d'une trop faible alimentation. Agacée, Ornella opta pour une robe droite, mais s'en débarrassa aussitôt : les couleurs sombres l'effrayaient. Un survêtement confortable sembla plus adapté à son état d'esprit et à ses projets naissants. Son corps, longtemps ignoré, accepta la douceur et le confort du molleton même s'il s'agissait du dernier cadeau de son défunt mari, au lendemain d'une discussion animée sur ses perpétuelles visites au camp de Bias. Un timide sourire illumina le visage attendri de la jeune femme, vite remplacé par un sentiment coupable :

— Peut-être aurais-je dû me montrer moins exigeante envers toi, Sofiane. Après avoir perdu ta famille et ton Algérie natale, tu souffrais d'avoir abandonné tes frères de violence et d'exil dans ce maudit camp ignoré des autorités de l'État français. Qui suis-je pour juger, moi qui vivais dans le confort et la sécurité ?

Alors qu'un sentiment de culpabilité aurait dû la submerger, la veuve Slimani ressentit un bien-être inattendu et un sourire timide entrouvrit ses lèvres et son cœur. Une force croissante l'habitait peu à peu. L'encouragement susurré par la voix d'un garçon qui n'avait pas eu le temps de devenir un homme la portait. Du moins, l'analysait-elle ainsi.

La brosse vint à bout des nœuds tapis dans la chevelure si souvent coiffée par Salvatore lorsqu'elle était encore une enfant. L'évocation de ces souvenirs, l'annonce par Michèle du rétablissement de son frère et de son père et de leur proche retour à la maison dynamisaient Ornella d'une force aussi nouvelle qu'improbable. Sa coiffure domptée par une sage et pratique queue de cheval, elle mit un terme à sa toilette et sortit. Après une courte hésitation, elle se dirigea vers le bâtiment annexe où logeait provisoirement Denis Lambert. La jeune femme le savait absent, mais ressentait le besoin de se trouver quelques instants dans son environnement personnel, comme pour y glaner des forces supplémentaires. La chambre était rangée, le lit fait, ce qui ne surprit pas Ornella, la renvoyant à ce bureau de la Manufacture toujours soigneusement ordonné lorsque, jeune fille, elle lui rendait visite. Sur rendez-vous, convocation ou selon son libre arbitre. À cet instant, sur la petite table servant de bureau à Lambert, une feuille de papier sur laquelle dormait un stylo attira son attention. Elle lut :

« Gendarmerie pense V en Bretagne. Morbihan. Saint-Goustan, près Auray. Ne pas intervenir. Laisser agir gendarmerie locale ».

Voilà pourquoi Denis est parti si précipitamment. Il ne m'a rien dit. Peut-être craignait-il de me voir espérer... en vain, comprit-elle, s'emparant du document qu'elle enfouit dans sa poche.

Le cœur battant à tout rompre, la jeune femme rejoignit son fils jouant aux cartes avec Michèle. Lorsque cette dernière l'aperçut, elle sourit et se leva pour céder sa place à la maman.

— Bien, je vous laisse tous les deux. Je repasserai vers dix-neuf heures pour les nouvelles de Marseille.

— Merci de t'occuper de Jean, Michèle. Désolée de ne pas te l'avoir dit plus tôt. Sans toi, en l'absence de Flavia et de Chiara, je ne sais comment nous nous serions débrouillés.

— Pas de problème ! Jean et moi, nous nous sommes soutenus.

— C'est vrai, confirma le garçon. Mais, je préfère quand... tu es là, Maman.

Le jeune adolescent se retint d'évoquer les errances psychologiques de sa mère, la mort de celui qui était devenu son père et la disparition de sa petite sœur. Cela faisait trop, pour lui, pour elle. Il taisait son jeune cœur déchiré, déjà malmené par les épouvantables événements survenus dans sa petite enfance. Entre eux, les mots étaient superflus, les regards suffisaient. Ils savaient. Ils souffraient de maux identiques.

Le lendemain, Ornella prit sa décision. *Puisque Papa et Raffaëllo rentrent demain avec Maman et Mamie, je vais partir. Avant leur retour, sinon ils feront l'impossible pour me retenir. Et je dois y aller. C'est mon rôle de mère et c'est moi qui décide.*

Toute à son bonheur de bientôt retrouver son amoureux, Michèle ne chercha pas à comprendre les motivations de sa belle-sœur au demeurant avare d'informations. Elle respectait trop sa douleur et se réjouissait de ce nouveau gain d'énergie.

— Ne t'inquiète pas, Ornella, je vais rester auprès de Jean. As-tu remarqué qu'il se débrouille de mieux en mieux ? Il devient autonome et… il semble moins triste, précisa-t-elle embarrassée. Que dois-je dire à tes parents lorsqu'ils appelleront ?

— Que je me suis absentée pour prendre l'air. Et que je les joindrai au téléphone, demain soir, à la maison. C'est tout !

Mère et fils s'étreignirent longuement, échangèrent de mutuelles promesses de prudence, s'assurèrent de leur amour respectif. Sans préciser la nature du voyage d'Ornella : il savait. Elle savait qu'il avait deviné et qu'il approuvait.

Dans un dernier signe de la main, Ornella lança sa voiture sur la route, une carte routière posée près d'elle, sur le siège passager. Elle se sentait mieux, bien mieux dans l'action.

— 40 —

Depuis l'agression de Salvatore et de Raffaëllo, Paul, qui se préparait déjà à son voyage sans retour, s'informait quotidiennement de leurs progrès de guérison et du moment où il pourrait les voir, leur parler, leur transmettre les informations qui pourraient aider à retrouver Vittoria. Peut-être. Assailli par cette affection lui refusant le moindre répit, le corps usé de Paul luttait. Pour combien de temps encore ? De toutes ses faibles forces, il s'acharnait à affronter les fatales sirènes le guettant pour l'inviter dans le trépas. En enfer. Sûrement.

À l'annonce de l'arrivée des blessés à la ferme de Salvatore et de Flavia, Paul crut que son cœur donnait son dernier battement. Puis il se résigna à attendre leur visite.

Lorsque les douleurs de Salvatore s'amenuisèrent, ce dernier demanda à Raffaëllo de l'accompagner au chevet du malade, le réclamant depuis des jours.

La fatigue extrême clouant Paul sur sa couche impressionna les deux hommes. Il était devenu l'ombre de lui-même. Aux phases paisibles succédaient des accès de folie que seuls de puissants calmants savaient provisoirement enrayer. Une toux persistante secouait son corps dont la maigreur révélait, sous son pyjama devenu trop grand, une ossature fragile et saillante. Parsemant son épiderme, de larges taches rouges provoquaient des démangeaisons intenses et frénétiques. Pourtant les préoccupations de Paul semblaient bien loin de ses déboires physiques. D'une voix faible, il souffla ce qui ressemblait à une confession, leur révélant des détails insoupçonnés sur la personnalité de Carlo et ses activités illégales, provoquant la honte dans le cœur et les pensées de son père. Sans pour autant le surprendre, Salvatore l'admit. Silencieux, une énième fois, il chercha les erreurs commises dans l'éducation de ce garçon dont la naissance l'avait pourtant rendu si fier : le premier petit Giordano !

Carlo était le ver dans le fruit de notre famille. La mort aurait dû le choisir et épargner notre innocent Andréa.

Puis Paul renouvela ses regrets à ce grand cousin devenu presque son père à la mort du sien. Celui qui, déterminé, l'aimait au point de supporter ses ruades provocatrices et ses révoltes répétées. Celui qui voulait respecter la promesse faite à Giani, son cousin, son frère d'armes et de cultures, son ami au-delà de la vie.

— Pardonne-moi, Salvatore ! Si je t'avais écouté, si je m'étais plié à cette discipline qui m'a tant fait défaut dans mon existence, je ne me serais pas éloigné de la loi, je n'aurais pas pris ces directions dangereuses et coupables confondues avec mon idée de liberté, d'impunité. Je fuyais les contraintes et me voilà contraint par cette maladie patientant le moment où elle pourra m'emporter. Je la sens, tapie, impatiente : elle va gagner.

À bout d'arguments, Salvatore se contenta de rester honnête, se refusant à le rassurer, à l'encourager à rester parmi eux : tous deux connaissaient l'inéluctable issue.

— Les regrets sont inutiles, Paul. Tu n'es pas seul, tu ne l'as jamais été. Depuis la mort de ton père, je vous ai toujours considérés comme mes enfants, Victor et toi. Et ce malgré tous tes excès, mon garçon. Tu as choisi ta route, ce n'était pas la bonne et personne n'a réussi à t'en empêcher.

— Je t'ai donné… beaucoup de mal… et j'ai dû tellement te décevoir. Heureusement, mon petit frère… n'a pas suivi ma voix d'errance, insista le malade que la conversation épuisait.

— Victor est courageux, ne put retenir Salvatore. Et il a une femme et des enfants qui sont tes neveux, ne l'oublie pas.

— Je n'aurai pas le temps… de faire leur… connaissance et, eux, ne perdront… rien en l'absence de cet oncle infréquentable.

Oppressé par l'émotion, incapable de prendre une parole qui ne réussirait pas à franchir ses lèvres, Raffaëllo saisit la main de Paul, comme pour lui transmettre cette énergie lui faisant défaut. Le regard plongé dans celui de son cousin, il se remémora leurs anniversaires, leurs jeux d'enfants, ces journées à courir les champs, leurs parties de cache-cache entre les rangs de ce tabac honni par le mourant.

Des yeux noyés, les larmes de Paul s'échappaient pour suivre sur ses joues creuses ce sillon particulier des personnes allongées qui ne se relèveraient plus.

— Mes idées sont trop… troublées. Posez-moi toutes les questions qui vous viendront, je… j'essaierai d'y répondre le plus honnêtement possible, haleta-t-il.

Les « confessions » parvenues à leur terme, Paul émit le souhait de parler à Michèle. En privé. Maintenant.

— 41 —

Vittoria n'était encore qu'une fillette dont les pleurs avaient agacé la jeune femme lorsqu'elle l'avait entraînée par la main jusqu'au véhicule. Sitôt allongée à l'arrière sur le sommaire matelas, épuisée, l'enfant s'était endormie. Soleil se retourna pour observer le visage poupin, la longue chevelure brune étalée sur le coussin et cet alanguissement général, témoin d'un sommeil enfin acquis.

Au volant de son van gris, Soleil éprouvait une singulière sensation. Pour la première fois de sa vie, elle se sentait responsable d'un être autre que sa propre personne et cette impression la fascinait autant qu'elle la dérangeait. Entre elle et Vittoria se tissait un lien à la fois inconnu et contraignant, un lien qu'elle devrait rompre. Bientôt. L'innocence de la petite fille et ses besoins l'émouvaient, éveillant en elle des sentiments neufs et inexpérimentés. Mais s'en occuper équivalait aussi, elle venait de le constater, à des sacrifices tels que de renoncer aux Fest-Noz et autres concerts du festival Inter Celtique de Lorient qu'elle s'était fait une joie opportune de découvrir. À l'évidence, Soleil devait s'en accommoder. Pour un temps. Pour combien de temps ? Elle ne le savait pas.

Vivi est encore petite. Je dois me montrer plus patiente avec elle, trouver des occupations qui lui feront plaisir et qui lui permettront d'oublier ce type complètement dingue qu'elle appelle oncle Charles et qui la brutalisait. Elle sera mieux avec moi. Pour une durée que je ne connais pas, que je ne décide pas. En tout cas, ne pas trop m'attacher.

Se remémorant sa rencontre quasi programmée avec la fillette, Soleil haussa les épaules et quitta le quartier du Moustoir où se déroulait la finale du championnat des Bagadoù.

— Je vais rater la grande nuit des cornemuses interceltiques, grommela-t-elle en se dirigeant vers le port et le Palais des Congrès, espérant apercevoir Gilles Servat qui devait se produire en soirée.

Tel un automate, indécise quant à ses propres souhaits, elle traversa la cité lorientaise à la fièvre heureuse et communicative, résonnant des ballades des groupes musicaux. Toute à ses pensées teintées de regrets, elle parcourut les larges avenues à l'alignement quasi géométrique des immeubles et des carrefours reconstruits après la Seconde Guerre mondiale. La cité portuaire avait ployé sous les bombardements alliés de 1943 soucieux de détruire la base de sous-marins édifiée par les Allemands et de libérer la poche de Lorient.

De l'église Saint-Louis s'échappaient les voix des chorales galiciennes et cornouaillaises, suivies de celles des ensembles manxois([25]) et gallois([26]), accompagnées d'orgue, de bombardes parmi lesquels pleurait une harpe celtique.

Enfin résolue à renoncer à cette communion musicale, Soleil prit la direction de Lanester, traversant le pont Saint-Christophe et laissant derrière elle fêtes et réjouissances au profit de cette enfant assoupie dont elle connaissait si peu. Une fois parvenue hors de la ville et de ses échos, la jeune femme avisa un endroit discret et silencieux, se gara à l'abri des arbres et fit sortir Tabac réclamant à se soulager avant de rejoindre Vittoria sur la couche occupant l'arrière du véhicule.

À travers les rideaux aux fleurs d'oranger délavées, de timides auréoles annonçaient une aube prochaine lorsque les pleurs de Vittoria tirèrent Soleil de ce profond sommeil accentué par l'utilisation de ce joint vespéral dont elle ne pouvait plus se passer : celui destiné à la relaxer, à repousser les questions dont elle ne possédait pas les réponses.

— Maman ! Je suis là ! Viens me chercher ! se mit à hurler la fillette se débattant contre un invisible ennemi auquel Soleil s'identifia.

Interdite face à ce constat, la jeune femme ne savait quelle attitude adopter afin de calmer l'angoisse de l'enfant. Elle ne possédait pas cet altruisme naturel dont faisaient preuve les femmes de sa connaissance chargées de bambins et heureuses de l'être. Lorsqu'elle tenta de prendre Vittoria dans ses bras, ainsi qu'elle l'avait vu faire, la petite se rebiffa :

---

25 - De l'île de Man, territoire autonome situé en mer d'Irlande.

26 -Du pays de Galles. Ce dernier fait partie du Royaume-Uni et se situe entre l'Angleterre et la mer d'Irlande.

— Laisse-moi tranquille ! Tu n'es pas ma mère ! hurla-t-elle, étreignant son chiot qui léchait ses larmes. Je veux retourner dans ma maison et retrouver mon papy Salvatore et ma mamie Flavia qui doivent me chercher ! Et Jean, mon frère, doit s'inquiéter ! Peut-être même qu'ils vont me gronder d'être partie avec Charles. Mais je ne savais pas qu'il n'était pas gentil. Est-ce que tu es méchante, toi aussi ?

Suivit un flot d'intarissables larmes traçant sur le visage sale de l'enfant des ruisseaux de désespoir. Parcouru de sanglots, le jeune corps se recroquevilla sur lui-même comme pour se protéger de ce présent improbable survenu dans sa courte vie. Le petit cœur saturait de ces événements imposés qu'elle ne parvenait pas à comprendre, auxquels elle ne pouvait plus s'adapter. La réalité lui échappait au profit de cette brutale et interminable privation de ses bases familiales.

Bouleversée, Soleil posa une main prudente sur celle de la fillette qui, cette fois, ne la repoussa pas. *Je dois trouver le moyen de la distraire, rapidement,* répéta-t-elle. *Et… peut-être la ramener à ses parents. Mais je n'ai aucune idée du lieu où ils vivent. Comment faire, si ce n'est contacter la gendarmerie ? Et moi, les flics, moins je les vois mieux je me porte. D'autant qu'on m'accusera de l'avoir enlevée alors que je la protège. De toute façon, je n'ai pas reçu l'autorisation. Il me faut attendre.*

— Écoute-moi, ma Vivi ! Il va faire très beau aujourd'hui et je connais une très belle plage où il y a de grosses vagues. Que dirais-tu d'aller te baigner ? On s'amusera bien et on pourra même pique-niquer sur le sable.

Cette perspective parvint à détourner l'attention de Vittoria, à calmer puis à tarir ses pleurs au profit de cette curiosité enfantine gommant en quelques secondes les préoccupations majeures.

— Et on pourra aller pêcher des crevettes ? J'adore les manger. Je sais comment les dépiauter.

— Si tu veux. Il faudra attendre que la mer se retire et on pourra aussi chercher de petits crabes et des bigorneaux dans les trous d'eau.

En quelques secondes, la joie et l'impatience avaient gommé le chagrin sur le petit visage. Au moins temporairement, espéra la jeune femme, l'observant avec tendresse. La tignasse emmêlée de l'enfant commençait à ressembler à celle de Soleil, ravie de cette forme d'assimilation. Pourtant, l'odeur de sueur dégagée par la fillette lui rappela la nécessité de quelques mesures d'hygiène. Après une toilette sommaire effectuée à l'aide d'une eau à l'odeur douteuse stockée dans un bidon en plastique, Soleil tenta de coiffer la fillette qui renâcla au premier essai de démêlage :

— Aïe ! Arrête, Soleil ! Tu ne sais pas bien faire !

— Bien sûr que si ! Regarde ! Mes cheveux sont encore plus longs que les tiens, assura Soleil brossant énergiquement ses propres mèches aux reflets dorés.

Sans un mot, afin de marquer sa désapprobation et pour éviter ce coiffage intempestif, la fillette se glissa sur le siège passager. Soudainement impatiente, elle attendait un départ lui offrant un paysage inconnu, la conduisant vers ce littoral idéal aux yeux de Soleil.

— Nous allons nager dans l'océan, plonger, nous amuser et nous sécher au soleil. Sans oublier de pêcher et ce soir nous dormirons dans un camping. Je parie que tu ne connais pas. Et là, nous pourrons prendre une douche et nettoyer nos vêtements. Les tiens en ont vraiment besoin.

— Oncle Charles ne les lavait jamais, il m'en achetait de nouveaux et me laissait choisir. Parfois il était quand même gentil, souffla Vittoria pensive. Dis, tu sais pourquoi tout d'un coup il est devenu méchant avec moi et avec Tabac ? À cause de lui, mon Tabac s'est enfui dans la forêt. Heureusement qu'on l'a retrouvé. Je suis un peu comme sa maman.

— Je suis désolée, ma Vivi. Certains adultes sont méchants sans que l'on comprenne pourquoi. Ne t'inquiète pas, je suis là. Et, nous allons bien nous occuper de Tabac, ajouta-t-elle alors qu'une petite voix lui soufflait : *ramène Vittoria à ses parents. Pense à leur inquiétude. Il te suffirait de la déposer devant un poste de police et de filer...*

Mais c'était impossible...

— 42 —

Malgré ses efforts, Denis Lambert ne parvenait pas à retrouver la trace de Vittoria qui, pour lui, s'évanouissait sur le port de Saint-Goustan à Auray. Soucieux, en quête du moindre élément susceptible de lui indiquer une piste, si menue soit-elle, il longea le quai Benjamin Franklin. Soudain, devant le numéro 8, une plaque commémorative attira son attention. Le mémorial en granit témoignait de l'escale du physicien et ingénieur dans l'ancien port de pêche et de commerce de Saint-Goustan, en l'année 1776. Des vents contraires ayant empêché son navire de remonter jusqu'à la place Saint-Sauveur, le « Reprisal » avait dû jeter l'ancre dans la baie de Quiberon. Un voilier, plus léger et de tirant plus modeste l'avait déposé dans le petit port alréen afin de lui permettre de continuer, par la terre, son voyage diplomatique vers Versailles. Là, il devait convaincre la France de soutenir les Américains dans leur guerre d'indépendance contre la Grande-Bretagne. En d'autres circonstances, féru d'Histoire, Lambert se serait passionné par cette découverte et aurait approfondi la nature de la mission de Franklin, mais d'autres préoccupations habitaient son cœur et son esprit. Plus actuelles et si proches : *Oserais-je rentrer à Clairac sans avoir au moins récolté quelques nouvelles ?* Découragé, il releva la tête et observa les premières maisons de la ville haute.

Assailli par une multitude de pensées où s'entremêlaient hypothèses et espérances, Denis Lambert hésita sur la direction à suivre. Puis, tel un promeneur insouciant, il se décida à emprunter les « rampes du Loch », ce cheminement aménagé sur les ruines de l'ancien château et qui reliait Saint-Goustan au cœur d'Auray. Alors qu'il progressait vers le sommet de ce promontoire, en contre-bas, une silhouette au pas pressé longeait la rue pavée du Petit Port dont les façades de pierre et les maisons colorées à colombages auraient apprécié plus d'intérêt de la part de cette femme visiblement préoccupée par des soucis plus contemporains.

Consultant son plan, elle emprunta une ruelle transversale qui la conduisit, à son tour, sur le quai Benjamin Franklin. Ignorant la présence proche de Denis Lambert, elle arpentait à son tour les bords du Loch pour ce qui tenait plus d'une prospection que d'une promenade. Sans crier gare, se ralluma dans son esprit cette détresse un temps refoulée : une incertitude accentuée d'angoisse reprit possession du cœur, du corps tout entier d'Ornella.

Un vertige l'obligea à s'asseoir sur l'une des « bouches de pierre », ces bittes d'amarrage indispensables pour encorder et sécuriser les bateaux le long du quai.

Denis a-t-il eu plus de chances que moi ? murmura-t-elle. A-t-il découvert quelque information, même infime sur le lieu où pourrait se trouver Vittoria ? Où est-il maintenant ? Et pourquoi ne m'a-t-il pas prévenue de ses projets ? Je dois appeler les parents, peut-être leur a-t-il confié le résultat de ses recherches. Je donnerai ma vie pour retrouver ma petite fille.

À cet instant, la voix devenue familière souffla : *non, ne pense pas cela, vivre est trop précieux. Ne t'inquiète pas, je veille sur Vittoria.* Dans un sursaut, elle se retourna, pourtant persuadée ne trouver personne dans son dos. Elle sourit tant ces étranges messages la réconfortaient. Fruits de son imagination ? Encouragements venus de quelque part, de l'au-delà ? L'heure n'était pas à l'introspection. La jeune femme se ressaisit et, se levant, opéra un demi-tour pour se diriger vers le vieux pont. De là, elle emprunterait la rue du château qui la conduirait jusqu'au centre-ville. Bondées en ce mois d'août, les terrasses des cafés et des restaurants semblaient tenir compagnie aux bateaux de plaisance amarrés, donnant à ce site historique une surprenante et élégante touche de modernité.

Se faire confirmer le passage en Morbihan et dans cette petite cité médiévale d'une femme accompagnée d'une fillette qu'elle surveillait si mal lui semblait primordial afin d'orienter ses explorations. Plus combative dans l'action, l'ancienne Ornella s'était enfin réveillée, pour lutter, pour gagner. Et le lot demeurait sa précieuse Vittoria dont elle était privée depuis des semaines et qu'elle retrouverait. Ou, du moins, dont elle découvrirait le destin.

Baignée de soleil, la place Saint-Sauveur se dévoila à son regard aiguisé guettant le moindre indice. Proche du pont, une providentielle table libre attira l'attention de l'enquêtrice qui s'abandonna bientôt dans le fauteuil accolé dont le confort la surprit. En d'autres circonstances, elle aurait apprécié la chaleur des rayons jouant à cache-cache avec quelques nuages au gré du vent, mais cette sensation de sérénité lui restait interdite. Des lunettes noires masquant son regard perdu, elle ferma les yeux pour réfléchir, pour interdire aux larmes de passer ses paupières et le sommeil la gagna.

— Bonjour Madame ! Que désirez-vous ? Madame ?

— …

— Hum ! Est-ce que tout va bien ? insista la serveuse dont la main légère se posa sur son épaule.

Arrachée à ce repos inopiné, pourtant dépourvu du moindre somnifère, Ornella fut tentée de lui répondre : *seriez-vous sereine si on vous avait volé votre enfant ?* Mais elle renonça aussitôt : la jeune fille devait recevoir son content de réflexions désagréables avec certains estivants. Un café suivi d'un grand verre d'eau lui rendit cette combativité nouvelle dont elle était restée si longtemps dépourvue. Affichant un sourire rassurant, la veuve Slimani demanda :

— Auriez-vous entendu parler d'une petite fille qui serait tombée sur le quai, récemment ? lança-t-elle, ôtant ses lunettes.

Surprise par la question et plus habituée à des interrogations touristiques, la jeune employée hésita à répondre jusqu'à ce que le regard d'Ornella l'y encourage sans qu'elle en comprenne la raison.

— Oui, je me souviens très bien : j'étais de service à ce moment ! Une gamine d'environ six ans, les cheveux noirs en broussaille. Je l'ai entendue hurler, pauvre petite !

— Était-elle blessée ? Souffrait-elle ? demanda Ornella d'une voix blanche.

— Non, juste des égratignures au genou, mais je crois qu'elle craignait surtout de s'être perdue. Il faut voir comme certains parents surveillent leurs enfants ! Heureusement, une dame l'a aidée à se relever et s'est occupée de la rassurer. Elle l'a prise par la main et a demandé de table en table qui avait accompagné la fillette.

— Et alors ? ne put retenir Ornella.

— Une jeune femme, en terrasse, genre hippie, leur a fait signe sans même prendre la peine de se lever de sa chaise. La dame s'est assurée que l'enfant la connaissait bien en lui demandant son identité et le nom de la personne l'accompagnant.

Le cœur d'Ornella s'emballa et, le souffle court, elle se força à la patience :

— La femme avait un drôle de nom… attendez… Euh ! Soleil ! Oui, c'est ça ! Elle disait s'appeler Soleil. Bizarre, non ? D'ailleurs, je l'ai trouvée un peu étrange, un peu comme dans un autre monde comme ce van où elle disait vivre.

— Et l'enfant ? Comment s'appelait-elle ?

— C'était un joli prénom, peu commun, qui m'a fait penser à l'Italie. Quelque chose comme Angelica, ou Gloria… Ah, Victoria, je crois !

— Vittoria !

— Vous la connaissez ?

— Oui, il s'agit de ma fille. Je l'avais confiée quelques jours à Soleil, sa… baby-sitter et je viens les rejoindre.

— Eh bien si j'étais vous, j'en changerais. À mon avis, cette nana ne mérite pas votre confiance.

Éperdue par la teneur de cette information confirmant la présence toute récente de son enfant, Ornella paya précipitamment et traversa la place Saint-Sauveur pour franchir le vieux pont de pierre du XVe siècle aux quatre arches et pavés antiques. L'édifice enjambait gracieusement le Loc'h où quelques navires à voiles reposaient, confiants, insensibles au drame de la famille Giordano.

Lorsque, sur la droite, sonna le carillon de l'église Saint-Sauveur, Ornella interrompit sa course à la mince piste, à l'espoir renaissant. Haletante, elle hésita à se détourner afin de franchir le porche et de solliciter l'aide divine. Puis elle renonça, convaincue sans raison tangible qu'Auray l'attendait, lui réservait une surprise. Cédant à une intuition toute féminine, elle se jeta dans la rue du château.

— 43 —

Insensible aux drames humains, le mois d'août s'achevait, dispensant chaleur et averses sur le moignon des tiges de tabac récoltées. Un vent tiède asséchait, brûlait cultures, hommes et bêtes. Jour après jour, les forces de Salvatore reprenaient progressivement possession de son corps. En dépit d'une fonte considérable de ses muscles, conséquence de son agression suivie de son hospitalisation. Pourtant, sans l'exprimer, le patriarche de la tribu Giordano craignait manquer de cette résistance qui le caractérisait auparavant. Il n'y avait pas si longtemps. Avant le retour de Carlo, ce fils maudit qui avait détruit une partie de sa famille. Un soupir d'amertume envers ce bonheur perdu lui fit monter des larmes qu'il ne chercha pas à retenir. Seul parmi les rangs coupés de Paraguay([27]) dont il ne subsistait que la base, il occupait ses mains, cédant à ces envahissantes pensées qui affluaient de jour comme de nuit depuis qu'il avait

27 - Tabac brun.

repris connaissance sur son lit d'hôpital. *Pourquoi nous a-t-on agressés, Raffaëllo et moi ? Qui est le coupable puisque Carlo est mort ? Dans quel but ?* Revenait encore et toujours la question essentielle : *où se trouve notre chère petite* Vittoria ? *Prend-on seulement soin d'elle ?*

Depuis son retour à Clairac, une nouvelle question s'imposait à Salvatore : qu'avait décidé Ornella pour filer sans attendre leur retour ? Vers quel danger courait-elle ?

— Me crois-tu suffisamment crédule pour adhérer à ton besoin de prendre du recul, toi mon trésor qui n'a jamais fui devant un problème, toi qui as toujours su t'opposer, toi qui résistes vaillamment face à l'adversité, marmonna-t-il. Certes, la disparition de Vittoria et le décès de Sofiane t'ont anéantie, mais j'ai confiance, tu te reprendras et tu continueras à aller de l'avant.

— À qui parles-tu P'pa ? Puis-je partager tes pensées ? Après tout, nous avons bien partagé le danger et notre chambre à La Timone, argumenta Raffaëllo, soucieux de voir son père si taciturne. Tu t'inquiètes pour ma sœur et pour ta petite-fille. Comme moi et comme Maman, ne l'oublie pas. Ensemble, vous avez surmonté bien des obstacles. Ensemble, nous sommes plus forts.

Les propos de Raffaëllo rappelèrent à Salvatore cette époque où l'absence de communication avec son épouse avait bien failli anéantir leur couple.

— Tu as raison, fils ! lança le père, empoignant son garçon pour le serrer dans ses bras et l'embrasser.

La mort n'avait pas voulu de lui et la vie lui proposait de ne plus se priver du moindre bonheur. Les deux hommes regagnèrent la maison où Flavia affrontait, seule, ses terreurs et ses angoisses. Seule pour la dernière fois, Salvatore y veillerait.

L'appel téléphonique quotidien les interrompit, mais aucun d'eux n'osait décrocher tant son contenu serait susceptible de les soulager ou de les précipiter dans un nouveau drame qu'ils n'étaient pas certains de pouvoir supporter. Surpris de cette sonnerie persistante et au prix d'efforts, Jean clopina jusqu'au combiné.

— Allo ? C'est Jean !

— Bonjour Jean ! lança une voix qu'il ne reconnut pas. Ici Denis. Denis Lambert ! Je suis en Bretagne !

— Je sais, Papy et Mamie m'ont expliqué.

— Comment vas-tu ? Salvatore et Raffaëllo sont donc rentrés chez vous ?

— Je vais bien. Papy et tonton évaluent les prix du tabac brun et parlent de la collecte. Mais, à mon avis, ils s'inquiètent aussi beaucoup pour ma petite sœur. Plus encore depuis le départ de Maman.

— Ornella n'est plus avec vous ?

— Non, elle est partie depuis hier et a promis de nous appeler ce soir. J'ai hâte de savoir où elle se trouve. Je vous passe mon grand-père, conclut rapidement l'adolescent, fidèle à son serment de ne rien dévoiler de l'objectif de sa mère.

Au terme de la conversation entre les deux hommes, Salvatore assura Denis de son appel immédiat à l'hôtel où il logeait dès qu'il recevrait des nouvelles d'Ornella. De son côté, Denis s'engagea à l'informer de ses avancées sur la piste de Vittoria.

À la ferme de Victor, la récolte de tabac débutait enfin. Ondulant sous un vent déjà chaud, les larges feuilles se déployaient en de multiples éventails. Comme résignées à une autre forme de vie, les tiges céderaient bientôt sous les lames affûtées et les gestes précis des tabaculteurs. Sur la vaste remorque attelée au tracteur, des amoncellements émeraude et délicats attendaient leur transfert vers le séchoir où officiaient Flavia et quelques femmes venues offrir leur aide. Salvatore et Raffaëllo surveillaient le travail des ouvriers achevant cette moisson tabacole prometteuse d'espoirs et de projets financiers.

Par ses demandes répétées et ses promesses de se ménager, Jean avait arraché à ses grands-parents l'autorisation d'assister à la mise à la pente, à défaut d'y participer. Mais, dès son entrée dans le séchoir, sa joie fut ternie par les souvenirs d'autres suspensions joyeuses en compagnie de Sofiane, son père après le premier. Salvatore et Raffaëllo surprirent son chagrin et respectèrent ce moment d'intimité indispensable pour regarder vers l'avenir.

L'arrivée inopinée de Chiara et de Cecilia, les bras chargés de plats odorants, rendit le sourire au garçon qui se démena pour montrer aux deux femmes ses progrès vers l'autonomie. Bientôt, il pourrait prêter main forte à sa famille. Comme un homme. Comme Salvatore, lui aussi privé d'efforts.

— Souhaitons que le beau temps se maintienne encore quelques jours, le temps d'achever la récolte, lança Victor au Père Luc qui, toujours avare de commentaires, opina.

Le jeune exploitant peinait à recruter des travailleurs ponctuels, en nombre insuffisant en cette période. Père Luc s'avérait plus efficace que Victor ne l'avait imaginé. Il déployait une force surprenante pour un homme supposé plus souvent dans la prière que dans l'effort physique. Ce dernier intégrait les consignes et les appliquait avec une adresse étonnante pour un débutant. Toutefois, la présence de Paul, alité et dont la santé s'amenuisait jour après jour, nécessitait l'assistance, à tour de rôle, des deux hommes. L'infirmière passant deux fois par jour depuis le retour du malade, n'avait pas encore demandé le règlement de ses honoraires. Trop occupé par ses activités, Victor ne s'en étonnait pas.

— 44 —

Pentue, la rue du château aux pavés irréguliers ralentissait la progression d'Ornella, lui coupant le souffle. Ses préoccupations toutes mobilisées sur son enquête éteignirent un intérêt légitime pour les vieilles pierres issues des ruines du château qui avait reçu, jusqu'en 1532, les ducs de Bretagne. Haletante, au bord du malaise, elle parvint sur la place de la République et s'accorda une pause. Fièrement dressé en son centre trônait un bâtiment chapeauté d'un carrousel. *Ce doit être la mairie, elle est magnifique,* pensait-elle au moment où elle l'aperçut. La silhouette semblait lasse et perdue, en quête d'une direction ignorée. Denis ? Est-ce vraiment lui ? douta Ornella peu accoutumée aux signes favorables du destin. Aux aguets, le cœur battant, la jeune femme observait l'individu, hésitant à se signaler tant elle craignait s'être trompée de personne.

Comme attiré par quelque pressentiment, l'homme traversait la place d'un pas pesant. Il venait à sa rencontre sans en prendre conscience, sans encore la voir. Ornella se ressaisit et, agitant les bras, s'écria :

— Denis ! Je suis là ! En face de vous !

Redressant la tête, incrédule, Lambert l'aperçut enfin. Un large sourire éclaira son visage aux traits marqués par la fatigue. Le même élan spontané les anima, les jeta dans les bras l'un de l'autre. Comme deux amis heureux de se retrouver ou comme un homme et une femme ? Aucun d'eux ne saurait le dire, n'osait le penser.

Pour se donner le temps de s'habituer à cette nouvelle et bien proche connivence, pour enfin satisfaire leurs estomacs presque ignorés ces derniers jours et qui les rappelaient à l'ordre, ils pénétrèrent dans une crêperie voisine.

Attablés face à face, encore surpris par leur bonne fortune, Ornella et Denis se regardaient, observant un silence d'apparence : dans leurs pensées, dans leur cœur la présence de l'autre occupait une place vacante, réservée, patiente. Trouver un sujet de conversation semblait inutile tant leurs regards parlaient pour eux. Cette parenthèse surprit la jeune femme, lui prouvant que la vie ne l'oubliait pas. Pendant quelques minutes, Ornella avait vaincu cette angoisse l'habitant depuis des semaines. Elle se sentait plus forte, près du but :

— Nous allons retrouver Vittoria, murmura-t-elle. Je le sais, je le sens à présent.

— Oui, très bientôt, répondit Denis. Nous avons repéré la trace de son passage. Elle ne peut plus être bien loin.

La dégustation de galettes de blé noir accompagnées de bolées de cidre leur apporta un plaisir insoupçonné, comme un retour dans un monde oublié, le monde des gens sans problèmes. Main dans la main, ils quittèrent le restaurant pour partager leurs espoirs, pour échanger leur courage, pour réaliser leur attachement.

Quelques heures plus tard, harassés par une longue et minutieuse exploration de la ville d'Auray, ils songèrent à regagner le port de Saint-Goustan et leurs véhicules afin d'élargir le périmètre de leurs recherches. Ensuite, ils décideraient de la direction, sans abandonner, sans cesser d'y croire. Dépassant la cathédrale Saint-Gildas, ils s'engagèrent dans la rue du lait menant vers la place de la république puis vers les rives du Loc'h.

— Il faut se rendre à l'évidence, Vittoria n'est plus ici. D'ailleurs, pourquoi y serait-elle encore ? soupira Ornella.

À l'instant où Denis s'apprêtait à lui répondre quelque encouragement auquel il croyait à peine, un choc sur ses jambes fit sursauter la jeune femme qui chancela. Son compagnon la rattrapa in extremis, lui évitant une chute. Le jeune chien continua sa course. Ornella et Denis l'accompagnèrent du regard. Soudain, une protestation s'éleva :

— Tabac ! Reviens tout de suite ! Tu vas te perdre et je serai trop triste !

Cette voix, cette façon de s'exprimer glaça le sang d'Ornella, au point qu'elle n'osa esquisser le moindre geste. Pas même tourner la tête tant elle craignait une déception trop difficile à surmonter. Réalisant son fil espoir, Lambert s'apprêtait à une consolation qu'il savait déjà stérile. Figée, la jeune femme écoutait, pour être sûre. Pour l'identifier. Pour ne pas se tromper. Denis saisit la main d'Ornella au moment où la jeune femme balayait du regard la partie de la place de la République se situant derrière Lambert. Lequel fit de même derrière elle.

— Elle est là, sur votre gauche, murmura Denis Lambert. Ne faites pas de gestes brusques. La femme qui l'accompagne ne doit pas prendre la fuite avec elle.

La maman fit taire la vengeresse qui veillait en elle et se tourna lentement avant de se précipiter vers son enfant sidérée au point de garder sa bouche bée.

— Vittoria ! Mon amour ! Te voilà enfin ! hurla-t-elle, pleurant et riant à la fois, l'attrapant, la serrant enfin dans ses bras devant les passants stupéfaits.

— Maman ! Je t'ai attendue longtemps ! Pourquoi tu n'es pas venue avant ? lui reprocha l'enfant.

L'espace de quelques secondes, sa fille blottie au creux de ses bras bien clos, Ornella ferma les yeux pour mieux profiter de cet instant dont elle avait rêvé des semaines durant. Elle revit tous les efforts déployés dans la recherche de la petite disparue. Les siens, ceux de la famille, de la gendarmerie et de Denis Lambert.

— Nous t'avons tous cherchée depuis le premier jour, ma chérie. Mais c'était tellement difficile. Nous ne savions pas avec qui tu étais partie.

— C'est Charles qui m'a emmenée. Tu ne le connais pas, Charles de… Marseille. Drôle de nom, hein ! Au début, il était très gentil. Il m'a acheté des bonbons, des vêtements et m'a offert Tabac. C'est mon chien, là-bas. Il s'était sauvé et j'ai eu peur de le perdre.

Le regard de l'enfant se dirigea vers la jeune femme pétrifiée observant une distance prudente. Elle aurait aimé se sauver, mais s'en sentait incapable.

— Après, Charles est devenu méchant, reprit Vittoria. Il m'enfermait dans une maison et ne voulait plus que je revienne chez nous. Il disait : « tu seras ma fille, nous allons partir vers un autre pays ». Moi, je ne voulais pas. Ce n'est pas de ma faute, Maman.

— Je le sais, mon amour, répondit Ornella dévisageant d'un air méprisant chargé d'une violence inouïe la jeune hippie qui en frissonna.

Denis y fut sensible et proposa :

— Il fait chaud. Prenons un verre sur le port. Et nous pourrons parler, comprendre. Tranquillement.

Comment Lambert pouvait-il imaginer Ornella capable d'une once de sérénité ? La jeune mère retenait à grand-peine l'envie de se jeter sur cette femme qui, certes, avait recueilli son enfant, mais l'avait gardée comme une sorte de lot gagné à la foire. Que comptait-elle faire de la fillette ? Pourquoi n'avait-elle pas prévenu les autorités ? Que cachait-elle ?

Telle une coupable, Soleil marchait devant eux, pour permettre à Ornella de la surveiller, de se rassurer. Pour établir un lien entre elles. Si possible.

Dans une étrange et muette progression, la main d'Ornella serrant celle de sa fille, le petit groupe descendit la rue du château. Jappant de toutes ses forces, frémissant et joyeux, Tabac les attendait en bas.

Attablés dans ce même café où Ornella avait eu confirmation du passage de Vittoria, chacun méditait, se jaugeait, espérait une initiative permettant un échange difficile qui ne venait pas. Seuls s'exprimaient leurs regards, chargés de colère vengeresse, de gêne ou d'interrogations. Si la jeune veuve Slimani ne pouvait ignorer que Soleil avait protégé son enfant, cette dernière restait coupable de silence, coupable de dissimulation, coupable d'enlèvement après celui de Carlo.

Seul le comportement de Vittoria à l'égard de la jeune femme semblait naturel et dénué de craintes. À son corps défendant, Ornella devait admettre leur évidente complicité. *Exiger des explications est impossible dans l'immédiat. Pas devant Vittoria. Mais cette fille ne perd rien pour attendre,* pensa-t-elle au moment où l'enfant quitta ses genoux pour se rapprocher de cette « voleuse d'enfant ».

— On va voir la petite île ? Tu m'as promis, Soleil !

— Oui, mais… maintenant… ta maman est là.

— Allons-y ! trancha la veuve Slimani curieuse d'en apprendre davantage sur cette jeune personne à l'étrange prénom et sur les raisons de cet évident attachement porté à Vittoria.

— Si vous laissiez votre véhicule ici, Ornella ? Nous reviendrons le chercher plus tard. Montez dans le van avec Soleil et Vittoria, proposa Denis devinant l'angoisse de la jeune mère à l'idée de voir sa fille lui échapper à nouveau. Je vous suivrai avec ma voiture.

Ces vingt kilomètres en parurent cent à Ornella tant elle avait de questions à poser et combien elle avait de difficultés à les formuler. Seul l'innocent et joyeux bavardage de sa précieuse fille brisait un lourd silence chargé de reproches et de culpabilité. Soleil finit par oser :

— J'ai trouvé Vivi en pleine forêt ! Elle était perdue, paniquée ! Quelqu'un la poursuivait, ai-je compris. Je ne pouvais pas la laisser seule, abandonnée par je ne sais qui. Je l'ai prise avec moi.

— Lui avez-vous seulement demandé où elle habitait ?

— Elle ne m'a rien dit. J'ai compris qu'elle devait craindre des reproches pour avoir suivi un inconnu. Que rien ne pressait. Qu'elle avait besoin de se rassurer.

— Et la gendarmerie ? Vous n'avez pas imaginé que ses parents pouvaient la rechercher ? Au besoin, il vous suffisait de déposer Vittoria et de filer si vous n'aviez pas la conscience tranquille.

Évidemment qu'elle y avait pensé, mais cette solution n'était pas prévue par l'homme rencontré à l'hôpital, celui qui l'avait soutenue lors de sa fausse couche. Il lui avait dit protéger l'enfant de ce Carlo aussi dangereux qu'imprévisible et ne tolérerait pas qu'elle oublie leurs accords. Pas plus qu'elle n'évoque son existence.

Un mutisme lourd de pensées contradictoires envahissait l'étroit espace du véhicule. Soleil réalisait la difficulté de se taire et la nécessité de mentir. Ornella pensait à la manière la plus appropriée d'annoncer à la fillette la mort de son père. Quant à Vittoria, elle montrait une impatience grandissante de voir cette « petite maison qu'on ne peut pas visiter ».

Consciente de partager la dernière promenade avec « sa Vivi », Soleil traversa le bourg de Belz et prit la direction de Saint-Cado. Elle avait tant fait rêver la petite avec la légende du moine qui, voulant reconstruire le pont écroulé reliant l'île au continent, avait pactisé avec le diable avant de le berner.

— Descendons de voiture, proposa Ornella surprise par ses propres paroles.

Du bord de la rivière d'Étel, le petit groupe aperçut le minuscule îlot de Nichtarguer où, posé sur les rochers, veillait la célèbre et inaccessible petite maison aux volets bleus du gardien du parc ostréicole, autrefois. Impatiente, Vittoria décida les deux femmes accompagnées de Denis Lambert, à traverser ledit pont. Savourant l'image de sa fille gambadant tabac sur les talons, Ornella sourit. Elle venait d'accepter l'idée qu'après son enlèvement par Carlo, l'enfant avait retrouvé une certaine sécurité psychologique auprès de Soleil.

Ses quatre piliers carrés s'élançant vers le ciel comme pour protéger la croix centrale, le calvaire imposait son immortelle présence qui convainquit les visiteurs de leur statut de passagers dans une vie éphémère dont il fallait jouir, maintenant.

À droite, l'humble chapelle de style roman surmontée d'un clocheton appela celle qui portait le double nom de Slimani-Giordano. Délaissant ses compagnons, elle poussa la porte de bois usée par les intempéries et surmontée d'un oculus puis la referma derrière elle pour un entretien privé. Surprise par la simplicité et l'atmosphère des lieux, Ornella s'agenouilla face à l'autel de pierre. Tel un signe divin, la lumière du jour traversait les vitraux pour se poser sur ses épaules. Veillée par les statues de Marie portant son fils et de Saint-Cado([28]), elle se recueillit. Enfin, accordant un dernier regard à l'ex-voto d'un trois-mâts, cette offrande faite à Dieu en remerciement d'une grâce obtenue, elle sortit, bien décidée à regarder vers l'avenir.

28 - Religieux né en grande Bretagne au 5ème siècle, fondateur du monastère de Lancarvan au Pays de Galles. Emigra en Armorique pour s'installer en bordure de la rivière d'Etel.

— 45 —

À Clairac, de ses maigres forces, Paul s'accrochait à un présent bien fragile. Son teint pâle aux reflets violacés, sa main agitée de soubresauts témoignaient de la lutte du malade contre une mort patiente, confiante. À ses côtés, Père Luc évoquait la miséricorde divine qui lui pardonnerait ses fautes et s'appliquait à aider le gisant à alléger sa conscience. L'homme exprima ses regrets de quitter ceux qui constituaient cette famille trop longtemps, trop stupidement fuie. Paul tenta de se redresser avant de renoncer en marmonnant :

— Papa ! Attends-moi ! Je n'ai pas obéi à Salvatore... Ni soutenu Victor... Pardonne-moi. Je le regrette tellement, murmura-t-il.

Luttant contre les larmes, le père Luc priait pour accompagner la demande d'absolution. Soudain Paul ouvrit grands les yeux et demanda d'une voix plus audible :

— Michèle ! Je veux parler à Michèle !

Troublé, Père Luc posa sa main sur le front de Paul avant de se lever afin de prévenir celle qui était son unique amie, celle qui avait su l'apprécier pour ce qu'il était sans connaître ses origines, ses errements et cette maladie qui bientôt l'emporterait.

Prévenu du départ imminent vers un avenir dénué de souffrances de son frère, Victor était accouru à son chevet. Il avait trouvé les mots pour l'assurer de son affection avant de céder, le cœur serré, la place à Michèle.

Lorsque la jeune femme quitta le chevet de Paul, ce dernier avait franchi le seuil vers l'au-delà. La gorge serrée, Michèle fila vers la grange, enfourcha son vélo pour gagner l'exploitation de Salvatore et de Flavia et les bras de Raffaëllo.

Ornella prit l'initiative lors de l'échange téléphonique quotidien d'annoncer la « merveilleuse nouvelle », sans percevoir le nuage gris pesant sur le cœur des siens :

— Denis et moi avons retrouvé Vittoria ! J'ai encore du mal à y croire. Nous avons eu une chance inouïe. Elle va bien. Elle est avec nous. Quel bonheur ! ajouta-t-elle occultant son récent veuvage.

— Mon Trésor, ma fille chérie ! réussit à articuler Salvatore au comble de l'émotion. Comme je suis content pour toi, pour nous tous ! Embrasse ma petite-fille pour moi et pour ta maman.

— Quand rentrez-vous ? demanda Flavia d'une voix blanche.

— Je ne sais pas encore... Je crois qu'il faut un peu de temps à Vittoria, pour analyser les événements, pour apprendre qui était réellement celui qu'elle appelle Charles, pour lui dire qu'elle ne craint plus rien de sa part. Et pour lui expliquer la mort de son papa, ajouta-t-elle d'une voix cassée. Ensuite, nous rentrerons. Et puis, il y a Soleil, cette fille à la fois sauveuse et inconsciente qui s'est occupée d'elle. J'aimerais en savoir plus à son sujet, la pousser dans ses retranchements. Parce que, pour l'instant, je voudrais la voir en prison. *Et peut-être la faire souffrir à son tour,* retint-elle.

Près d'elle, Lambert sourit avant de hausser la voix :

— Ne vous inquiétez pas. Nous allons séjourner quelques jours en Bretagne ! Pour souffler, pour profiter, pour éclaircir certains points et pour visiter un peu aussi.

— Voilà une excellente idée, Denis ! Prenez soin de ma fille et de ma petite-fille, répondit Salvatore qui renonça à parler de Paul.

La mort pouvait attendre, pas la vie qui passe si vite.

Comme lors de celles de Carlo, les obsèques de Paul Giordano se déroulèrent dans l'intimité. Seule similitude car, autour du cercueil et dans un douloureux et sincère recueillement, Victor, son épouse, Michèle et les membres de la famille saluaient cet homme qui avait su revenir auprès des siens. À temps. Pour renouer. Pour partir.

Un peu à l'écart, pensif, le père Luc observait cette tribu que le malheur n'avait pas épargnée. À cet instant, il s'interrogea sur la décision à prendre : prolonger son séjour ou s'en aller ?

Martine s'était proposé de trier les vêtements de Paul et de les laver afin de les donner à des nécessiteux. Mais Victor avait remercié son épouse : il se chargerait lui-même des modestes possessions de ce frère qui, dans ses souvenirs, garderait ce visage de leurs jeux d'enfants. Il remplit aussi un carton des ouvrages qu'il se promit de lire comme pour rejoindre l'esprit du disparu et combler son absence.

Lorsqu'il saisit la veste récemment portée par Paul, sa main glissa machinalement dans l'une des poches et ses doigts rencontrèrent un petit carton : *mon frère n'a pas conservé cette carte de visite sans raison. Qui pouvait être ce Cashman pour Paul ? Nom étranger. Des USA, peut-être.*

Interpellé par cette découverte qu'il pressentait importante, la journée de travail de Victor fila, mécanique, étrange. Le soir venu, il posa le petit rectangle blanc près du téléphone et hésita une dernière fois : *le premier numéro semble indiquer une résidence en France. Il doit y habiter, au moins temporairement. Que voulait ce type à mon frère ?* se demanda-t-il en pianotant sur le clavier. Au terme d'une sonnerie que Victor estima interminable, une voix grave répondit :

— Hi, John Cashman listening !

— Bonjour, monsieur Cashman.

— Bonjour, reprit l'homme dans un français irréprochable.

— Je suis Victor, le frère de Paul Giordano. J'ai trouvé vos coordonnées dans ses affaires et…

— Oui… Je comprends…

— Je ne sais si vous étiez de ses amis. Aussi ai-je pensé que je devais vous joindre pour vous prévenir de son décès.

— Toutes mes condoléances, Victor. Puis-je vous appeler par votre prénom ?

— Oui ! répondit le jeune homme, ému par le timbre de la voix.

Au terme d'un silence de quelques secondes que Victor assimila à une forme de recueillement, Cashman reprit :

— Pourrions-nous nous rencontrer ? J'ai peut-être des informations qui vous éclaireront sur les derniers mois de votre frère.

Cette réflexion frappa Victor en plein cœur : un étranger à la famille en savait plus sur Paul que tous les Giordano réunis.

— Oui, c'est possible, hésita le jeune homme préoccupé par l'imminente récolte de la prune d'Ente. Voyons-nous chez moi, alors. Je ne peux m'absenter en ce moment. Je vais vous donner mon adresse.

— Inutile, je la connais. Hum... Paul m'avait parlé de vous. Le temps d'expédier les affaires en cours, je pourrais arriver, disons... samedi, si vous êtes d'accord. Je suis actuellement à Paris.

Pour le jeune Giordano, le présent semblait figé, voire inquiétant, tant il s'interrogeait sur ce mystérieux Cashman à l'abord aimable et sensible, mais aussi étrangement instruit sur la famille.

N'y tenant plus, Victor s'en ouvrit à Salvatore.

— Je ne sais pas si j'aurai la possibilité d'aller le chercher à l'aéroport de Bordeaux-Mérignac, souffla le jeune exploitant. La cueillette des prunes aura commencé.

Protéger les membres de la famille Giordano est désormais mon rôle, j'en suis l'aîné, réalisa Salvatore encore fourbu par sa maigre participation à la récolte de tabac de Victor.

Luttant contre une fatigue récurrente, quoique dissimulée, Salvatore appréhendait un nouvel effort et dut reconnaître ses difficultés à épauler, comme depuis des années, son jeune cousin.

— Raffaëllo va mieux, il pourra te seconder. Sans trop forcer ! Quant à moi, je peux me charger de récupérer cet inconnu qui a d'énigmatiques révélations à te faire.

— À nous tous ! D'accord, vas chercher cet américain qui fréquentait un petit Lot-et-Garonnais.

— 46 —

Dans leurs chambres de ce petit hôtel niché au creux des dunes de l'immense plage de Kerhillio à Erdeven et comme planté en ces lieux par les tempêtes, les voyageurs prenaient un peu de ce repos indispensable après leur combative quête suivie d'émouvantes retrouvailles.

Ce matin, et pour la première fois depuis des semaines, au terme d'une nuit réparatrice, Ornella se réveilla le cœur léger. Un voile sombre s'était levé, lui révélant un avenir teinté d'un azur encore aquarelle. Le cycle infernal de ses malheurs lui apparut comme lassé de sa victime. Sous son crâne apaisé flottait un inhabituel optimisme. À cet instant, elle réalisa qu'un bonheur, nouveau, différent, avait trouvé son adresse et qu'il frappait à sa porte. Enfin.

Cette fois, je vais le retenir, pour le savourer chaque heure de chaque jour. Plus question de le laisser filer, pensa-t-elle en s'étirant, telle une chatte devant l'âtre. *Le passé est, comment dire… passé. Il t'a malheureusement arraché à mon cœur, Sofiane. Même si nos corps avaient déjà pris une distance que nous n'avons pas eu le temps de combler. Je le regrette tellement, mais je n'y peux rien changer. J'ai retrouvé notre Vittoria. Elle va bien et s'est attachée à celle qui l'a enlevée. C'est étrange, mais je l'accepte. À présent, ton âme peut s'engager sans regret vers un autre futur. Va et sois heureux dans ton ailleurs !*

Près d'elle, la fillette dormait encore, de ce sommeil juvénile que la présence d'une maman encourageait à l'abandon, la confiance, la sécurité.

— Accepte la vie comme elle se présente, Ornella. Ne cherche plus à lutter et sois comblée. Savoure les plaisirs quotidiens comme s'ils étaient les derniers. Les remords sont stériles et encombrants, crut-elle entendre avant de se persuader que ces consignes étaient le fruit de ses aspirations les plus secrètes. Celles d'aujourd'hui. À partir d'aujourd'hui.

Un faible heurt à la porte la sortit de ses pensées et lui fit tendre l'oreille :

— Ornella ! Êtes-vous réveillée ? C'est moi, Denis. Je vais marcher en attendant que vous soyez prête. Puis nous prendrons le petit-déjeuner ensemble.

Sautant du lit douillet à la couette encore tiède de sa chaleur, Ornella se précipita pour ouvrir brusquement sur le regard interdit de Lambert qu'elle saisit par la main pour l'attirer à l'intérieur de la chambre. Son cou habillé du collier des bras de la jeune femme, le cœur affolé, il crut rêver de ce désir inaccessible et si souvent éprouvé. Craignant de le voir s'envoler, Denis l'enlaça, cherchant ses lèvres pulpeuses, caressant ce corps fascinant si souvent et si vainement convoité durant ces dernières années. Une fièvre ardente, vivante, les habitait soudain. Elle éprouvait leur impatience, luttait contre leur inutile prudence, s'imposait dans leurs moindres gestes, leur plus petit regard.

— Pas maintenant, murmura dans un souffle Ornella jetant un regard inquiet vers le lit où, dans son sommeil, la fillette s'était tournée vers eux.

Aussitôt, l'étau de leurs corps se desserra et Denis sourit :

— Nous étions prêts à laisser notre soif parler pour nous, susurra-t-il avant un dernier baiser.

Sa main glissa des épaules de cette femme idéalisée depuis toujours pour la laisser courir sur son bras, ses doigts, puis Denis se dirigea à regret vers la porte.

— À tout à l'heure, dans la salle à manger. J'ai un urgent besoin de prendre l'air, à présent, plaisanta-t-il.

Sur le parking voisin, Lambert remarqua la jeune femme émergeant de son van. Tel un champ d'algues blondes, ses cheveux voletaient autour de son visage. Tabac, qui avait dormi près d'elle, manifestait bruyamment sa joie de sortir. Denis s'approcha. À son invitation à l'accompagner pour une promenade matinale, Soleil répondit par l'affirmative. Il était temps pour elle de se délester de quelques secrets, au moins partiellement. Denis Lambert lui semblait la personne apte à recevoir ses pesantes confidences : assez éloigné de la situation pour ne pas porter de jugement hâtif et suffisamment proche pour l'écouter.

Caressée par le ressac et bercée par le vent, la plage frémissait, dessinant sur le sable de subtiles et éphémères arabesques. Les goélands envoûtaient les promeneurs par leurs vols puissants et criards. L'horizon leur offrait sa palette de bleus d'où surgissait la presqu'île de Quiberon et l'ombre lointaine des falaises de Belle-Île-en-Mer. Ces merveilles permirent à Soleil de relativiser sa situation d'insignifiante humaine face à l'immensité. Elle expliqua et Denis se permit de l'interrompre.

Lorsqu'ils atteignirent la « Main verte », ce symbole érigé sur les dunes en 1975 pour symboliser la lutte de la population contre le projet d'implantation d'une centrale nucléaire, Soleil fondit en larmes.

— Je regrette tellement d'avoir ajouté à la souffrance d'Ornella. Pourra-t-elle me pardonner ?

— Pourquoi ? Pour quelles raisons avez-vous recueilli Vittoria ?

— Pour la protéger de Carlo, bien sûr ! Enfin de ce Charles que vous appelez Carlo.

— Comment saviez-vous qu'il l'avait enlevée ?

— Parce que je le surveillais, répondit Soleil hésitante. C'est moche, mais je ne pouvais pas faire autrement. Ne me demandez pas pourquoi, je ne peux vous le révéler maintenant. Mais sachez que j'ai pris soin d'elle.

— À quel moment avez-vous emmené Vittoria ?

— Dans cette forêt, lorsqu'elle a voulu s'enfuir pour retrouver ses parents et que Carlo la poursuivait. J'ai abordé Vivi, l'ai rassurée et emmenée. Aussi vite que j'ai pu.

— À votre avis, quel était l'objectif de ce type ?

— Je ne le connaissais pas. Peut-être cherchait-il un sens à sa vie, je ne sais pas. D'après ce que vous m'avez expliqué, il pouvait espérer s'occuper de cette enfant de son sang dont il priverait en même temps sa sœur et cette famille qui ne l'appréciaient pas.

— Il a fait bien pire. Vous apprendrez cela lors de votre audition à la gendarmerie que j'ai prévenue ce matin.

Cessons cet interrogatoire pour lequel je n'ai pas d'autre droit que celui de comprendre pour aider Ornella.

Cette annonce ne sembla pas inquiéter la jeune femme outre mesure. Par inconscience ou pour une raison inconnue ?

— 47 —

À la recherche d'une place de parking, Salvatore éprouvait des difficultés à se concentrer tant s'imposait la même question :

Qui est cet homme qui a veillé sur Paul sans se dévoiler à personne ? Les services de l'hôpital de Marseille n'ont pas réussi à obtenir de renseignements si ce n'est son identité. La seule certitude est qu'il a pris en charge tous les frais de santé en refusant d'en dire plus. Le bénévolat a ses limites, quand même ! Je crois que Paul ignorait tout de sa démarche. Il s'en serait confié à Michèle. J'ai hâte de rencontrer ce type, de vérifier si je le connais.

Lorsque le tableau des arrivées afficha l'atterrissage imminent du vol en provenance de Paris, Salvatore ne put retenir un soupir d'appréhension. Involontaire et agaçant. Lui-même n'avait jamais embarqué dans un avion et cette situation le menait à la limite de l'inconnu. Ce qui était loin de favoriser une analyse sereine de la situation.

— Je ne sais même pas quelle tête il a, ce Cahsman, grommela-t-il avant de mendier papier et crayon à un comptoir.

L'espace d'un instant, Giordano réalisa qu'il pouvait s'être désisté lorsque son attention fut attirée par un homme de taille moyenne au léger embonpoint. Brun de peau, ses cheveux ébène s'éclaircissaient de fils argentés. Son costume gris trois-pièces de belle facture et sa chemise blanche impeccable trahissaient une aisance financière doublée d'une prestance incontestable. Attaché-case à la main droite, dont l'un des doigts s'ornait d'une chevalière en or, le nouveau venu tirait un bagage à roulettes. Leurs regards se croisèrent, s'interrogèrent avant que celui du voyageur se pose sur la feuille de papier hâtivement griffonnée par Salvatore du nom du passager.

- Hi ! it's me ! I'm Cashman. John Cashman ! lança-t-il tout sourire en saisissant la main de Salvatore qu'il étreignit plus que nécessaire vis-à-vis d'un étranger.

Ces Américains sont vraiment excessifs, pensa Giordano surpris par cette présentation et la sensation familière qui en découlait.

Face à l'attitude hésitante de Salvatore, Cashman reprit, rassurant :

— Je suis bien celui que vous attendez. Êtes-vous Victor Giordano ? s'enquit-il un peu surpris. Je vous croyais beaucoup plus jeune. Nous avons sensiblement le même âge, n'est-ce pas ?

Cette dernière phrase provoqua un sourire amusé sur le visage de Giordano.

— Non, je ne suis pas Victor mais Salvatore Giordano, son cousin. De la génération précédente. Victor est retenu par la récolte de tabac. Je lui ai donc proposé de venir vous accueillir.

Durant quelques secondes, Salvatore crut percevoir une certaine gêne de la part de l'homme avant que ce dernier retrouve cette aisance liée à une habitude des rapports sociaux. À son tour, Salvatore éprouva une sorte de malaise inattendu vis-à-vis de John sans qu'il puisse en identifier la cause. Puis, considérant que sa mission ne consistait pas à s'en faire un ami, il le guida vers le parking jouxtant l'aéroport et à sa voiture.

Harassé par son voyage depuis New York, suivi d'une courte escale à Paris, Cashman avait sombré dans un profond sommeil qui convint à Salvatore encore perturbé par cette impression étrange qui ne le quittait pas. Bercé par le ronronnement du moteur, de temps à autre l'américain ouvrait un œil avant de renoncer à identifier les lieux. Le dernier virage permettant au véhicule de s'engager dans le chemin bordé d'arbres menant à l'exploitation et surtout ses nids de poule créés par la pluie et le passage des tracteurs tirèrent enfin John Cashman de sa torpeur. Hirsute, il se redressa, soudain devenu attentif.

— Nous arrivons à l'exploitation de Victor. Lui et Paul sont nés ici, précisa Salvatore à un Cashman fasciné par cet endroit que Salvatore jugeait plutôt commun en Lot-et-Garonne.

Qu'est-ce qui ne va pas chez ce gars ? pensa-t-il. *Quelque chose que je ne saisis pas.*

La poussière soulevée lors du freinage, les portières claquées tirèrent Victor du champ de tabac où il récupérait les feuilles oubliées lors de la récolte. Le jeune homme se dirigea vers les arrivants, suivi de près par deux enfants dont l'un ressemblait trait pour trait à son père, au même âge.

— Bienvenue chez nous, monsieur Cashman, lança Victor lui tendant une main poussiéreuse. Suivez-moi, je vais vous montrer où vous installer. Je crains néanmoins que notre notion du confort soit bien différente de la vôtre.

— Allez-y, confirma Salvatore. Je vais prendre la relève.

— Doucement, hein ? N'oublie pas de te ménager, rappela Victor. Sinon Flavia va me sermonner.

Le visiteur profita de cet aparté pour amorcer un échange prudent. Avec passion et fierté, le jeune exploitant évoqua son métier, le premier pour lui, le seul à l'avenir, tant il se plaisait à semer les grains prometteurs, à protéger la croissance des plantes et à récolter le fruit de son travail. Bientôt, le sujet de la conversation dériva vers la maladie de Paul et sa triste fin. Son cadet espérait trouver des réponses de la bouche de cet homme qui avait soutenu financièrement son frère, qui avait veillé secrètement sur lui.

— Pourquoi aidez-vous les malades sans le leur dire ? Je ne comprends pas.

— Souvent, les personnes souffrant d'une grave affection ne se soucient pas de la prise en charge de leurs soins. Accablés par la gravité de leur pathologie, ils n'y pensent pas. De mon côté, j'ai de l'argent, je paie les factures résiduelles, c'est tout. A condition de garder l'anonymat vis-à-vis des malades : c'est le contrat moral passé avec les professionnels de santé de l'hôpital. Une autre raison, plus personnelle je l'avoue, me motive également. J'aurais aimé m'investir plus, mais je manque de temps. À l'âge de la retraite, je suis encore très occupé par mon entreprise que j'ai mise en vente, lança-t-il mettant cours aux remerciements d'un Victor surpris par cette démarche magnanime.

— De quoi exactement souffrait Paul ?

— Cette horreur est née il y a peu, chez moi aux USA, à Los Angeles précisément. Elle est le fruit défendu de la libération sexuelle et de l'insouciance. Il s'agirait d'un virus que les chercheurs ne parviennent pas encore à identifier et qui toucherait des partenaires homosexuels et peut-être hétérosexuels, des transfusés ou des toxicomanes utilisant les mêmes seringues. Ces personnes présentent un système immunitaire faible. La recherche piétine encore à l'heure actuelle.

— Vous voulez dire que mon frère était homosexuel ?

— Je ne sais pas. Et peu importe. La question serait plutôt : a-t-il trouvé le bonheur dans sa courte existence ? Il semblait triste et accablé par quelques remords.

Ce dernier commentaire convainquit Victor : ce John en savait plus sur Paul qu'il ne voulait l'avouer.

— Lorsque j'ai appris la mort de votre frère, j'ai voulu faire la connaissance de sa famille. Un peu comme un hommage rendu à Paul. Et, plus égoïstement, j'avais aussi besoin de partager avec vous, continua John conscient du malaise naissant. Pour vous proposer mon aide, au besoin et…

— Raffaëllo n'a rien oublié de la récolte du tabac ! lança Salvatore les rejoignant, accompagné d'un homme maigre vêtu d'une coule, cette robe sombre à capuche dont une ceinture noire ceignait la taille étroite. Dommage qu'il ait choisi un autre métier. Quant à Flavia, elle n'est pas près de céder sa place à la mise à la pente.

Comme s'il s'agissait d'un parfum délicat, John respira cette odeur âcre flottant autour de l'homme de la terre et une forme de bien-être l'envahit jusqu'au moment où il se trouva face au visage du religieux.

— John, je vous présente le père Luc qui compense efficacement notre pénurie de main-d'œuvre. Au point de devenir un ami. Le seul problème est qu'il refuse de percevoir une quelconque rémunération. Vous, qui êtes chef d'entreprise, peut-être pourriez-vous le convaincre d'accepter un modeste salaire. Père Luc, voici John Cashman un… ami également.

Muets, le regard plongé dans celui de l'autre, John fixait le père Luc et le moine ne le quittait pas des yeux. Issus du même passé peu recommandable, après s'être perdus, ils s'étaient reconnus…

— 48 —

Depuis l'annonce d'Ornella, un vent du soulagement, cette brise d'un bonheur nouveau, soufflait enfin au sein de la famille Giordano. L'angoisse des dernières semaines s'envolait et chacun s'appliquait à regarder vers l'avenir, sans oublier le passé et les disparus. Afin de tromper son impatience quant au retour de sa fille et de sa petite-fille qu'elle avait crue perdue à jamais, Flavia ne ménageait pas ses efforts dans la mise à la pente des feuilles de tabac. Elle aurait pu laisser sa place à son fils et regagner leur ferme toute proche, mais elle se sentait incapable de regarder travailler les autres alors que ses mains appelaient l'ouvrage. Les journées filaient et l'épouse de Salvatore se plaisait à imaginer cette nouvelle vie qu'elle pressentait pour Ornella.

En une opportune télépathie, dans ce coin de Bretagne, Ornella savourait cette pause dans sa vie si chamboulée.

Encore surprise, sa précieuse enfant à ses côtés, elle s'attachait à savourer chaque heure de chaque jour. Parfois, elle s'étonnait de constater le départ du malheur enfin fatigué de l'assaillir et le souhaitait définitif. Lors de longues promenades sur la plage de Kerhillio, Vittoria et Tabac courant devant eux, Denis et elle se plaisaient à admirer la danse des vagues, le chant du vent, les traces des pattes des goélands sur le sable mouillé. La fillette faisait provision de coquillages alors que les deux adultes engrangeaient ces souvenirs qui serviront bientôt de socle à une vie nouvelle.

À l'écart, tel un gardien discret, le van gris ne se trouvait jamais loin de leur lieu d'étape. Pour autant, Soleil gardait de prudentes distances avec le nouveau couple. *J'ai sauvé Vivi des griffes de ce Carlo et j'aurais* dû la ramener à sa famille. Ornella a le droit de m'en vouloir, *même si je ne décide pas,* pensait-elle.

Surprise par l'affection réciproque entre l'enfant et la jeune femme perdurant au-delà de leurs retrouvailles, Ornella avait eu besoin d'en comprendre la raison. Laquelle se dévoila, tout doucement. Surtout après que Denis eut évoqué sa conversation avec Soleil : ignorant la mort de Carlo, elle avait tenu l'enfant loin de Clairac où elle redoutait son retour. Quant à la déposer à la gendarmerie la plus proche, elle ne l'avait pas envisagé, craignant d'être accusée d'enlèvement à son tour.

Satisfaite de la logique de ce raisonnement, la colère s'était endormie dans le cœur d'Ornella pour laisser place à la quiétude, pour devenir confiance et se muer en reconnaissance. Au point d'autoriser la fillette à rejoindre seule la camionnette. Parfois.

Comme ce soir où Vittoria et Soleil dégustaient au grand air leurs galettes, achetées au marché le matin même, pendant que le couple dînait dans un petit restaurant du port, face à la Barre d'Etel. Non loin, la glacière municipale se dressait, imposante, silencieuse depuis quelques années. En face, le « Patron Émile Daniel », canot de sauvetage de la S.N.S.M., restait prêt. L'une dormait du sommeil de l'abandon, l'autre continuait ses interventions nuit et jour pour arracher les naufragés de la gueule avide des flots.

Denis saisit la main de sa compagne pour l'embrasser.

— Ornella, je dois rentrer à Tonneins. Le comptable souhaite m'entretenir de sujets urgents. Il faut aussi que je rencontre certains chefs d'atelier. Je regrette, nous étions si bien ici. Je dois aussi penser à Aurore : elle a besoin de son papa.

Ornella sourit, attendrie :

— Eh bien ! Rentrons dès demain matin ! De mon côté, il me faut enfin affronter les ruines de ma maison et d'une partie de ma vie. Je dois m'occuper des démarches avec l'assurance et envisager la construction d'une nouvelle habitation, pour les enfants, pour moi. Nous ne pourrons rester éternellement chez mes parents.

Alors que Denis se levait pour régler leurs repas, Ornella sortit rejoindre Vittoria et Soleil.

— Que dirais-tu de dormir avec Soleil et Tabac, ce soir ?

— Oh oui, maman ! On va bien s'amuser, répondit l'enfant sautillant de joie.

S'adressant à la jeune femme, Ornella reprit :

— Demain matin, nous reprendrons la route vers le Lot-et-Garonne. Les vacances sont terminées.

— Ah ! Je comprends, répondit Soleil d'une voix altérée.

— Vous pouvez nous accompagner si cela vous convient, Soleil. Bon, je vous laisse. Bonne nuit à toutes les deux. Je sais que vous surveillerez ma fille.

L'idée de veiller sur Vittoria sans avoir à se cacher fit sourire la jeune hippie : jamais elle n'aurait imaginé une telle issue à sa mission.

À l'étage du petit hôtel, Ornella saisit la main de Denis en murmurant :

— Si nous reprenions notre intéressante conversation d'il y a quelques matins, monsieur le directeur ? J'ai des arguments à vous exposer.

— Volontiers, répondit Denis Lambert dans un souffle. J'étudierai vos propositions avec le plus grand intérêt.

D'un opportun coup de pied, il referma la porte de la chambre derrière eux, puis souleva Ornella pour la porter jusque sur le lit.

Là, le ballet des mains reprit où il s'était interrompu des jours auparavant. Rapide, dénué de douceur. Un puissant désir trop longtemps réprimé menait la danse, une danse frénétique dépourvue de ces caresses menant à l'envie : ils avaient trop attendu et leur soif l'un de l'autre exigeait une rapide et mutuelle possession.

Plus tard, dès que leurs forces le leur permirent à nouveau, ils assouvirent leur besoin de tendresse et, les yeux dans les yeux, ils partirent à la découverte de leurs corps enlacés. Encore et encore.

Un tambourinement intempestif les réveilla enfin.

— Maman ! criait une voix juvénile. C'est le matin ! Je croyais qu'on retournait voir Papy et Mamie. Pas mon papa qui est parti au ciel, précisa-t-elle. Pourquoi tu dors encore ? Je suis prête, moi. Soleil aussi.

— Je viens, grommela Ornella. J'ai mal dormi cette nuit. Allez déjeuner et je vous rejoins très vite.

— Est-ce que Denis dort encore ? Dis-lui de se dépêcher !

Face à cette déconcertante tirade, les amants trouvèrent refuge sous la couette pour étouffer leurs rires.

— 49 —

Dans la cuisine de leur petite maison tonneinquaise, un bol de café fumant en mains, Michèle hésitait, comme à chacun de ses réveils :

— Dois-je dire à Raffaëllo ce que m'a confié Paul ? murmura-t-elle. Il saurait l'expliquer à la famille mieux que moi.

— À qui parles-tu, belle dame ? souffla son compagnon en lui enserrant la taille. Me cacherais-tu quelque inavouable secret ?

Michèle se retourna et caressa du bout des doigts la cicatrice laissée par cette lame tueuse qui avait fait éclore en eux la certitude de vivre désormais bonheur et malheur ensemble. À cet instant, la jeune femme décida le moment opportun. Ils étaient seuls, Raffaëllo avait l'esprit disponible :

— Tu as deviné, j'ai quelque chose à t'avouer, hésita-t-elle.

Aussitôt, une alarme s'activa sous le crâne de Raffaëllo.

— Lance-toi, ma chérie. Tu peux tout me dire. Je serai toujours là pour toi, pour te défendre et pour t'aimer. Rien ne pourra plus nous séparer.

— Il s'agit de Paul. Nous avons fait connaissance à l'occasion de mon travail au bar-restaurant de monsieur Gilbert.

— Là où je t'ai aperçue pour la première fois, l'interrompit un Raffaëllo rêveur.

— Paul était très secret, mais nous sommes devenus amis. Avant de mourir, il m'a expliqué les raisons de son retour à Clairac : sa solitude, sa maladie et son peu d'illusions sur l'avenir. Un urgent besoin de revoir les siens, quittés depuis si longtemps, s'était imposé. Il regrettait d'avoir fui le travail de la ferme et de s'être fâché avec Salvatore dont il espérait le pardon, me semble-t-il.

— Je l'ai bien compris.

— Avant de venir ici, Paul s'est présenté au « Scorpio » où je travaillais, faute de mieux. Pour rencontrer Carlo, pour renouer avec lui, mais trop malade, il ne s'est pas attardé. Nous ne nous y sommes pas vus là-bas puisque j'avais déjà fui cette vie et ce tyran.

L'évocation de son évasion de Marseille, de sa rencontre avec Raffaëllo puis de leur séparation fit monter les larmes aux yeux de la jeune femme.

— Toi et moi avions rompu à cette époque, reprit-elle. À proximité de la ferme de tes parents, il a remarqué une fillette, seule sur le bord de la route. Craignant de lui faire peur, il n'a pas osé l'aborder. Plus tard, lorsqu'il a appris son enlèvement, il n'a pas eu le courage de se présenter pour en parler. De même lorsqu'il a soupçonné Carlo. Mais il envisageait de le faire après s'en être assuré et malgré les menaces. C'est pour cela qu'il s'est rendu chez Victor ; pour se trouver au plus près des événements.

— Mon Dieu ! C'est effrayant !

— Oui, je voulais te le dire, mais, comprends-moi, j'avais promis à Paul de choisir le moment opportun pour le révéler. Carlo est mort, à présent, et Vittoria a retrouvé sa maman. Je me sens légitime pour le faire.

— Comme ce secret a dû te peser !

— Paul était mon ami. Ah ! Il m'a aussi parlé d'un homme croisé à l'hôpital de Marseille. Gentil, désintéressé. Étrange, non ? L'infirmière aurait appelé ce Jacques, non c'est Jean ou John, dans son bureau afin de remplir quelque imprimé. Puis les événements qui ont suivi ont effacé ce détail. Paul a oublié.

— Tu as dit John ? Tu es sûre ?

— Oui, l'un de ces prénoms. Pourquoi ?

— Je t'expliquerai plus tard, répondit Raffaëllo avant de l'embrasser et de quitter précipitamment la pièce.

Au ronflement du moteur, Michèle réalisa l'importance de ce dernier détail, insignifiant en apparence.

Face au bâtiment d'habitation de la ferme de Salvatore, John Cashman émergea du véhicule qu'il venait de louer. L'Américain refusait toute situation de dépendance, même provisoire et motorisée. Délesté de sa cravate et de sa veste, les manches de sa chemise blanche retroussées, un sourire amical éclairant un visage rond mangé par une barbe d'une semaine, l'homme se dirigeait vers les habitants des lieux :

— Bonjour ! J'ai besoin de votre avis, commença-t-il d'un ton de dirigeant accoutumé à la prise de décision qui déplut aussitôt à Raffaëllo : voilà, je souhaiterais offrir une pierre tombale à Paul. Si cela ne vous dérange pas, bien entendu et…

— Pourquoi agissez-vous ainsi, Cashman ? l'interrompit sèchement le fils Giordano. Parce que vous avez du fric ? Ou est-ce pour un autre motif ?

— Raffaëllo ! Ne parle pas ainsi à notre ami ! le sermonna Salvatore comme lorsqu'il était enfant.

— Allons, Papa ! Ouvre les yeux. Ce monsieur Cashman dont nous n'avions jamais entendu parler auparavant serait-il l'amant de Paul ? Ce qui expliquerait son besoin de se rapprocher de nous.

— Tais-toi Raffaëllo ! John ? Dites-nous ce qui vous amène ici ! Hormis votre attachement à Paul. Si je ne cautionne pas sa manière de l'exprimer, je rejoins la logique de mon fils.

Durant quelques secondes, tête baissée, Cashman sembla hésiter avant de planter, dans un long soupir, son regard dans celui de Salvatore.

— Vous me forcez à exposer ce que j'avais décidé de taire. Mon voyage en Lot-et-Garonne devait se limiter à accompagner Paul vers sa dernière demeure. Non, je n'étais pas son compagnon, pas plus que je ne suis homosexuel.

— Donc ? s'impatienta Raffaëllo.

— Considérez-moi comme une sorte de bienfaiteur envers les victimes de cette nouvelle affection dont je vous ai déjà parlé. Le hasard a mis votre cousin Paul sur ma route. Lors de l'une de mes visites en tant que bénévole dans le service, j'ai entendu son nom cité par le personnel soignant. J'ai mené ma petite enquête comme j'ai suivi l'évolution de la maladie et Paul lui-même lorsqu'il a quitté l'hôpital marseillais.

— Pourquoi ne pas l'avoir expliqué dès votre arrivée chez nous ? Ce geste vous honore, s'étonna Salvatore.

— Parce que Cashman ne nous a pas tout dit, Papa.

Ces mots dessinèrent un sourire amer sur les lèvres de l'intéressé.

— Décidément, Raffaëllo, tu ferais un très bon enquêteur de police.

— Je n'ai pas cherché, il m'a juste suffi de vous observer. Votre gestuelle est significative de quelqu'un qui cache un secret. Vous êtes dans la maîtrise permanente, la représentation. Rien de spontané chez vous.

La tirade de son seul fils encore de ce monde généra chez Salvatore une émotion qu'il ne parvenait pas à interpréter. Face à l'attitude offensive de son garçon, il se prenait à vouloir ménager Cashman. Sans en comprendre la raison. Face à lui, John semblait plongé dans un océan de perplexité. Dans ce trio d'incertitudes, Raffaëllo observait l'un puis l'autre.

— 50 —

Face à la porte d'entrée stoppa un véhicule. Une portière claqua en se refermant, puis une deuxième et encore une autre. Aussi vite qu'il le pût, Jean gagna la fenêtre, le cœur battant et le verbe suppliant au bord des lèvres.

— Mon Dieu, faites que ce soient eux !

L'émotion provoqua des démangeaisons sur ses lésions encore sensibles. Les brûlures avaient bien séché et la cicatrisation progressait favorablement dévoilant une fine peau rosée. Malgré son désir d'assumer sa part de la récolte chez Victor, Salvatore le lui avait interdit, lui concédant juste l'observation du travail de séchage.

— La poussière, la chaleur risqueraient de compromettre ta guérison. Sois patient, mon grand. Nous connaissons ton courage, tu auras beaucoup d'autres occasions de nous aider.

Depuis le décès de son père adoptif et sans l'avouer, Jean flottait sur une mer d'incompréhension. Telle une vague immense menaçant de les séparer à tout jamais, l'absence d'Ornella l'affectait plus qu'il ne le montrait. Salvatore l'avait compris et témoignait affection et intérêt à l'adolescent.

Claire et si semblable à celle entendue la première fois, une nuit sur cette route, la voix d'Ornella s'envola jusqu'à lui. Il était si jeune alors, si traumatisé à l'époque. Presque autant, aujourd'hui, pour d'autres raisons. N'y tenant plus, le garçon clopina vers l'extérieur, jusqu'aux bras tendus qui se refermèrent sur lui.

— Maman ! C'est bien toi ! Enfin ! Comme tu m'as manqué tout ce temps !

— Mon Jean ! Je suis si heureuse de te retrouver !

À cet instant, Ornella réalisa combien son absence avait affecté son fils. Bien avant sa quête sur les traces de sa fille disparue, juste derrière la fumée, dans l'incendie qui les avait privés de la présence de Sofiane.

— Je suis là, mon chéri, murmura-t-elle. Tout va bien.

— Moi aussi, lança Vittoria se pressant contre son grand frère. Je n'ai pas fait exprès de partir, tu sais !

Un peu à l'écart, Denis Lambert observait la scène et se jura de les aimer. Fort. Tous les trois.

— Mamie Flavia ! Chiara ! s'écria la fillette remarquant les deux femmes sur le seuil de la maison avant de courir vers elles.

À quelques kilomètres, sur l'exploitation de Victor, la mise à la pente s'achevait au profit d'un séchage qui durerait au moins six semaines. Ensuite viendrait le manocage, cet assemblage des feuilles par paquets de vingt-cinq.

Salvatore s'était isolé vers le verger où la prune d'Ente à la robe violette subissait les tremblements de la récolte pour rejoindre les fruits déjà à terre. Il devait réfléchir à ce qui le perturbait à ce point : *quelque chose m'échappe, m'interpelle. Et ce n'est pas la manière de parler un peu brute de Raffaëllo. Pour ma part, je ne peux m'empêcher de trouver ce John Cashman sympathique. Il a fait preuve de générosité envers mon petit cousin Paul. Ce ne peut être un homme mauvais.*

— Bonjour Salvatore ! lança joyeusement le moine tout juste revenu de sa visite à l'abbaye de Clairac où il avait pu se recueillir et se confesser. Enfin.

— Bonjour Père Luc ! Content de vous voir !

L'homme d'église serra longuement les mains de Giordano comme pour insuffler en lui un peu de cette sérénité qu'il avait deviné lui faire défaut.

— Ma fille Ornella est rentrée avec Vittoria ! Nous sommes tellement heureux et soulagés, ma femme et moi après ces semaines d'angoisse. Mais nous n'oublions pas Sofiane qui a perdu la vie en tentant de sauver Jean.

En guise de réponse, le moine lui offrit sa bénédiction avant de s'isoler dans une silencieuse et brève prière. Puis, ouvrant les yeux, il murmura :

— Quelque chose vous tracasse encore, mon ami. Ne niez pas, je le ressens ! Vous pouvez vous soulager auprès de moi.

Peu coutumier des confidences, Salvatore hésita puis, se remémorant son propre silence et l'impact des secrets sur sa famille, il s'assura qu'ils se trouvaient seuls avant de répondre :

— Il s'agit de ce John Cashman que je vous ai présenté et que Victor a contacté après avoir trouvé ses coordonnées dans les affaires de Paul.

— Il a bien fait.

— Oui, l'homme est agréable et paraît totalement désintéressé. Mais l'est-il vraiment ? J'aimerais que vous parliez avec lui afin de me donner votre avis et...

— Est-il reparti ? l'interrompit le père Luc.

— Non, juste faire quelques achats pour fêter le retour de ma petite-fille saine et sauve. Et accompagné de cette jeune femme se prénommant Soleil qu'Ornella et Vittoria semblent beaucoup apprécier.

Lorsque le véhicule de John Cashman stationna aux abords de la maison de Victor, le père Luc délaissa ses occupations pour venir à sa rencontre.

— On ne trouve pas la paix en fuyant la réalité, murmura-t-il. Il est temps de laisser entrer la lumière.

Après un léger sursaut instinctif, Cashman s'avança :

— Je n'ai jamais reculé devant les responsabilités. Pour celle-ci comme pour les autres.

À l'écart, devinant l'instant crucial, Soleil les observait, immobile et silencieuse.

— Luigi ? souffla Père Luc.

— Oui, Luca, c'est bien moi, ton frère, murmura John vérifiant que la jeune femme se trouvait suffisamment éloignée pour ne pas entendre leur échange.

— Comment est-ce possible, Luigi ? Je t'ai cherché durant des années.

Je devais disparaître, quitter l'Italie. Effacer tout contact. Même avec toi. Garder un lien entre nous t'aurait mis en danger. La soif de vengeance ne laisse aucun répit aux repentis dont je suis. J'ai collaboré avec la police en conscience et la mafia sicilienne ne pardonne à ses membres traîtres que par l'assassinat.

Ému, Luca écoutait le récit de Luigi.

— J'ai changé d'identité, de vie, de pays et je me garde toujours de me faire repérer. Et toi, Luca, pourquoi cette tenue de moine. Que fuis-tu ?

— Je me garde de moi-même. La vie religieuse m'a apporté la paix après ces années hors-la-loi partagées avec toi, avant ta disparition. Je ne changerai plus, j'ai trouvé ma voie.

Les deux frères s'étreignirent sous le regard surpris de Soleil qu'ils rejoignirent.

Aidé du père Luc, John déposa ses achats sur la grande table protégée du soleil par le séculaire chêne où, sur une branche, dansait une balançoire en quête d'enfants. La famille au grand complet, y compris l'esprit des disparus, s'était réunie pour fêter le retour quasi miraculeux de Vittoria.

Un verre à la main, Salvatore se leva. Aussitôt les conversations cessèrent pendant que les visages se tournaient dans sa direction.

— Je sais combien nous sommes tous heureux de voir la vie nous sourire un peu, commença-t-il observant Ornella. J'aimerais remercier John pour avoir pris soin de mon petit cousin Paul. Et Père Luc pour son soutien bienveillant envers Victor. Merci également à vous, Denis qui avez prouvé votre amitié, votre loyauté à l'égard de ma fille.

À ces mots, sans se soucier de révéler ses sentiments, Denis Lambert posa sa main sur celle qu'il aimait en secret depuis si longtemps.

La tribu Giordano entière célébra le retour des jours légers sans pour autant oublier Sofiane, victime de la folie de Carlo, Paul vaincu par cette maladie inconnue et Andréa mort pour avoir cherché à attirer l'attention de son père. Des yeux devenus brillants d'Ornella s'échappa une larme que Denis essuya d'une caresse.

Ignorant le regard attentif du père Luc, Cashman s'éloigna pour allumer son habituel cigare : derrière la fumée, son cœur s'apaisait et les difficultés prenaient un tour plus rassurant. Il se revit, enfant, à l'époque où Giaccomo, son père, accordait tant d'importance à la nationalité française. *Je n'ai jamais vraiment perdu de vue notre famille, Papa. Même si je ne pouvais la côtoyer, un détective m'en faisait un rapport régulier. Dans un mutisme obligé et douloureux, j'ai partagé ses peines et ses joies. Sans pouvoir alléger leurs pires épreuves. Si ce n'est protéger Vittoria. Soleil s'est admirablement acquittée de sa tâche.*

En cette matinée où la chaleur grignotait les degrés pour bientôt se montrer implacable, Cashman s'apprêtait à repartir. Bientôt, lorsque les adieux deviendraient pour lui aussi supportables que résignés. Après le virage, Luigi reprendrait l'identité de John pour retraverser l'Atlantique en compagnie de Soleil et se fondre dans la vie new-yorkaise à l'anonymat protecteur. La jeune femme réintégrerait la garde rapprochée de son patron. Au terme d'un dernier au revoir, les yeux embués, Cashman enclencha la vitesse.

Quelques heures plus tard, sur la même route, sandales aux pieds, cheminait un moine dont le pèlerinage était achevé. Père Luc avait refusé toute autre forme de transport. Comme pour une expiation.

— 51 —

Déroutant, le départ du père Luc et de John Cashman avait généré une sorte de vide au sein de la famille Giordano. Un vide aussi inattendu que compréhensible.

Vide que les forces de l'ordre remplirent bientôt. Une fois encore, la camionnette des gendarmes stationna devant la maison de Salvatore et de Flavia où Ornella et ses enfants résidaient toujours, faute de logement.

— Madame Slimani, monsieur et madame Giordano, se lança le gradé, sans autre forme de préavis. Je suis désolé de devoir confirmer l'origine criminelle de l'incendie de la maison de Sainte-Livrade, responsable de la mort de monsieur Sofiane Slimani, et de désigner le coupable en la personne de Carlo Giordano. Des bidons d'essence, semblables à ceux abandonnés aux alentours du sinistre, ont été retrouvés dans la maison bordant la forêt landaise où il détenait la jeune Vittoria, ainsi que des gants lui appartenant. Hélas, comme vous le savez, le coupable est décédé sur place, dans les Landes. Au vu des circonstances, notre action touche à sa fin. Je le regrette pour vous : faire face à un coupable, suivre son procès aide bien souvent à la résilience.

Merci de nous avoir prévenus du retour de votre fillette. J'en suis soulagé pour vous. Après son enlèvement par son oncle, Vittoria a eu de la chance de bénéficier de la protection de cette jeune femme. À propos, j'aimerais recevoir sa version des événements. Où puis-je la rencontrer ?

— Je regrette, intervint Ornella. Elle est partie pour l'étranger, mais nous l'avons chaudement remerciée pour son aide. Des personnes comme elle sont rares.

— Bien, je vous renouvelle mes condoléances, madame Slimani. Au revoir monsieur, mesdames, conclut le militaire les saluant avant de regagner son véhicule.

Salvatore et Flavia échangèrent un regard attristé. Au-delà de la vie, Carlo n'était pas digne du moindre regret, serait-ce une formule de politesse. Au terme d'un silence chargé d'une tristesse encore empreinte de froide colère à l'égard de ce fils, de ce frère indigne, Ornella murmura :

— Je suis heureuse que John Cashman ait proposé à Soleil de travailler avec lui. Après avoir pris soin de Vittoria, elle méritait que l'on s'occupe d'elle. Elle a su protéger ma petite fille, spontanément, sans rien attendre en retour. Je lui en serai éternellement reconnaissante.

Peu à peu, la jeune veuve se résignait à la mort de Sofiane qu'elle n'avait pu réellement intégrer pendant la disparition de leur enfant, tant elle s'était mobilisée sur ses recherches. Son époux avait perdu la vie en tentant de sauver celle de leur fils. *Notre Jean est vivant. Je te promets de lui offrir une belle existence, de lui parler de toi et de l'Algérie,* pensa-t-elle en se levant.

— Papa, pourrais-tu m'aider à chercher un terrain, pas loin de chez vous ? Je voudrais faire construire une maison, où mes enfants pourront grandir confortablement. Dans un endroit où ils ne craindront pas l'insécurité.

— Vous avez déjà le molosse qui fera fuir les importuns, plaisanta Salvatore gratifiant Tabac d'une caresse. En route pour notre exploration, « mon trésor » !

— Mon Papa ! Ne cesseras-tu jamais de m'appeler ainsi ? Je ne suis plus une petite fille, plaisanta la veuve Slimani redevenue Giordano, pour l'état civil, pour elle-même.

Quelques semaines plus tard, et après avoir repris ses fonctions intérimaires à la S.E.I.T.A. de Tonneins, Denis Lambert se présenta à la ferme Giordano en compagnie d'Aurore qu'il avait enfin ramenée de Londres. Il lui avait expliqué les grandes lignes de la vie d'Ornella, de ses enfants et répondu à ses questions.

— Est-ce qu'Ornella est ton amoureuse, Papa ? lui avait notamment demandé la fillette.

— Oui, ma chérie. Mais cela ne changera rien pour toi. Je te le promets.

Lorsque la jeune femme aperçut celui qui occupait son cœur depuis des jours, elle laissa le champ libre à ses sentiments et se jeta dans ses bras. Puis elle appela Jean et Vittoria pour leur présenter une Aurore ravie de rencontrer une fillette de son âge. Aussitôt, Vittoria entraîna la jeune visiteuse dans une découverte de l'exploitation.

L'idée de construire une maison où elle pourrait se fabriquer un avenir enthousiasmait Ornella, favorisant l'acceptation vers l'oubli d'une période traumatisante et occupant une grande partie de ses journées. Face à cet enthousiasme, Denis Lambert hésitait à lui confier ses projets. Ils semblaient si différents des siens, voire opposés. Un jour, il se décida et saisit son bras pour attirer la jeune femme à l'écart :

— Ornella, pouvons-nous parler ? J'ai une proposition à te faire.

— Je t'écoute. Tu sais combien j'aime tes suggestions, lui répondit-elle d'une voix douce, chaude.

Le regard appuyé, l'air mutin déstabilisèrent Denis qui faillit répondre à cette conversation plus légère. Tous ses sens l'y appelaient.

— Le souvenir de notre séjour en Bretagne ne me quitte pas, réussit-il à avancer.

— Nous y étions si bien, si heureux après avoir retrouvé notre Vittoria, confirma Ornella. Mais tout a une fin et le travail nous a rappelés à l'ordre. Sans oublier Aurore qui t'attendait. Et mes parents. Et...

— Mais pas la manufacture, n'est-ce pas ? l'interrompit-il.

— J'y retournerai s'il le faut, mais... elle fait partie de ma vie d'avant.

— Juste pour voir, pour rêver d'un autre ailleurs, tous les cinq, j'ai posé quelques jalons auprès d'entreprises bretonnes que j'avais repérées, se lança-t-il, hésitant.

— Et ?

— Et, j'ai reçu une offre. Une entreprise proche d'Etel. Tu te souviens ?

— Comment pourrais-je oublier ?

— Il s'agit de... d'une conserverie de poisson en recherche de responsable. J'ai rencontré les dirigeants. Ils envisagent de vendre à moyen terme.

— La Bretagne, l'océan, la ria d'Etel, nous deux avec les enfants, répondit Ornella, se pressant aussitôt contre lui pour lui signifier son amour, pour laisser son corps répondre oui à ce que Denis hésitait encore à demander.

Quelques semaines plus tard, la voiture chargée de bagages attendait ses voyageurs. Denis Lambert patientait, presque coupable de détourner Ornella de sa famille. Salvatore le comprit et le prit dans ses bras pour lui murmurer à l'oreille :

— Je te confie mon trésor. Prends-en le plus grand soin.

— Elle sera heureuse, je vous le promets.

Ornella, Vittoria et Jean s'éternisaient en au revoir, promettant déjà de prochaines retrouvailles en ce pays breton, inconnu des parents Giordano.

Désormais, la S.E.I.T.A. devrait se passer d'eux.

— Dis, Papa. Est-ce qu'Ornella va travailler avec toi, dans cette usine ? demanda Aurore.

— Je ne sais pas. Laissons-la décider, répondit Lambert, croisant le regard de celle qui habitait son cœur.

Bien après le départ de leur fille, à la fois figés par la douleur et heureux du bonheur neuf de cette dernière, Salvatore et Flavia semblaient guetter son improbable retour.

— Ils reviendront bientôt, mia cara ! Pour suivre l'avancée des travaux de leur maison. Et tu sais bien qu'ils ne nous oublieront pas.

— Oui, tu as raison, mais ils me manquent déjà. Et si nous partions en voyage, nous aussi, lança Flavia surprise de son idée.

— Je te laisse le choix de la destination. Où que tu ailles, je te suivrai.

— Puisque Raffaëllo a décidé de reprendre la ferme avec Michèle, nous voici libres de ces contraintes.

Occupons-nous de nous et renouons avec nos racines, lança-t-elle avec un petit sourire moqueur. L'Italie nous attend, amore mio. Pour quelques jours ou pour toujours, nous aviserons.

Fin

Remerciements

Toute ma reconnaissance va à Sylvie et à Alissa pour leur lecture et leur soutien constructifs qui ont permis à ce roman de devenir ce qu'il est.

Ma gratitude vole vers Bérengère pour la communication sur mes ouvrages.

Mes remerciements s'adressent à Alain Glairoux pour ses sources sur le tabac, la S.E.I.T.A. et le contexte social de l'époque.

Merci aussi à vous, chers lecteurs, qui suivez mon chemin d'écriture ou qui le découvrirez à l'occasion de ce roman.

Bibliographie

- *Le Tabac dans le Sud-Ouest, histoire d'une culture et d'une économie*
  de René Delon
  Editions Sutton, 1er trimestre 2014

- *Flammes et Fumées N°11, 12 et 52* (1957 et 1966)
  Rédacteur en chef-Gérant : A. de Peretti
  Imprimerie des Tournelles, Paris

- *Cultiver son propre tabac - De la graine à la feuille séchée*
  De Sébastien Marc
  Terran Editions, 2017

- *La vie d'Autrefois dans le Lot-et-Garonne*
  De Jean-François Ratonnat
  Editions Sud-Ouest, 1995

- *Connaître le Lot-et-Garonne*
  De Jean-Paul Charrier et Ray Delvert
  Editions Sud-Ouest, 1990

- *Harkis, un passé qui ne passe pas*
  Katia Khemache,
  Editions Cairn

- *Le Harki de Meriem*
  Mehdi Charef
  Editions Agone, 2016

- *Destins de harkis, aux racines d'un exil*
  de Stéphane Gladieu et Dalila Kerchouche
  Editions Autrement 08/08/2003
  Collection : Monde/Photographie

- *Randonnées dans les Landes*
  Julie Daurel
  Editions Sud-Ouest 2000

- *Bordeaux, Gironde et Landes*
  En voyage Editions 2021

- *Histoire des abbayes d'Aquitaine*
  Jacques Dubourg
  Editions Prince Neguer 1999

- *Aimer la Bretagne*
  Michel Renouard, Emmanuel Berthier
  Editions Ouest-France

- *Bretagne Sud*
  Editions Michelin 2022

- *Etel 1972-2000, de l'aube au crépuscule*
  Adaleg ar gouloù-deiz betek ar peusnoz
  Michel Le Leuch, Michel Perrin, Grégory Nabat
  Association Autrefois Etel & sa région
  Liv'Editions 2018

ISBN : 978-2-81220-516-3
222, Boulevard Pereire - 75017 Paris
www.ramsay.fr

Réalisation : Ramsay Médias, Romorantin (41)
Imprimé en France par CPI (181313)
Dépôt légal à parution